1850

THE SCARLET LETTER

紅字

Nathaniel Hawthorne 納撒尼爾・霍桑

麥慧芬——譯

目錄

〈導讀〉

隱於貞節審判下的愛的證言

國立臺灣大學外國語文學系　蔡秀枝教授

孤獨而堅毅的愛

當海絲特懷抱著三個月大的小女嬰珍珠，被差役由獄門中帶出來，走到位於波士頓撒冷區（Salem）的教堂簷下的舊絞刑台上時，她的面前已經站滿了一早就聚集到市場西端的刑台前，準備觀看這場刑罰的清教徒。在前往刑台的路上，海絲特感受到陣陣的羞辱與痛苦，也一度想用嬰兒來遮掩胸前猩紅的A字（代表通奸，adultery），但是懷中的嬰兒卻讓她清楚地理解到，她無法躲避的命運。所以當海絲特最終站上刑台，面對眾人嚴肅的審視時，她僅是高雅而傲氣地展示著她的尊嚴。她知道，從今以後，她懷中的嬰兒和胸前的紅字，就是她的現實與一切了。十七世紀四〇年代，清教徒的律法對於犯了姦淫罪的人是處以極刑，但是因為海絲特的丈夫在她來到此地居住的兩年裡並未出現，猜測很可能已經葬身海底，所以麻薩諸塞州的行政長官們只處罰她站在刑台前三小時，並終生配戴那個彰顯恥辱的符號。

刑台上的海絲特，選擇堅強執拗地面對眾人對她不貞的審判。而她腦海中閃現而過的，是她在英國的父母的影像、她自己少女的面容、她的婚姻新生活裡年事已衰、蒼白、瘦削、因長期閱讀而雙眼朦朧的學者，以及他因為左肩高出右肩而稍微畸型的樣貌。她的教區牧師戴姆斯戴爾的聲音，將她從回憶中拉回。應行政長官之請，這位年輕有為的牧師勸誡海絲特，要她說出與她共同犯下此一罪行的男人，不要讓他掩藏了他的罪惡，並且再要因此背負上虛偽的罪名。但是海絲特拒絕說出嬰兒父親的姓名，即使波士頓最年長的威爾森牧師承諾海絲特，若說出這個男人的名字，她將可以除掉她胸前恥辱的紅字。

在眾人羞辱的審視與懲戒的壓力之下，海絲特寧願隱沒嬰兒父親的名字，獨力承擔這一切的恥辱。這是一個勇敢卻孤寂的決定。海絲特強韌與驕傲的愛與真摰的情感，讓她選擇了日後只有恥辱伴隨的生活與命運。她不願意將與她同犯罪行的戴姆斯戴爾牧師，從崇高的位置與光明的前程上拉扯下來。更盼望著，未來終有一天，兩人能夠真正在愛中重聚。因為她相信只有在神聖的愛情之下，雙方才能得到真正的幸福。因為愛，她可以獨自艱苦地在教區外圍的小屋裡養育女兒，將深愛的男人的名聲隱藏、護衛在黑暗之中。然而在這個年代裡，清教徒宗教的戒律與殖民地政法的規約，幾乎是合而為一的，所以海絲特背負的，不只是社會給予她的法律審判，她還必須時時靜默地承受教區內人們異樣的眼光、忍受那些購買她的華麗織繡物件的上流階級女士們的譏諷、街上小孩無知的言語羞辱與衝撞、以及那些接受她救助幫忙的窮苦人們的污辱；甚至當她偷偷潛入教堂，希冀獲得一點心靈的慰藉與神的恩光靈啟時，卻會突然發現她自己正是牧師講道時，藉以規勸信眾的故事裡的主角人物；同時，她還必須堅毅地面對政治上的壓力，向州長和威爾森牧師爭取她的女兒珍珠的養育權。*

心的祕密：罪行與仇恨

當海絲特在政治、宗教、經濟與情愛的困頓下掙扎時，她生命中的兩個重要的男性也面臨著心靈的折磨。兩年前要求她隻身前來波士頓定居的丈夫齊靈沃斯，終於在她站在刑台上時出現了。面對懷著被侮辱與仇恨意識的齊靈沃斯的質問，得識真愛的海絲特坦言：「你知道，我對你一直很坦白。我感受不到愛，也不打算假裝。」海絲特對愛情的態度，從始至終都是誠實的：所以她對齊靈沃斯從來不曾虛偽假裝有愛，即使他是她的丈夫；同樣地，她也不以她對戴姆斯戴爾的愛為恥，她的愛讓她寧可自己承擔通奸的罪名，也不願將這樣的污名冠於戴姆斯戴爾身上。海絲特服膺的是，她自身對於愛的信念，而不是婚姻裡的道德戒律。

齊靈沃斯也向海絲特承認，他們兩人婚姻中的不幸，是他在步上新婚禮堂時就應該預知的，因為兩人在年歲、思想與青春情愛上的差距是無法得到相對平衡的。這樣彼此辜負的婚姻裡是沒有幸福的。但是齊靈沃斯卻無法忍受帶給他婚姻裡這個奇恥大辱的男人，所以他誓言要找出這個男人。充滿仇恨的心，讓齊靈沃斯在找到戴姆斯戴爾牧師之後，藉用各種機會持續不斷地以宗教、哲學、思想、道德等論述，與他相互探討，慢慢折磨著戴姆斯戴爾牧師早已因為犯下罪行而充滿羞愧的心靈。可是仇恨的心，也同樣折磨著齊靈沃斯，讓他在復仇的忿恨中，喪失本性，猶如落入魔鬼的伎倆之中，而不得解脫。所以當被他視為仇敵的戴姆斯戴爾當眾宣布出他的罪行時，他也失去了人生的戰場。齊靈沃斯的反省，在一年後臨終時得以顯現。他將財產全遺留給珍珠，這也是他終結自身仇恨的一種方式。

其實即使齊靈沃斯不去步步緊逼，戴姆斯戴爾也無法從他所犯的罪行裡脫逃。罪行或可隱藏，但是內心的譴責卻無處可逃避。戴姆斯戴爾只能藉著對自己身體與心靈的鞭笞，來回應海絲特胸前配戴的恥辱符號。然而只有當他最終有勇氣在白日之下站上刑台，向所有教徒宣布他所犯的罪行與證實神在他的身與心上燃燒的烙印，他才真正地有

---

*自中世紀晚期起，英國普通法（common law）將已婚婦女的法律身分與地位（coverture）視為是與其丈夫結為一體（unity of person），因此一旦婦女結婚，她在結婚前對於自身的財產的控制與權利主張，都會被置於其丈夫名下，轉由其丈夫控制。婦女因此會因為婚姻關係的成立，而被剝奪其本身擁有的對財產的控制與權利。美國的清教徒社會也沿襲了英國這個傳統制度，這情形一直持續到十九世紀中葉，在〈已婚婦女財產法案〉（Married Women's Property Acts）通過後，才逐漸有更多改革出現。處在一六四〇年代的波士頓，海絲特因為沒有丈夫，所以麻薩諸塞州的行政長官可以主張對她的女兒珍珠的撫育權。

了發自內心的懺悔，得到救贖。這樣的精神，最終終於感動了在大自然中孕育成長、不受社會規約限制的珍珠，讓她心中有了同情，願意親吻他，也因此解除了罪行所帶來的魔咒。

戴姆斯戴爾無疑地是愛著海絲特的，但是他的愛在某種程度上又與海絲特有些不同。海絲特的愛有著反叛的精神，她可以傲然抗拒教區的種種羞辱與批判，衷心尋求的是真誠的愛與人們對真愛的同情。戴姆斯戴爾作為牧師，他的愛有更大一部分是對神的忠誠，所以他無法答應海絲特的要求，同她一起潛逃歐洲、改名換姓共組愛的家庭。他只能選擇在他有生之年，最後一次向教徒們闡釋神的恩典與救贖時，將他的罪行與苦痛傳達出來，但是他將在神永恆的正義法庭中懺悔他的罪行。這也許是為何他與海絲特的墓雖合用一塊墓碑，卻在兩個墳之間隔著一些空間，彰顯著世間與神的國度裡的愛的差異。

罪之鏡

海絲特對戴姆斯戴爾的情愛是真摯的，所以她可以堅強地面對清教徒社會的批判與攻訐，也相信愛將使她與戴姆斯戴爾重聚，而他們的女兒珍珠也將能夠幸福地成長。在清教徒社會對通奸罪行的鄙夷與撻伐下，海絲特堅強勇敢地擺脫外在社會的教條與批判，逐漸建立起對自身的認知與堅定對於愛的信念。也因為如此，她才能在周遭人們的鄙夷羞辱中，感受到某些默默隱含的逼視或暗含苦楚的瞥視。因為配戴著猩紅恥辱符號的她，其實猶如一面行走在教區的「罪之鏡」，既向人們彰顯著通奸罪行的恥辱，也同樣閃現與反映著人們內心深層可能隱含的、被掩飾的罪行。人們透過海絲特，看見的可能是自己的身影。也正因為如此，她才會在珍珠長大成人之後，再度重回她在波士頓的小屋，重新戴起那個猩紅的字母，因為藉由她自身經驗的體會，與對人們生命中許多暗含不宣的苦痛與不幸的理解，她肩負起了自身的懺悔，成了施予同情給苦難的他者的媒介。她與接受她的安慰與忠告的人們，一同希冀一個更加光明的未來，讓男與女能夠在彼此雙方真摯的愛情中建立起關係，並獲享人生幸福的社會。

霍桑在《紅字》一書中揭露不幸婚姻對愛的消耗與禁錮，將清教徒恪守的嚴峻道德信念與政治律法連動下治罪與悔罪背後，所可能引發的罪行掩飾與仇恨報復帶往更加嚴肅的議題：信念（符號）的因時移轉與同情寬恕的可能。歷史之輪將種種限制加諸於社會，但是歷史境況裡，人們生活中的種種悲劇與慘痛教訓，也促使人們對這樣時代下的困境產生同情。正因為有同情與悲劇，才能撼動人們重新反思制度與思想信念所帶來的禁錮。一如猩紅的A字（通奸），可以因時間的變遷而轉移成為「天使」（angel）、「有能力的」（able）、「可敬佩的」（admirable）等正面的、優秀的詞彙的代號，霍桑對歷史、政治、宗教、哲學等各式思想與信念下的正義觀（sense of justice）提出質疑，也埋置下對思想信念更迭變遷與符號變換的可能性的期待。

前言

《紅字》現世時，霍桑已經是四十六歲的男人了，故事創作也堅持了二十四年，從未間斷。一八〇四年七月四日，霍桑出生於麻薩諸塞的撒冷（Salem），父親是位船長。他在撒冷過著害羞又有些陰鬱的生活，在藝術方面並未得到太多的鼓勵，然而從他陰晴不定又極其沉默寡言的性格來看，撒冷的生活對他也並非全然不適。撒冷生活的鮮活與陰沉，都在他《重講一遍的故事》（*Twice-Told Tales*）以及其他短篇中生動呈現，那些都是他在寫作第一階段期間的作品。

霍桑即使在鮑登學院讀大學的時期，也沒有完全克服自己與生俱來、外加後天養成的拘謹個性；但在表象之下，他對人的觀察，不論男女，卻具備超乎常人的遠見與敏銳，一如這本《紅字》饒富想像力的獨特藝術之作所示。

大眾普遍認定《紅字》為霍桑的最高成就之作，但讀者應與他其他的早期與後期作品並讀，才能真正看出這部作品最終的意義。《紅字》出版那年，霍桑已開始創作《七角樓》（*The House of the Seven Gables*）這本以美國清教徒社會為背景的後期愛情故事或散文體悲劇小說。對於這本小說，他始終心知肚明——一部以藝術與生活歡樂為假面，實際上卻如愛默生[1]所描述的「符號飢渴」作品。

霍桑在一八六四年五月十八日於新罕布夏的樸里茅斯去世。

1. 愛默生（Ralph Waldo Emerson）：一八〇三～一八八二，美國詩人、哲學家與評論家。

〈作者序〉海關

說起來有些不可思議，儘管我一點也不想在爐邊對摯友談論太多有關自己或身邊的事情，然而將畢生經歷寫下來，公開在大眾面前的念頭，卻兩度纏繞心頭。第一次在腦海浮現這樣的想法，已是三、四年前了，那次我破例講述了自己在老宅[2]極度寧靜的生活方式，沒有任何值得說出口的原因，當然也沒有任何溺愛作者的讀者，或強迫讀者接受的作者，可以想像出來的世俗理由。現在——因為在自己枯竭的世界之外，異常欣喜地發現了聆聽過前次故事的一、兩位聽眾——我再度強留住大家的腳步，請各位聽我娓娓道來在海關任職的三年過往。著名的《教區教士回憶錄》[3]應該再也找不到比我更忠實的鐵粉了。

不過現實似乎從作品在創作者筆下完成的那一瞬間開始，作者發話的對象，就既非把他的書丟在一旁的人，也不是從未拿起過他作品的人，而似乎只有極少數的那些比同學或終身摯友更瞭解他的人。有些作者其實做的更過分，他們耽溺於這種透露隱私的深淵中，就好像對著那個上天下地都找不出第二個，也就是唯一一個心、靈完全契合的對象說話，是天經地義的事情；又好像那本經過了付印，而被拋入廣袤世界中的作品，必定可以找到切合作者本質的小世界，讓作者能與這個小世界合而為一，進而讓他的存在變得圓滿。然而要毫無顧忌地無所不談，或者即使客觀地就事論事，同時卻又謹守禮儀分際，幾乎是不可能的任務。

話說回來——除非陳述者與聽眾之間，維持某個程度的真誠，否則思想會受到壓抑，言辭也會僵化——因此把聆聽我們說話的對象，想像成一個即使不是莫逆，卻依然體貼並善解人意的朋友，也情有可原；只有這樣，友好的意識才能解除與生俱來的隔閡，我們也才能一面嘮叨地談著自身的處境，甚至我們自己，一面依然將內心最深處的自我，妥善地維護在輕紗之後。我認為，唯有到了那個境界，並在謹守那些分際之時，一名作者才能在既不褻瀆讀者，又不侵犯自己權利的情況下，披露自己。

---

2. 老宅（Old Manse）：霍桑在一八四六年完成了他的《老宅青苔》（*Mosses from an Old Manse*）一書。
3. 《教區教士回憶錄》（*P. P., Clerk of this Parish*）：十八世紀初，無名氏模仿伯內特主教（Bishop Gilbert Bunet）一七二四年出版的《我這個時代的歷史》（*History of my own Time*）而寫成的嘲諷仿自傳作品，譏諷伯內特蹩腳的寫作能力、誇大的言詞以及無法辨別陳腐與深奧的膚淺。一如這本書廣告詞所載，「乾脆命名為《一個人對他自己的重要性》（*The Importance of a Man to Himself*）還更恰當。一七二七年《教區教士回憶錄》首次發表於《散文與韻文雜談》（*Miscellanies in Verse and Prose*）中，作者自稱「塗鴉俱樂部」（Scriblerus Club），普遍認為可能出自波普（Alexander Pope）筆下。霍桑在此引用此作，當然是謙虛之舉，暗喻自己的序言跟《教區教士回憶錄》一樣，處處瑕疵。

因此，大家將看到這篇「海關」速寫隨筆，守住了文學中常見的一些規矩，因為我會提一下接下來幾頁的內容，是如何成為我筆下的創作，同時也提供證據證明這些內容的真實性。事實上，這樣的作法——把自己真正放到編輯寶座上，並擁有編輯大權的一種渴望；或者，若能再多奢求一些的話，讓自己成為筆下厚重作品中，各個故事裡最嘮叨的那個角色——是我假設與大眾建立起了私人關係的真正原因，也是唯一的原因。在達到這個主要目的的過程中，少數筆法的特別處理，再加上走進故事裡的角色人物，似乎就這樣在毫無抵觸的情況下，對一種前人從未描述過的生活模式，進行了隱晦的陳述，而我這個作者也粉墨登場扮演了其中一個角色。

我的老家撒冷，在半個世紀以前——老德比王[4]的那個年代，還是個熙熙攘攘的大碼頭，碼頭這一端——這座碼頭如今已成了堆積頹倒木造倉庫的地方，幾乎找不到任何當年商業榮景的痕跡；唯一的例外，或許只是一艘停在這座鬱悶碼頭中間，正在卸著皮貨的多桅或雙桅帆船；不然就是某艘從加拿大新斯科夏省駛到附近的縱桅帆船，正將船上載運的薪柴朝碼頭拋丟。繼續之前的話題，這座經常遭受海潮氾濫蹂躪的破爛碼頭這一端，以及沿著碼頭的一整排建築物底部與後方，在經過許多個毫無生氣的年頭洗禮後，留下了一圈稀疏的雜草——在這裡矗立著一棟闊氣的磚造建築物。從這棟建築物的前窗俯瞰下去，不但可以將前方毫無生氣的景觀盡收眼底，還可以將整座碼頭納入視線之內。

每天上午在這棟建築物的屋頂最高點，共和國的旗幟會隨風飄揚或無風垂掛三個半小時，精準地不會多一分或減一秒；旗子上那十三根從橫著擺變成了直著排的線條，代表美國山姆大叔的政府；在此設立的是公務部門而非軍事機構。宏偉的建築物前方，是一道豎著六根木柱的裝飾用門廊，木柱支撐著上方的陽台，陽台下是一段通往街道的花崗岩寬階。正門上掛著一隻展翅的巨大白頭海鵰標本。海鵰胸前有面盾牌，如果我沒記錯，兩支海鵰的爪子都抓著混雜了雷電之箭與倒鉤箭的箭束。這種生性不快樂的猛禽性格特質，所展現出來的習慣性壞脾氣、從鳥喙與眼睛所散發出的狠戾，以及牠的姿態所呈現的全面性兇猛，在在似乎都是威脅著要傷害毫無惡意的大眾，尤其是要警告所有闖進這棟覆蓋在牠雙翅陰影下的建築物裡的人民，當心小命。幸好儘管牠看起來潑辣，這個時候仍有許多人想在這聯邦之鷹的羽翼下尋求庇護；我猜，他們一定以為牠的胸膛跟鴨絨枕一樣柔軟與舒適。遺憾的是，牠心情再好，也毫無溫柔可言，而且早晚——通常都是早而不是晚——都可能因為利爪小收、利喙小啄或爪子裡，那些倒鉤箭造成的刻骨傷害，而將雛鳥全部摔棄。

前述那棟我們可以立刻命名為這座港口「海關」的建築物，從周圍道路地縫中冒出的

4. 德比王（King Derby）：指的是艾利亞斯・哈斯凱特・德比（Elias Haskett Derby），一七三九～一七九九。理查・德比船長之子，是海上貿易商。他的事業有助於撒冷成為十八世紀末重要的海上貿易中心。

野草，就足以判斷最近非常缺乏百業人士的問津。不過一年當中有某些月份，也可能會在某個上午出現業務較為繁忙的景況；在那種時候，這兒的人氣與活力比平常熱絡，當時老一輩的百姓，也會在此時想起前一次與英國交戰之前，撒冷本身還是個港口的年代；當時的撒冷可不像現在這樣飽受自己鎮上商人與船老闆們嘲弄，也不會任由這些人多此一舉且無聲無息，把錢都拿去紐約或波士頓，在巨大的商流中掀起更瘋狂的波瀾，卻讓家鄉的幾個碼頭崩壞成殘墟。

在這種業務繁忙的早上，若恰巧出現三、四艘通常來自非洲或南非的商船抵達，或正準備開向彼方時，花崗岩寬階就會傳來快速上下的頻繁腳步聲。因為海上生活而被曬得滿臉通紅的船長，手臂下夾著一個用來放船隻文件的褪色錫盒，還來不及跟他自己的夫人打招呼，就可以讓你就在這個海關大樓裡，先跟他說聲嗨。也是在這個地方，他的船東會現身，露出或開朗、或陰沉、或親切、或慍怒的表情；左右船東臉部表情的因素，是已經完成了的航運過程中，收穫的那些隨時可以轉換為黃金的商品，是否根據他的計畫達成了交易；抑或結果是大量沒有市場的商品直接將他活埋，卻沒有人在意是否要把他從滯銷品中拉出來。

同樣也是這裡——在那些將來成為歲月在額頭上留下線條、嘴邊鬍鬚灰白，以及操勞憔悴的商賈幼苗當中——我們看到了一位年輕聰明的辦事員，他就如同初嚐鮮血的狼崽般，已經領略過了買賣的滋味，這位本來應該在蓄水池裡玩著模型船的年輕人，早跟著他老闆的船出海做過生意了。同一個場景中的另一個人物，是即將出海尋求保護的船員，又或許是剛回到岸上的船員，蒼白而虛弱，正在找護照去醫院就醫。另外，我們不該忘了那艘鏽蝕縱桅帆船上的船長，以及一群看起來有些粗野的水手，船長從英屬省分運來了薪柴，而那群水手雖然沒有北方佬臉上的那種警覺性，但對我們這裡正在衰敗的生意貢獻度，重要性絲毫不減。

這些人以及其他各種三教九流的人，有時候全都會聚集在海關這兒，至少目前是這樣，讓海關呈現一片嘈雜忙亂。然而更多的時候是，他們踏上階梯後——若是炎炎夏日，就直接到了入口；但若是冬季或惡劣的天候，迎接來客的是一間合宜辦公室——會清楚看到裡面一整排年高德劭的老傢伙，排排坐在老式椅子上，前椅腳懸空，僅靠後面兩隻椅腳斜倚著牆面。這些人多半的時候都在打瞌睡，不過偶爾也可以聽到他們用介於說話與打鼾之間的聲調交談，衰弱的精氣神完全比不上暫居在各個救濟中心裡的弱勢者，以及依賴通常只有一個工作人員校長兼撞鐘的慈善救濟，或各種不勞而獲的貼補之人，所清楚顯露的活力。這些老先生——全和馬太[5]一樣，就這樣坐在稅務櫃台前，但

5. 指的是馬太從一個海關收稅員成為耶穌門徒的淵源：聖經馬太福音第九章第九節，「耶穌離開那裡再往前走，看見了一個名叫馬太的收稅人，坐在稅關上，耶穌對他說：『來跟我來！』馬太就站起來，跟從了他。」

不喜歡像馬太那樣一經召喚，就去做門徒該做的事——全都是海關官員。

再往裡面走，進入前門後的左手邊，是一間特別的房間或辦公室，約四點五坪大、挑高的空間，兩扇拱形窗俯瞰出去是之前提及的頹敗碼頭，第三扇拱形窗則是面對著連接部分德比街的一條窄巷。三扇窗子全都可以瞥見雜貨鋪、磚廠、廉價成衣攤、船具店、經常聚在船具店前又笑又聊的老水手群，以及在海港廣大腹地上出沒的碼頭大老鼠。這間處處張著蜘蛛網的辦公室，因為老舊的畫作而顯得髒兮兮；地上散落的灰沙，若在其他地方，必定會讓人以為此處久未使用。從風格一致的骯髒與邋遢程度看來，不難想像這座辦公室殿堂鮮少有帶著掃帚、拖把這些神奇工具的婦人造訪。至於裡面的家具，除了一座煙孔超大的暖爐、一張老松木桌，旁邊擺了一張三角凳、兩、三張破舊而不堪使用的木頭座墊椅外，還有——別忘了這兒的藏書——幾個書架，書架上擺著許多國會法案以及佔據極大面積的稅捐法摘要。一根向上深入天花板的錫管，建立起這間辦公室與大樓內其他地方的傳聲管道。

大概六個月前，就在這兒——他有時從這個屋角踱到那個屋角，有時懶散地斜坐在長腿凳上，手肘杵在桌上，眼睛在早報的文字欄間上下游移——高貴的讀者們，你們或許認出來了，他就是當初那位將你們迎進老宅、讓人心情愉快的那間房裡的人。從老宅西側的柳枝叢間，陽光總是開心地閃跳照入那間房間。不過現在你若走到這裡來找他，詢問這位民主黨海關官員在哪兒，那麼你將注定無功而返，因為改革的掃帚把他掃出了辦公室，換上了更有資格的接任者，坐在他的位子上、支領著他的薪水。

撒冷這座老鎮——儘管在我少年與成年時期，都住在離此很遠之處，但撒冷是我的老家——這裡擁有，或者該說曾經擁有，我的許多眷戀，以及我真正居住在此時從未理解到的一股力量。確實，從物質的角度來看，在這塊平坦而缺乏變化的土地上，主要的覆蓋物是木屋，但其中卻幾乎連可以假裝具有建築之美的房子都沒有——不規則的建築，既不如畫，也無古意，唯有「乏味」兩字可以形容——長而令人倦怠的街道，無趣地佔據了整座半島區，一邊是絞架山[6]與新幾內亞，一邊是盡收眼底的救濟中心——把我老家的這些特色，感性地想成一個亂了的棋盤，應該不算過分。然而，儘管我最開心的時光是在居住其他地方的時候，我心中對老撒冷卻有一種找不到更貼切形容詞的感情，姑且稱之為愛戀吧，而我對這樣的稱呼還算滿意。這種感情可能源於我的家族長久以來，在撒冷的土地裡，扎下了深深的根。從最初的布里頓，也就是我們家族最早的移民者，出現在這片以森林為界的荒野殖民地時起算，距今已經過了近兩百二十五年了，而當初那片荒野殖民地，如今也變成了城市。布里頓的後代在此出生、離世，而他們的

6. 絞架山（Gallows Hill）位於撒冷曼斯威爾公園道（Manswell Parkway）與巫婆山路（Witch Hill Way）交會處，許多人都以為這裡是一六九二年撒冷巫婆審判（Salem Witch Trials）的處決地，直到二〇一六年一月公布的文獻（*The Gallows Hill Project*）才證實該審判的真正行刑地是絞架山附近的波克多岩棚（The Proctor's Ledge），而非絞架山。

皮囊骨骸也與這塊土地混融，直到一段時間後，我腳下街道的每分每吋，也必然混入了我同族的皮囊骨骸。因此，我說的那種感覺，有部分就是單純的塵歸塵、土歸土的感懷。我的同胞中，鮮少有人能夠理解這樣的感情；再說，鑒於頻繁遷居有助於家族擴張的事實，他們也沒有理解這種感覺的慾望。

然而這樣的情感卻具有倫理特質。第一位來此的先祖，稟承晦暗大族一貫莊嚴氣派的家族傳統氣質，自我有記憶以來，就一直存在於我孩童時代的想像中。他的這個形象直到現在仍纏繞不去，且讓我對過去產生了幾乎與這座小鎮當下的一切，都毫無關連的思鄉情；看起來，我好像是因為這位長著鬍子、披著黑色斗篷、戴著尖頂帽的先祖之墓，才會對居住於此的日子產生強烈的歸屬感——我的那位先祖，帶著他的聖經和劍，早早就來到了此地，以堂堂重要人物的姿態，踩在這條足跡少見的街道上，並塑造出一個戰爭與和平的偉大人物形象——那是一種更強烈的歸屬感，遠比我的沒沒無名與無人認識更為重要。

我的先祖是名軍人、立法者，也是法官；他還是教會的管理者，擁有清教徒不論好壞的一切特質。他同時是個殘酷的迫害者；因為他與殘酷對待貴格教派一名女子的事件有關，因此在貴格教派歷史中佔了一席之地；儘管他曾有過許多善舉，做過許多善事，但那件令人感覺恐怖的事情，在歷史中保留的時間，將遠比他任何善行善舉都長。

至於他的兒子，不但繼承了他的迫害精神，更在女巫殉道的活動中，闖出了名號。

他身上留著女巫血跡的說法，應該不至於言過其實；而且那些血跡之濃之重，若是他埋在查特街墓地裡的乾竭老骨，還未完全化為塵土，那些血跡必定依然留在他的骨骸上。我不知道我的這些先祖們，會不會思考如何懺悔、如何乞求上帝原諒他們的殘酷作為，也不知道他們是否因為前世的行為，而在另一個世界承受著慘痛的折磨。不論如何，身為一名代表他們的現代作者，我對他們的行為感到羞恥，但祈求所有施於在他們身上的詛咒——如許多年前我所聽說過的慘狀，或整個家族都身處淒涼與衰敗處境——都能在現在得到永遠的赦免。

當然，無庸置疑，這兩位眉頭深鎖的嚴肅清教徒絕對沒有想到，在經過了多年的物換星移後，他們罪行竟然得到了報應，因為這個年久苔蘚滿覆的家族古老大樹主幹上的最頂端，竟然生出了我這樣遊手好閒的懶漢。我的先祖絕對不會認可或讚美，我視為珍寶的目標志向；我的成功——若我真的可以突破侷限，讓成功照亮我的生命——在他們的眼中，就算不是絕對有辱門風，也是一無可取。「他是個什麼東西？」一位先祖灰白的幽靈對著另外一位先祖幽靈這麼說。「一個寫故事書的傢伙！這算什麼樣的畢生職志——他那個年代，他那一代的人，這種爛東西怎麼榮耀上帝，怎麼把服務人類視為己任？怎麼回事啊！這個墮落的傢伙根本就是個騙子！」這就是我的曾曾曾祖父們，跨過時間的鴻淵，與我交換的抱怨與譏諷。他們盡可以隨心所欲地蔑視我，不過他們本性中強大的特質卻已在我們之間交纏。

早在這座小鎮初創的襁褓階段，我這兩位嚴肅而精力充沛的先祖前輩，就把這些特質深深地根植於在此討生活的鎮民身上；當然，那些堂堂大人物的家族，據我所知，經過了最早的兩代之後，從未出現過任何配不上小鎮名聲的鎮民，但也幾乎沒有創造出任何值得紀念的功績，或值得後代子孫注意的大事。而後，他們慢慢遭人遺忘，一如街上處處可見的老屋，半掩在堆積的新土之下，只見屋簷。就這樣過了一百多年，父傳子、子承父，大家循著海道來此；每一代，只要又一位白鬍船長從後甲板退休到自家田園時，就會有一名十四歲的男孩在船桅前，接下父執輩留下的位置；從此與他父親與先祖一樣，迎向狂奔而來的海潮所激起的海沫與大浪。等時候到了，接下祖傳事業的這個男孩，也會從甲板退至船艙中，在狂風巨浪下度過整個青壯時代；然後從漂泊的世界回歸，變老、離世，讓自己的骨灰與大自然的土地交融在一起。

一個家族藉著生於斯、死於斯，而與某處建立起長遠的連結，人類也因此與地方建立起血緣關係；這樣的關係，與當地的魅力、當事人周遭的道德環境都無關。維繫這種關係的要素不是愛，而是本能。新居民——來自外鄉的第一代或第二、三代移民——並不會自稱為撒冷人；到此已近三百年的老一輩移民緊緊依附此地，後代也都在此生根茁壯，他們骨子裡那種牡蠣般的堅毅，是新移民毫無概念的特質。這個地方沒有歡樂的要素，但這對新移民來說，一點都不重要；他厭煩了的老木屋、塵泥、此地與大眾感情的麻木程度、冷冽的東風，還有更為冷冽的社會氛圍，所有的這些；還有不論是他親眼所見或想像出來的任何其他毛病；對他的目的來說，都無關緊要。於是這兒的魅力持續了下來，且魔力強度始終不減，就好像這兒就是人間天堂似的。

我的情況就是這樣。我覺得撒冷之所以成為我的家鄉，幾乎是宿命的結果；也因此我們始終對此處的外觀與特質都了記於心；就像當家族中某位代表人物在此永息於墳下時，家族裡的另一個人會接手擔下巡視主街的工作，猶如我小時候在這座老鎮所見、所熟悉的景象。然而，這種感覺卻證明了這樣的連結並不健康，應該與之切割。若人類在某塊地方上生根，並經過了許許多多世代的長久時間後，仍在同一塊養分枯竭的土地上繼續扎根，那麼人類永遠不會像馬鈴薯那般繁盛。我的孩子都已在其他地方出生，儘管他們當下的前途仍在我的掌握之中，但他們的根卻應該扎進陌生的土地中。

離開老屋後，就是出於對故鄉的這種陌生、懶惰卻又抑鬱的依戀，引領我在有機會去其他地方追求更好的發展時，進入了山姆大叔這座堂皇磚造建築物中工作。我的劫數其實全都是自作自受。我離家不止一、兩次——每次都以為是永遠離開——然而每次卻都像個半毛錢假幣，總是回到原點；就好像對我而言，撒冷是宇宙理所當然的中心。於是，某個晴朗的早晨，我踩上花崗岩階梯，口袋中揣著總統的任命狀，在專人的介紹下，認識了協助我接下撒冷海關最高行政長官[7]這個重擔的紳士同仁團。

我強烈懷疑——或者應該說，我毫無疑慮地認為——美國的任何公立體系，不論是民政還是軍政，應該不會有比我管理的這群老手兵團，更加唯馬首是瞻的組織了。只需要瞄一眼，我立刻能夠找出這群人當中最資深的老鳥。在我這個空降部隊出現前的二十年間，由於海關人員的獨立地位，撒冷海關避開了政治更迭的漩渦，但也因此讓海關裡的高層主管職涯大體上都很短命。曾經堅守崗位，為國家英勇服務過的一位新英格蘭最著名的軍人，在繼任政府睿智的寬大政策下地位穩固，也因此為自己在海關謀得了一官半職；他多次在下屬危急與焦慮不安的時候，給予安全庇護。這位米勒將軍[8]極端保守，親切的本性絲毫不受外界影響，而且極端信任自己熟識的人，要說服他做出改變，簡直難如登天，即使改變一定會讓事情有所改善，他也一樣雷打不動。

因此，我接管這個海關單位時，發現同仁大多數都是上了年紀的人。他們多都是一把年紀的老船長，在五湖四海裡打滾，並頑強地扛過了生命中狂風暴雨的打擊後，終於漂流到這塊除了總統大選定期帶來的恐慌外，幾乎無人打擾的僻靜之地，取得了新型態的生活租約。儘管他們的年紀與健康狀態都比不上年輕同僚，但這些人顯然自有一套避開死亡的辦法。我很確定他們當中有兩、三個人患有痛風以及風濕毛病，或許還嚴重到纏綿病榻，一年中有多數時候都沒想過可以再到海關露臉；但經過一個蟄伏的冬天後，他們依舊會蹣跚地走入五、六月的暖陽當中，懶散地處理份內工作，並在閒暇與方便的時候，重新躺回床上。我自認有罪，因為我提早終結了不止一位年高德劭公僕的官門生涯。我明白對他們表示，他們可以放下辛勤的工作，好好休息——這些人就如我確實篤信的那樣，生命中唯一的原則似乎就只有服務國家的熱忱——結果他們很快地離開了這個世界，轉往另一個更好的世界。不過自我欣慰的是，因為我的介入，他們有足夠的時間為過去——顯然每一位海關人員都曾涉入——的惡行與腐敗作法懺悔。畢竟不論前門或後門，海關都沒有直通天堂的路。

辦公室裡的幹部，絕大部分都是自由黨黨員。我這個新上任的稽查官雖然在原則上，是個忠心不二的民主黨員，但接任這份工作卻與政治服務沒有關係；我的這個原則，對辦公室自由黨員之間令人尊敬的同志情誼絕非壞事。若情況並非如此——假如被安排來此接任這個有影響力位置的人，是一名活躍的政客，而他也擔下了出頭打擊，任何身虛體弱到無法執行日常行政工作的自由黨海關稅收人員的工作——那麼從這位清理天使踏上海關階梯的那一刻起，海關裡的老兵兵團在一個月內，應該就沒有人可以繼續以公僕的身分呼吸了。根據這種事情的處理慣例，把這些花髮幹部全送到斷頭台的鍘刀下，也不過是身為政治人物的份內職責。因此我看得很清楚，這些老傢伙怕我也伸出這樣無禮不恭的手。我的上任竟然引發這樣的恐懼。我看到一張張經過半世紀風霜雨雪洗禮後、布滿皺紋的臉孔，僅僅因為瞥見我這個毫無加害之意的人，就變得灰白；我發現

7.霍桑於一八四六年接下撒冷海關稽查官的工作，直到一八四九年。

8.米勒將軍（General James F. Miller），任海關稅收官達二十四年之久。在一八一二年的英美大戰中嶄露頭角，是阿肯色州第一屆地方長官。

那一個又一個曾在過去的日子裡，習慣用擴音器吼出足以震懾北風，並令之噤聲的粗啞嗓門，竟然在和我說話時出現顫音，讓我在痛心的同時，又覺得好笑。

這些優秀的老人其實心知肚明，不論根據哪一條規定——就憑他們當中某些人確實有工作績效不佳的事實——他們都應該把工作讓出來，給政治方向更正確、整體表現比他們更好的年輕人，服務我們大家的山姆大叔。我也明白這個道理，但卻始終狠不下心，照慣例辦事。出於對我理所當然的不信任，在我任內，他們依舊在碼頭上蹣跚而行，並無所事事地在海關大樓的階梯上上下下；而這些事情，在相當程度上也傷害了我身為公職人員的良心。這些老傢伙繼續窩在他們習慣的角落，坐在斜倚著牆壁的椅子上，花很長的時間睡覺；不過他們會在下午醒來一、兩次，用那些重複了不下千萬次的海上老故事與無聊笑話互相騷擾。顯然這些故事與笑話，已經成為他們之間的通關密語與放行暗號。

我想，他們並沒有花太長的時間就發現，新來的稽查官對他們毫無加害之意。於是這些老紳士重拾受到重用的輕鬆態度與快樂心情——姑且不論我們摯愛的國家是否因此獲利，至少這些老先生們是既得利益者——在不同業務的辦公室間來回穿梭。這些老鳥鏡框下的銳利眼光，直接窺入貨艙。他們小題大作，但有時候對大事卻遲鈍不覺、任由重大問題從指縫間溜走。每次出現這樣的疏失——譬如一整箱高價貨品，或許就在大中午從他們毫無警覺的眼前走私上岸——他們會機警、敏捷無比地用單鎖、雙鎖，再加上膠帶和封蠟，確實封鎖過失船隻的所有通道。他們的行為不是在自責之前的疏失，反而更像是在頌揚傷害發生後，他們值得嘉許的謹慎措施。發生無可彌補的過失後，他們所迅速展現出來的工作熱忱，可還真的值得高度嘉獎啊！

除非有人特別不友善，否則我一貫的蠢習慣都是以和為貴。只要同仁個性中有不錯的一面，我通常會先看對方好的那一面，並依那些好的面向將人歸類。有鑒於海關中的這些老幹部都有很不錯的特質，而我的職務與他們的關係，又兼具父親與保護者的角色，有利於雙方建立友好的感情，於是我很快就喜歡上他們所有人。

夏季的上午，非常怡人——當那幾乎可以融化其他人類的熾炎熱氣，僅傳出一股舒適的暖流，到夏天已經熱到半麻痺的白晝系統中時——在後門廳那些一如既往，一整排靠著牆面的老傢伙們，天南地北地胡扯，實在是種享受；過去無數世代所封凍的如珠妙語，全在他們唇間伴著笑聲的高談闊論中，解凍釋出。客觀來看，老人的歡樂與孩童的嬉鬧非常相似；擁有比深奧幽默更深沉的智識分子，與這樣的歡樂嬉鬧毫無關連；老人的歡樂與孩童的嬉鬧，都是一種閃爍在皮囊上的光芒，散發出陽光般的樂觀和活潑特質，一如灰色腐朽的樹幹上那綠色的枝芽。不過，有時候這樣的光芒，是貨真價實的陽光，而有時候，這種光芒更像是腐爛木頭上的燐光。

各位讀者應該可以理解，若我將所有的優秀老友形容成昏聵老糊塗，是既令人難過又不公平的事情。首先，我的副手並非全部年邁；其中不乏年富力強、能力與體力均出色者，而且他們命中不祥之星，所派發給他們的那種懶散與仰人鼻息的生活模式，並未令他們屈服。再說，對於維修狀況良好的知識之屋來說，我發現老人的花髮，有時是相當不錯的屋頂替換材料。然而，籠統地說，我這個老兵兵團，是一群無法從過去多采多姿的豐富生活體驗中，留住任何值得保存經歷的乏味老頭，也不算冤枉他們。這群人似乎丟棄了現實生活曾經提供給他們多次機會收穫的一切智慧精華，只小心翼翼地在記憶中儲存了一堆廢物。他們懷著異常的興致與熱情，談論今天的早餐，或昨天、今天甚至明天的晚餐，卻對四、五十年前的船難，以及他們在年輕歲月中所目睹的一切世界奇觀，置之不提。

這座海關的創立者——不僅是這個小單位所有人員的大家長，我敢說也是整個美利堅合眾國所有令人尊崇的那些上船負責監視卸貨人員體系的大家長——是一位終身的檢驗官。他或許可以被視為稅務系統的真正嫡系，血統純正，或者該說血統高貴；他的父親是獨立戰爭時代的上校，也是前港口稅收官，很久以前特別為他的這個兒子量身設立了一個官職，並指派他接任。如今記得這件事的人，幾乎都已作古。初識這位檢驗官時，他已高齡八十左右，這位先生絕對是那種窮盡畢生去尋找才可能碰到的長青妙人。紅潤的臉色配上結實的體型，裹著有晶亮鈕釦的整齊、俐落藍外套；他的步伐敏捷有力，老當益壯、精神矍鑠，整體看起來，儘管的確不再年輕，卻呈現了大自然對人體的全新設計；而這個經過新設計的人體，不但防老也防弱。他那永遠迴響在海關各辦公室中的聲音與笑聲，沒有任何老人說話時慣有的顫抖或岔裂音；他的聲音就像公雞報曉或小喇叭聲那樣直接發自丹田。若純粹從動物的角度來看——其實也沒有什麼其他的角度可以選擇——就他身體的健康程度，以及他在這個比古來稀還要更高齡的年紀，所擁有的一切活動力，以及可以享受幾乎所有他曾想過，或曾立定目標得到的喜悅來說，他無疑是一個最令人滿意的存在。

他在這個海關單位裡，過得安定又無憂無慮，還有固定的收入，除了極少數幾次擔心被撤換的小煩惱外，他的生活簡直輕鬆愉快。不過輕鬆生活的最根本與最重要原因，還是在於他罕見的完美動物本性、相當程度的智識，以及道德與精神層面在細微之處的融合；智識以及道德與精神融合這兩項特質，說實話，差強人意地讓這位老紳士免於淪落為純四腳畜生。他欠缺思考能力、感情深度不足，更沒有一般俗人的多愁善感；簡而言之，他體體面面地履行義務，並廣為大眾接納，並非出於本心，而是源於他強健體魄下所自然發展出來的樂天性情，以及這種樂天個性所支撐的少數人類本能。他前後有過三任妻子，全都已經過世；他還是二十個孩子的父親，但大多數的孩子也都在幼年時期夭折或成年後往生。大家或許會以為生命經歷過的悲傷，足以在這個最開朗的胸懷中，堆疊起黯淡的色調。然而我們的老檢驗官可不來這一套。他的一聲短嘆，就足以把那些淒涼記憶下的全部重擔一掃而空，然後在下一刻，重新成為一個身上不著一物，隨時準備嬉戲的初生之犢；他的玩心比年輕他許多的後輩辦事員還要重，相較於他，年僅十九歲的辦事員簡直像個年邁的嚴肅老頭子。

我以前總是會懷著自以為熾熱的好奇心大過其他所有人的心態，仔細觀察、研究這位大家長。事實上，他的確是個非常罕見的人物；從某個特定的角度來看，他可以說是完美的化身；但從另一個角度來看，他又是個膚淺、虛妄，一個沒有實體的絕對虛構人物。我的結論是，這個人沒有靈魂、沒有心，也沒有知性；一如我之前所說，他除了本能，什麼都沒有；然而同時，當他個性中的少數幾項要素，巧妙地混在一起時，別人卻不會對他的這些缺憾，感到難以接受。相反的，就我而言，我非常喜歡他。想像這個看起來注重感官的十足俗人，在來世會過著什麼樣的生活，可能並不容易——事實上，也的確不容易；不過可以確定的是，直到他嚥下最後一口氣前，他在這個世界都過得不錯；他背負的道德責任，並不比荒野中的野獸更重，享受的歡樂卻比野獸更廣、更大，遑論他還有一份對年紀的恐懼與陰暗免疫的天賜恩寵。

遠比他四腳兄弟更具優勢的一點是，他回憶美味晚宴的能力，這一點對他吃貨人生的快樂指數，貢獻卓著。他的老饕主義是大家高度贊同的特質；聽他侃侃談著烤肉，會讓人像吃著醃黃瓜或生蠔這些前菜那樣食指大動。正因為他並沒有什麼更高的節操，也沒有因為把精力和才智全用在提升享樂、滿足自己的口腹之慾，而犧牲或敗壞自己任何精神稟賦，所以我總是很開心與滿足地聽他詳述魚肉、雞肉，或任何肉販手下的肉，以及各種最理想的烹煮方式。不論實際舉行宴會的時間距今如何遙遠，他對於美酒佳餚的記憶，似乎總能將豬肉或火雞肉的香味帶到你的鼻尖。有些美味在他的味蕾上已纏綿了六、七十年，卻顯然依舊鮮美地有如他大啖的羊排早餐。我曾聽他一面咂著嘴，一面大談特談吃過的晚宴餐飲，而當時一同出席的賓客，除了碩果僅存的他，其他人早已成為墓地蟲子的食物。看著已化為虛無的餐宴鬼魂不斷出現在他面前，實在是很奇妙的事情——這些佳餚既不憤怒，也沒有報復之意，它們似乎只有對老檢驗官以前的鑑賞力表示感激，並試著讓那種虛無卻又實際刺激感官的享受，能夠無止盡地重複；不論是一塊沙朗牛排、小牛後腿肉、豬排、經過特別處理的雞肉，抑或一塊受人格外讚揚的火雞肉，或許都曾經在老亞當斯[9]的時代點綴過老檢驗官的餐桌，也都讓他記憶猶新。至於我們這個海關族群之後所經歷的一切，以及讓他個人職涯出現高低起伏的事件，對他而言則像是微風輕拂一樣的短暫。在我看來，這位老人一生中最大的悲劇事件，應該是一隻鵝為他帶來的不幸，這隻生與卒於大概二十或四十年前，身型最具潛力的鵝，到了餐桌上竟然硬得難以下嚥，甚至連切肉刀都無法在牠的屍身上留下印記，只能用斧頭和手鋸支解。

雖然我很樂意在老檢驗官的這個話題上繼續著墨，因為在我認識的人當中，他是最

9. 老亞當斯（John Adams）：一七三五～一八二六，美國第二任總統，也是美國第六任總統的父親，因此被稱為老亞當斯。

適任的海關人員，但也該是結束這篇側寫的時候了。大多數海關人員的道德層面，出於篇幅限制而無法一一提及的原因，都在海關這個特定的生活模式中受到了損害。然而老檢驗官卻無力傷害自己的道德面，若他能天長地久地繼續這份工作，不論過了多久，他都必然還是像以前一樣優秀，而他坐在餐桌前的胃口也絕對跟以前一樣好。

另有一個跟老檢驗官很相像的人，若沒有這個人，我的海關眾生相圖就會殘缺得令人感覺怪異了，可惜我觀察那個人的機會有限，所以只能勾勒出一個大概。他是一位稅收官，也是我們英勇的老將軍[10]，他在出色的戎馬軍旅生涯結束後，又統理了一大片西部蠻荒之地，直到二十年前來此，度過他豐富而尊榮一生的最後階段。

在他踏上紅塵世界的最後一段行軍旅程時，這位勇猛的將軍已年屆或年過七十了，飽受嚴重的病痛折磨，連記憶中可以振奮精神的軍樂，都無法讓他感到舒緩。曾經一馬當先、身先士卒的腳步，現在癱瘓無用，他必須在一名僕人的協助下，將一隻手用力靠在鐵欄杆上，才能緩慢而痛苦地踏上海關大樓的階梯，然後再經過辛苦而費力的邁步，穿過公共區，坐到他在火爐邊習慣的椅子上。他總是坐在那張椅子上，放任紙張翻動帶來沙沙的聲音，以及人們立誓、業務討論和辦公室內閒聊掀起的嗡嗡動靜，用多少帶點遲鈍的平靜態度，凝視著來來去去的人影；周遭的各種聲音與活動，似乎完全無法啟動他的感官，更不用說讓人進入他冥思的內在世界了。在這樣的情況下，他的表情總是溫和而親切。如果有什麼引起他注意的人、事、物，他的臉上會閃現出謙恭有禮，但饒有興致的表情，證明他的體內仍儲存著生命的光能，只不過這盞智能之燈的外在媒介，阻礙了光能的傳導。愈深入他內心的本質，他的健全度似乎就愈高。當他不再需要說話或傾聽時——不論是說話或傾聽，顯然他都要耗費相當大的精力——他的臉部表情就會很快地消褪成之前不帶情緒的平靜。看到他這樣的表情，並不會讓人覺得難過，因為他的表情雖然遲鈍，卻不是年紀老邁的那種退化。他天生強壯而結實的體格，還沒有坍塌成廢墟。

不過要在目前這種對他不利的狀況下，論述與定義他的個性，是項非常艱困的工作，難度甚至不下於從提康德羅加[11]那樣破落的灰沉廢墟，以想像力描畫並重建一座古老的堡壘。或許，到處都殘存著幾乎完整的壁牆，但其他地方也許只剩下一塊看不出形狀的擋路石堆，堅固到無法排除，在年復一年的和平與輕忽歲月中，放任石堆覆滿青草與不知名的雜草。

然而，若懷著孺慕之情注視著這位老戰士——其實儘管我們之間的溝通少得可憐，但我對他的感情，就像所有熟悉他的兩足與四足動物一樣，因此用孺慕兩字，或許也不

10. 即米勒將軍。
11. 提康德羅加（the Ticonderoga）：美國非正規軍於一七七五年五月從英軍手中奪過來的堡壘，位於紐約州東北方。

是那麼不恰當——我還是可以描述出這個人的要點。他以高貴和英雄的形象著稱，絕非巧合，而是名符其實地贏得這樣一個高尚名聲。我認為，他的精神力量，永遠不會讓他因為某次焦慮戰勝理智的行動而定調，不論在生命的哪一個階段，他的精神力量都會提注一股讓他起而行的衝力；而這股衝力一旦生成，不論是要克服前方的障礙，還是要完成某個必達的使命，停擺或失敗，都不會是他的選項。之前充斥在他本性中，且至今尚未熄滅的熱度，永遠也不會是那種閃爍的短暫火光，而是像熔爐內烙鐵那樣的深紅火光。沉穩、牢靠、堅強——就是他外露的表現。

遺憾的是，當我說這些話的時候，老朽已經過早偷偷爬進他的身軀之內。然而即使這樣，我還是可以想像，某些刺激應該可以深入到他意識中，並引起激盪——或許只是一段音量很大的小喇叭吹奏曲，且音量大到足以喚醒他所有尚未死亡，但處於蟄伏的精力——可惜他沒有能力像丟棄一件病人服那樣擺脫自己的病痛，也無法拋開老年人倚賴的枴杖，握住戰刀，重新開始當一名戰士。他在心情激盪的時刻，舉止仍維持著平靜。然而這樣的表現只不過是我幻想中的畫面；既非期盼，也非渴望。我在他身上看到——請允許我援用之前已經使用過的最適當直喻，他身上的這些特質明顯得有如無法摧毀的老提康德羅加堡壘——執拗與沉重的耐久特質；或許這些就是成就他早期頑強性格的因素。

我還看到他正直的本性，一如他大部分的其他稟性，全都根深柢固，也全都像重達一頓的鐵礦那樣，既無法錘鍊，也無法駕馭；他的另外一個本質是仁慈。他在奇佩瓦或伊利要塞[12]的戰役中，雖然率領部隊勇猛地拿著尖刀與敵人肉搏奮戰，但我仍堅信，仁慈是他心底的印記，也相信他的仁慈激勵了當代熱愛浪費口水的慈善家。他確實曾經親手收割人命，這一點我很清楚——在他所向披靡的進攻下，敵人猶如急掃鐮刀下的葉片，一大片一大片地倒下——然而儘管如此，他的心卻從不冷酷，因為他是個連刷掉蝴蝶翅膀上的絨毛都不忍心的人。我認識的人當中，還沒有人能讓我如此自信地證明他內心的仁慈。

遇到米勒將軍前，許多特質——尤其是與前述那些性格相似的特質——應該都已消失，或至少已黯淡無光。最純粹美好的特質，持續的時間通常也最短；大自然不會在人類的廢墟上，妝點新的美麗花朵，因為廢墟上的花，只會在腐朽的裂縫和罅隙生根，並汲取其中的養分；就像大自然從提康德羅加堡壘的廢墟上，只種下了桂花竹香一樣。但話說回來，即使從優雅和美麗的角度來看，這件事仍有值得注意之處。不時出現的幽默心情，可以穿透陰暗障礙物的面紗，讓光線在我們臉上愉悅地跳躍。米勒將軍每次看到與嗅到花兒的芬芳後，臉上就會展現慈愛之情，那是一種男子鮮少在孩童或青春期過後

12. 奇佩瓦戰役或伊利要塞（Chippwa or Fort Erie）：指一八一二年戰爭中，尼加拉瓜前線的不同戰役。這些戰役讓美國轉敗為勝。

外露的天生優雅。或許大家認定一介老兵的榮耀，只能是額間的血腥桂冠，但此處提及的這位老將軍，對花草卻似乎有一顆年輕女孩的珍視之心。

就在勇猛的老將軍習慣安坐的火爐邊，稽查官喜歡隔著一段距離，站著觀察老將軍安詳以及幾乎像在打盹的表情。不過極少的幾次，實在避不開的時候，稽查官也會親自下海，扛下與老將軍對談的艱困工作。老將軍雖然近在咫尺，卻似乎遠在天涯；雖然總是貼著他的椅邊走過去，卻感覺隔著千山萬水；雖然一伸手就可觸及他的手，卻有種遙不可及的錯覺。或許在老將軍的想法中，他曾經歷過的生活，要比海關這個令他感覺格格不入的環境更真實。閱兵型態的演變、戰爭中的喧囂與激動，還有三十年前鑽入耳中讚揚英雄的古老樂章——那些畫面、聲音，或許都在他知性的意識中上演。同時間，商賈、船東、整潔的海關人員以及粗魯的水手，卻在此來來去去；老將軍身邊的商業與海關生活忙碌熙攘，不斷在耳邊迴響，卻引不起他的注意；不論是人或事，似乎都無法與老將軍建立起任何關連。他就像一把曾經在戰場前線削鐵如泥，如今劍刃雖然仍可閃耀出一線光芒，卻已鏽蝕的老刀，被錯置了時空；他和刀，大概都應該被收在副稅收官的辦公桌上，與墨水台、文件夾以及紅木尺擺在一起。

在我重建與重塑這位身處尼加拉瓜前線卻依然信念堅定的軍人時——他是位真誠而渾身是勁的真男人——想像他說出「我會盡力，長官」[13]這句令人動容之語的畫面，對我甚有助益。他說這句話時，是在進行絕望與英雄式的冒險行動之前，呼吸間盡是新英格蘭剛毅的靈與魂，他很清楚前方的危險，卻依然迎頭面對所有的危險。如果授予紋飾榮耀，是我們國家獎賞英勇的方式，那麼最適合放在米勒將軍盾章上的最佳銘辭，應該是——在光榮卻危險的任務前，看似輕如鴻毛之語，只有他說得出口。

與截然不同於自己的人攜手合作，並蔚為習慣，對一個人健康的道德和智識成長，有很大的幫助，因為迥異於自己的對方，不會在意你追逐的目標，而你也必須跨出自己的世界，才能欣賞到對方的世界與能力。我生命中的意外事故，常常給予我這樣的機會，然而這種機遇的數量與多樣性，卻從來沒有像我在撒冷海關服務的那段期間那麼大。其中有位特別值得一提的人；我因為觀察他的個性，而對「天賦」這兩個字有了新的認識。這位同仁擁有企業家的才能：敏銳、精準、頭腦清晰；他還有雙看破混沌的眼睛，以及一身不費吹灰之力就可以理順所有複雜問題，讓麻煩全部消失的本事。對從孩童時期就在海關打混的他來說，海關是最適合他的活動場地。至於那許許多多令外來者摸不清頭腦的複雜業務，一到了他手上，全變成淺顯易懂系統下的例行工作。我認為他簡直就是他那個階級的楷模代表。

事實上，他就是海關；又或者說，在任何情況下，他都是那個讓海關各種旋轉輪軸

13. 據稱為米勒將軍在奉命死攻英軍砲兵連前所說的話。

持續運作的主發條。由於在海關這樣的機構中，每名官員都是為了增進推薦者或派任者自身的利益與方便，而接受任命，因此幾乎沒有任何領導階層，會去瞭解他們派任或推薦的這些人，是否勝任被指派的工作，也因此這些人必須另闢蹊徑，找出自己的專才。於是，出於必然的必要性，我們這位具備企業家特質的同仁，就像一塊吸引鐵屑的磁石，引來了每個人碰到的各種難題。他用一種悠閒而謙遜的態度，親切地容忍大家的愚蠢——對他這樣高智商的人而言，愚蠢想必也和犯罪差不了太遠——然後輕輕地用他的金手指一點，令人百思不解的難題，立即變得如白晝般透亮。商賈們對他的敬重，絲毫不亞於被他視為密友的我們。他的清廉無可挑剔；他的正直並非他的選擇或原則，而是他的本性；在處理業務時，維持誠懇及組織性規律的態度，更是他這種心緒清明、行動精準的優秀知識分子，行事的不二法則。職業範疇內，不論因任何事情所帶來的任何良心污點，都足以令這樣一個人出現極大的困擾，且程度遠大於帳目不清或乾淨帳本上的一滴墨漬。言而總之，我有幸認識了這樣一位百分之百適應自身處境的人，而在我這輩子裡，這樣的例子鳳毛麟角。

以上是幾位現在跟我有關的人。我自認陷入當下這個與我過去經驗，幾乎沒有任何雷同之處的環境中，並讓自己嚴肅地振作起來，從這樣的環境中，獲得最大的收穫，是老天爺的好意。曾經，我與布魯克農莊[14]愛空想的伙伴們一起辛勞工作，並擬定不切實際的計畫、在愛默生等知識分子潛移默化的影響下，生活過三年、在阿薩貝斯河[15]和艾勒瑞・錢寧[16]度過了任性而自由的日子，當時除了用傾倒的大樹生火外，整天就是耽溺在天馬行空的思考中、與梭羅[17]在他華頓[18]湖邊的隱士之居中，大談松樹與印地安遺跡、因為對希拉德[19]修養的典雅高尚產生共鳴，進而對萬事挑剔以及深受朗費羅[20]爐邊的詩情畫意感染——經歷了所有的這些事後，終於是時候運用我其他的天賦，以及用至今為止並不是太對味的養分培育自己。即使是老檢驗官，為了變換口味，也曾想要成為一個認識奧爾科特[21]的人。我將這樣的轉換，視為一套天生平衡協調系統的存在證據，並在沒有欠缺任何維持完整體系運作的重要部分同時，擁有這些可以放入記憶中的同伴

---

14. 布魯克農莊（Brook Farm）：一八四一年由先驗主義者在波士頓附近建立的農業合作社區；霍桑曾加入該組織，七個月後退出。
15. 阿薩貝斯河（Assabeth）：阿薩貝斯河在麻省的康科（Concord）附近與康河（Concord River）交會。霍桑曾住在愛默生位於康科的住處，並因此認識了愛默生圈子裡的成員，包括錢寧（William Ellery Channing）。
16. 艾勒瑞・錢寧（William Ellery Channing）：一八一八～一九〇一，美國傳教士，唯一神教派（Unitarian）的創始人。
17. 梭羅（Henry David Thoreau）：一八一七～一八六二，美國思想家與散文家。
18. 華頓（Walden）：位於麻省康科附近的一個小湖，也是梭羅一八五四年出版的《湖濱散記》（*Walden*）英文書名。
19. 希拉德（George Stillman Hillard）：一八〇八～一八七九，波士頓的律師與慈善家，在文學圈頗有名望，是霍桑的朋友與顧問。
20. 朗費羅（Henry Wadsworth Longfellow）：一八〇七～一八八二，美國詩人。
21. 奧爾科特（Bronson Alcott）：一七九九～一八八八，一般認為是最具前瞻性的美國先驗主義者。

為伍，我相信自己可以立即與各種不同特質的人相處，並在出現變化時絕無抱怨。

現在，文學以及文學的運用和目標，在我的眼中並不重要。這個階段，我一點都不在意與自己相隔遙遠的創作結果。本質——除了人類的天性外——在天地間發展而成的本質，從某種意義上來說，隱藏在我無法感知之處，而所有想像出來但經過了靈化過程的喜悅，也全從我的心靈中出走了。就算我還有殘存的天賦或才能，這些能力也都處於暫時休業或蟄伏的狀態。如果我無法領悟能否喚起過去珍貴的一切，全在於自己的選擇，那麼所有的事物，都會蒙上一層悲傷以及言語無法表達的淒涼。沒錯，公職生涯或許的確不是一個可以長久平安無憂的生活方式；此外，這樣的生活也許會讓我永遠改變，成為與過去截然不同的人，卻不是變成值得我去追求的那個樣子。但我永遠只會把這樣的改變看成短暫的人生。人都有一種預知的本能，那是一陣耳邊的低語，告訴我在不久之後，又或者在任何習慣出現了有助於自己的新改變時，蛻變自然就會出現。

我同時也是一名稅收稽查官，而且就我瞭解，我還是個相當稱職的稅收稽查官。一個有思考力、幻想力，又感覺敏銳的人（而且這些特質比稽查官所需要的多出十倍），或許，在任何時候，都是個會做事的人，當然前提是這個人願意攬麻煩上身。我的管理層同僚，還有那位具企業家特質的同事，以及因為公務關係而有過任何型態接觸的船長們，也都認為我是這樣的人；不過他們可能並不瞭解我的其他特質。我想，他們當中沒有人讀過任何一頁我的作品，或者就算有人看過我所有的著作，也完全不當回事；再說，即使我那些無利可圖的創作，是用類似伯恩斯[22]或喬叟[23]手中的筆所寫成，對解決事情也沒有任何幫助。話說回來，伯恩斯和喬叟在他們那個年代，也跟我一樣當過海關官員。

對於夢想著獲得文學名聲或用文學作品擠身顯貴世界的人來說，這是堂很珍貴的課程——遺憾的是，通常也是堂殘酷的課程——這堂課的教訓，就是當你走出那個自稱已獲得大家接受的窄小圈子，你會發現在那個圈子之外，你的所有成就，以及你致力達到的一切目標，是多麼無關緊要。我不知道自己是否特別需要這堂課，以警告或譴責的教育方式給予調教，不過不管怎樣，我是從頭學到了尾。好好學習這堂課的結果，並沒有讓我在感知到真理時的反省之刻感到愉悅、痛苦，或需要吐出一大口哀嘆之氣。至於文學領域的交流，嗯，有位海軍軍官——一個很不錯的傢伙，他會跟我一起走進辦公室，待一會兒後再離開——經常會跟我輪流討論拿破崙或莎士比亞，這兩個他喜歡的議題。另外還有稅收官的那位年輕辦事員——同樣也是一位年經的紳士，而且根據小道消息，他偶爾會藏起一張美國政府的官方信紙，信紙上（依照隔著幾碼距離外的判斷）非常像

22. 伯恩斯（Robert Burns）：一七五九～一七九六，蘇格蘭詩人。

23. 喬叟（Geoffrey Chaucer）：一三四三～一四〇〇，英國作家，被譽為英國中世紀最傑出的詩人，也是第一位葬在西敏寺詩人角的詩人。

是詩句——也不時來和我談論不同的書籍，就好像我對這些作品都很熟似的。這就是足以應付我文學需要的完整文學交流圈。

當我不再追求或在乎自己的名字，是否應該橫幅地標示在作品的書名頁後，我開心地想著，現在我的大名有了另一種宣揚方式。海關的標記員，以油印和黑墨，把我的名字印在胡椒袋、絳珠籃、雪茄盒以及各種課稅商品的包裝上，藉以證明這些商品全都依規定支付了關稅，也通過了海關的查核規定。這樣古怪的揚名工具，讓我的存在隨著我的名字，傳遞到我以前從未去過的地方。而我希望自己永遠也不需要再去。

然而過去並未死絕。許久以前已安靜放下的，那些一度以為至關重要且無比活躍的想法，於焉復活。當過去的習慣重新在體內甦醒，其中最令我驚訝的是，舊有的習慣設定了，我為大眾撰寫隨筆雜記的文學創作規律，就像我現在正做的事情一樣。

海關大樓二樓有一間大辦公室，裡面的磚造部分與裸露的椽柱，從未被鑲板和灰泥遮掩過。這棟大樓——最初計畫的建築規模，是要能同時滿足港口舊有的商業業務，以及預定但後來並未達成的後續榮景——裡面的空間，遠比目前使用者知道該如何使用的空間多了很多。因此這間位於稅收官辦公室樓上的養蚊子大辦公室，儘管陳年蜘蛛網都已在房裡灰黑的橫樑上，結出了繁複的裝飾，卻直到今日都沒有完工。這裡似乎仍在等著木匠與石匠來繼續施工。屋子裡這一邊的凹壁中，堆著一個疊一個的圓筒，裡面裝著一捆捆的公文，地上鋪滿了大量相同的廢紙屑。一想到這些再也不會有人看上一眼的發霉紙張，現在只是被拋置在這個被遺忘角落的地球累贅，卻曾背負著許多人、許多天、許多個星期、許多個月以及許多年的辛勤工作成果，就令人痛心。不過話說回來，又有多少手稿——那些紙張上面滿滿寫著的，不是乏味的官方制式內容，而是從頭腦以及心底深處豐沛的感情流露，所化成的創意十足文字——同樣遭人遺忘而終至湮滅；更何況，那些手稿在它們的年代，還不如這裡堆疊的文件，根本沒有派上過用場。而更令人感傷的，莫過於那些手稿無法為他們的創作者換來舒適的生活，不像海關的工作人員，可以從他們筆下那些一無是處的塗鴉，得到實質利益。不過，若將這些公文資料看成當地史材，或許這些東西也不是那麼一無是處。在這些文件中，無疑可以找出撒冷過去的商業數據，以及曾經的商業鉅子——譬如老德比王、老比利・葛雷[24]、老賽門・佛瑞斯特[25]——以及許多當時泰斗大亨的相關記錄，不過在這些大人物的油頭粉面還沒進入墳墓前，他們的金山銀山就開始慢慢變小了。現在大部分撒冷上流家族的發跡主，都可以從這些公文中追溯出來，那些人都是從不起眼的小生意開始，發跡的時間則大概都在獨立戰爭之後，一直到他們的子孫以為家族歷史久遠的現在。

24. 比利・葛雷（William Gray）：一七五〇～一八二五，富有的船東，晚年成為麻薩諸塞的副地方長官。

25. 賽門・佛瑞斯特（Simon Forrester）：一七七六～一八五一，霍桑在寫這篇序言的時候，佛瑞斯特被認為是撒冷最有錢的市民。

獨立戰爭以前，史料紀錄嚴重缺乏。海關收藏的最早的紀錄與檔案，可能已在英國官員隨同英軍撤離波士頓時，一併送到英國的哈里法克斯[26]了。這件事對我而言，一直都覺得是個遺憾，因為若回溯到英國攝政監國的那個時代，舊文件必然記載著許多已經被遺忘或仍被記得的人，以及古代海關的資料，那些資料應該會像我以前在老宅附近的田野撿拾印地安人的箭頭般，為我帶來相同程度的樂趣。

不過，在一個無聊的雨天，我幸運地發現了一些引起我小小興趣的東西。在戳弄與翻動牆角層層疊疊堆積如山的廢紙垃圾時，我攤開一張又一張的文件，讀著文件上一艘又一艘早已沉入海底，或不知在碼頭邊腐爛了多少年的船舶名稱，唸著從未在現有商人名冊上聽說過，也沒有在苔蘚滿布、死者姓名難以辨識的墓碑上，看過的商賈大名。就在我用一種難過、疲憊以及半抗拒的興致，掃視著這些記載著死者各種活動的文件屍體時——同時發揮我因為不常使用而顯得遲滯的想像力，試著從這些乾屍中召喚出撒冷老城較明亮的景象，在這幅想像的圖像中，印度是個新開發的地區，而只有撒冷知道怎麼去印度——我剛好把手放在一個細心用發黃的老羊皮紙包起來的小包裹上。

這個信封，給人很久以前官方正式文件的感覺，因為那個時候的書記人員非常熱衷於將自己呆板又正式的字體，寫在比現在更有質感的各種材料紙上。說不出來這包東西有什麼不一樣的地方，但很快引起了我本能的好奇，並讓我立刻動手拆開綁著這個包裹的紅帶子，感覺應該是有什麼寶物要重見天日了。展開了僵硬的羊皮封後，我發現裡面是一張委任狀，由地方長官雪萊[27]用印簽發，任命一位強納森・皮埃先生擔任麻薩諸塞灣的撒冷港國家海關的稽查官。我記得曾經看過（也許是在菲爾特的編年史[28]）一份大概八十年前皮埃稽查官逝世的通知；另外，最近報紙上還有一篇在聖彼得教堂翻修時，從教堂的小墓園挖出他骸骨的報導。如果我沒記錯，報導中，我的這位前輩除了一副不完整的頭骨，以及一些衣物碎片，和一頂莊嚴捲曲的假髮外，什麼都不剩。那頂假髮，迥異於它曾經裝飾的頭顱，保存狀況極佳。不過在檢視這張包裹委任書的羊皮紙時，我發現了更多皮埃先生智能以及頭腦運作的形跡；而相較於那頂包覆皮埃先生受人敬重腦袋的假髮，洋皮紙提供的資訊要多得多了。

簡單地說，這些資料並非官方文件，而是私人性質的文件；或者，至少是以他私人身分寫成的，而且顯然是他親手所寫的文件。這些東西之所以堆在海關的垃圾中，我想很可能是皮埃先生的過世事出突然，以致於他的繼承人可能根本就不知道，他辦公桌裡

26. 哈里法克斯（Halifax）：位於英國西約克夏，為卡德戴爾自治區（Metropolitan borough of Calderdale）的行政中心（minister town），自十五世紀開始，就是毛織品製造中心。

27. 雪萊（William Shirley）：一六四九～一七七一，出生於英國的律師。一七三一年抵達麻薩諸塞，於一七四一～一七四九及一七五三～一七五六，兩次擔任麻薩諸塞殖民區的地方長官。

28. 指的是一八二七年菲爾特（Joseph B. Felt）於撒冷出版的《始於第一次殖民區的撒冷編年史》（*Annals of Salem from its First Settlement*）。

還收著這些東西，又或者是他的繼承人以為這些東西跟稅務的業務有關，所以留在這裡。而英國人在移轉檔案至哈里法克斯時，確定這個包裹與公務無關，因此把它留了下來。自此一直留在這兒，從未有人打開看過。

這位老稽查官——根據我的猜測，在那個年代，與他有關的業務應該鮮少有令他煩心之處——似乎用了很多閒暇時間，以當地古物專家的身分做了許多研究，以及與研究古物性質類似的調查。這些無關緊要的活動，提供了老稽查官一些動腦的機會，不然他的腦子怕是要生鏽了。

沒多久，在我準備撰寫收錄在這本書中的《大街》[29]一文時，他蒐集整理的部分材料，幫了很大的忙。老稽查官留下的其他資料，或許未來對撒冷當地史的文獻，也會有同樣重要的貢獻；當然，如果我對這塊出生之地懷有的尊崇之情，足以驅使自己承接下一份值得讚許的工作，那麼將這些史料擴充成一本正規的撒冷史，也並非不可能的事。話說回來，任何有這種意願及能力的人，都應該從我手上接過這件無利可圖的工作，自由運用這些史料。至於這些資料的最後落腳處，我想我會將它們交給艾塞克斯歷史學會。

然而這個神祕包裹中，最吸引我注意的，是一塊陳舊且褪色的高級紅布。紅布上有金色刺繡的痕跡，但金色的刺繡磨損嚴重，無法辨識出刺繡的圖案，金線的光澤也全都磨滅，就算仍殘留些晶亮的部分，也少之又少。明顯可見紅布上的刺繡鬼斧神工，針腳（關於這一點，我已經和精通此技藝的女士確認過了）也證明了這是一種現代已失傳的刺繡之法；即使以逆向工程一針一針將線挑出來研究，也無法領略竅門。

這塊紅色的碎布——時間的洪流、自然的磨損，以及褻瀆藝術的蛀蟲，已經讓這個東西淪落成除了小碎布之外，別無其他的稱呼了——在經過仔細檢查後，我判斷應該是一個字母的形狀。一個大寫的A。經過了精確的測量，每隻斜腳的長度都是精準的八公分。毫無疑問，這個東西是衣服的一種裝飾；不過在過去，這個東西怎麼配戴，以及什麼樣的階級、特權與地位，才能有這樣的裝飾，還是個謎（世界流行的樣式，特別是衣飾，簡直瞬息萬變），而我自知無力解答。但我對這個東西還是有一種奇怪的興趣。我的眼睛定定地盯著這個古老的紅字瞧，拒絕移動。這個字絕對具有值得解析的意義，而且這個源自神祕符號的東西，似乎正在巧妙地與我的感覺溝通，只不過避開了我理智的分析。

在陷入這樣的困惑時——我還不斷地思考、假設，不知道這個字母會不會是我們白人以前用來吸引印地安人注意的裝飾設計——我不經意地把這塊紅布放在自己胸前。那一刻，我好像——讀者也許會發出會心一笑，但請不要質疑我的話——感覺到一陣悸

29.《大街》（*Main Street*）：霍桑後來將這篇文章以及其他幾篇短篇故事從《紅字》中移除，改收錄在一八四九年出版的《美學雜文》（*Aesthetic Papers*）一書中。《大街》是一篇描述舊撒冷的文章。

動，那並不完全是生理的悸動，而幾乎是像燒灼的炙熱感，就好似這是個用紅色的熱鐵燒成的字母，而不是紅布縫成的東西。我打了一個顫，不自覺地讓這塊紅布掉落地上。

當我把全副精神都用來研究這個紅色字母時，竟忽略了檢查一卷卷在旁邊的髒兮兮紙張。我後來打開了那張紙卷，開心地發現上面是老稽查官親筆寫下的內容，相當完整地解釋了整個情況。紙卷一共有好幾大張的書寫紙，上面有許多關於名叫海絲特．派恩的生平與對話內容的細節。在我們那位前輩的眼中，這個海絲特．派恩似乎相當值得一記。她活躍於麻薩諸塞殖民區初創與十七世紀末之間。皮埃先生時代還建在的老人家都記得這個人，皮埃先生就是根據他們的口述，記下了這件事。在這些老人家還年輕的時候，海絲特．派恩就年事已高，然而她不但不顯老朽，反而維持著華貴且端莊的神態。從沒有人記得的時候開始，她就常在家鄉四處走動，有擔任像義務護士那樣工作的習慣，而且會盡力行各種善事；除此之外，她也會竭盡所能地為大家的各種問題提供建議，特別是那些與心境有關的困擾；她就像是個有強迫症的人，但透過這些行為，她獲得了許多人的尊敬，並被視為天使。不過，我可以想像一定有些人認為她雞婆又討人厭。

進一步研究這篇手稿時，我知道了這個女子其他的事蹟和磨難，大部分的細節，各位讀者可以參閱《紅字》的故事。我要請大家謹記於心的是，《紅字》故事中主要的事實，都是出自皮埃稽查官親自留下的文件。這些原始資料，以及那塊最不尋常的紅色字母遺寶，都仍在我這裡保管。任何一位對這個故事感興趣，並想要一睹真物的讀者，隨時歡迎自由觀賞。大家千萬不要認為，我對這個故事進行了修色潤飾，或想像出影響了故事人物的動機，以及各種不同感情的表達方式，在《紅字》裡，我始終如一地將自己侷限在老稽查官那六大張書寫紙的內容中。儘管如此，我卻讓自己在利用這些事實時，享有盡可能，或者該說全然的自由，就好像這些事實全部出於我的創作。我堅持的是故事輪廓的真實性。

這件事情在某種程度上提醒我的心，要回到故事的舊有軌跡上。撒冷這兒似乎是故事的地基所在。整件事給我的感覺，就像是老稽查官穿著一百年前的衣服、戴著他那頂不朽的假髮——就是那頂和他一起埋葬，卻沒有與他一起腐爛的假髮——和我在海關這間被棄之不用的辦公室裡相遇。他的舉止間，有一種肩負著國王殿下委以重任的威嚴，而王座發出的那道燦爛的光芒，也因此照耀在他身上。相較於自詡為人民公僕，覺得自己比那些最沒有分量的人民老闆還要沒有分量、比那些最底層的人民老闆還要更卑微的共和國官員，那種卑躬屈膝的樣子，老稽查的氣質是多麼地不同啊！這個面容模糊但威嚴高貴的形體，揮動他幽靈般的手，將這個紅色的符號以及那一小卷說明的手稿，傳給了我。他用自己那個鬼魂般的聲音獎勵我，說他在鄭重考慮過我身為後代子孫應盡的義務，以及對他的敬重——他應該是理所當然地認定自己是我正式的祖先吧——因為我把他發了霉與被蠹蟲蛀了的精心著作，公諸於世。

「做好這件事。」皮埃稽查官的鬼魂這麼說，並用力地點了點他那顆因為令人難忘的假髮而異常顯眼的頭。「做好這件事，利益就是你的。很快你就需要用錢，你們現在跟我那個年代不一樣，我那個時候，工作不但是終身制，而且常常可以世襲。不過在派恩老太太的事件上，我命令你把功勞記在你先祖的記憶上，這是他們應得的功勞。」而我對皮埃稽查官鬼魂的回答是——「遵命！」

於是我對海絲特．派恩的故事，投注了許多想法。許多個小時的沉思、來回在自己的房間裡踱步，或不下百次在海關前門與側門之間不算小的區域裡來回走動，都是為了這個題目。長時間來來回回的無情腳步聲，嚴重干擾了老檢驗員、秤重員與稅收官的打盹品質，讓他們的疲憊與焦躁程度直線上升。他們把這樣的情況與過去的生活習慣連結，因此總是說稽查官就像是走在後甲板上。這些人大概以為我這樣來回走動的唯一目的——確實，一個頭腦清醒的人如此自發性行動，只會因為這唯一目的——就是要增進晚餐的胃口。說實話，胃口在通常沿著穿堂吹過來的東風打磨下，會變得更大，這也是我不斷地孜孜不倦來回走動的唯一有價值收穫。

其實海關的氣氛與想像力、感性運作後的細膩產物，格格不入，所以我如果在未來十屆總統任期內，都留在海關工作，《紅字》是否會出現在大眾眼前，是件值得高度懷疑的事情。我的想像力是面失去了光澤的鏡子，沒有反射力，只能盡一切努力把極為朦朧的影像勾勒出來。我的智識熔爐無法點燃任何熱度，為故事中的人物加溫或進行鍛鍊。因此這些人物保留了死屍完整的僵硬度，並用令人毛骨悚然的輕蔑冷笑，定定地盯著我，不帶任何感情的溫暖，也沒有感性的溫柔。

「你打算怎麼處理我們？」他們的表情似乎在如此質問。「你以前掌控虛幻世界的那點小小力量，都喪失光了！你把那股力量拿去交換微薄的政府薪資。走開，去賺你的薪水去！」簡言之，這些幾乎在我想像世界中冬眠的人物，全都在用愚蠢的言行嘲笑我，但他們說的也不是全無道理。

除了山姆大叔規定每天給他的三個半小時外，這種感覺很糟的麻木，也佔據了我其他的時間。不論我在海邊散步或到鄉間閒晃，每當我打起精神想要找回以前讓我頭腦清明、思緒活躍的大自然鼓舞之力，也就是我跨過老宅門檻的那一刻時——這種時候少之又少，而且都非本意所致——麻木感卻始終如影隨形。嚴重影響知性努力的相同麻木感，也會隨我回家，在我待在那間稱之為書房，卻顯得無比荒誕的房間裡時，憂心不已。即使是夜深時分，坐在只靠冷煤微光以及月光照明的孤寂客廳裡，用盡所有力量去想像第二天如何可以用鮮活描述，讓虛構場景躍然於明朗頁面上時，這種麻木感仍沒有離開。

如果想像力在這種時刻都拒絕運作，那麼或許事情真的就無可救藥了。月光，在熟悉房裡灑下白光，照在地毯上，也清楚照亮了屋裡所有的物品——連細節都清晰可見的每樣物品，卻迥異於晨光或正午時分的景象——對於一個想要與虛幻賓客熟稔的浪漫作家來說，月光是最佳的媒介。這間大家都熟悉的屋裡，有一種淡淡的家居氣氛；屋裡的每張椅子都自成一格；屋子中間的桌子上擺著一個針線筐、一兩本書，還有一盞滅了的燈；沙發、書櫃以及牆上的畫——所有這些瑣碎的東西，都清楚呈現在眼前；但同時又因為罕見的光線而顯得空靈，似乎失去了實體，全成了抽象品。這裡的東西，不會因為太小或太不重要，而逃脫這樣的變化，或失去這樣的尊嚴。一隻孩童的鞋、置放在她藤編馬車上的洋娃娃、竹馬——簡單地說，所有那孩子曾在白天用過或玩過的東西，全都被注入了一種怪異與久遠的特質，卻又同時保留了白晝光線下的那種生動存在感。

因此，這個我們所熟悉的房間地板，成了一塊介於真實世界與神話王國之間的中立地域，真實與虛幻在此交會，各自都沾染上了對方的本質。鬼魂可以在此出沒，卻不會驚嚇到我們。如果我們環顧身邊，發現一位已過世的摯愛親友，安靜地坐在這道魔幻的月光之下，並讓我們懷疑他是否剛從遠方歸返，又或者其實他從未離開過我們的火爐邊，那麼就是這些鬼魂已經完全融入了我們身邊的環境，以致沒有人會對他們的出現感到訝異。

微弱的煤火，是製造出前述效果的重要影響之一。這樣的火光，讓整間屋子都籠罩在一點都不顯眼的色調之中，牆面與天花板全帶著淡淡的紅色，家具的光滑部分也反射出閃爍的微光。這種較柔和的光線，與一束束冷靈的月光交揉，又像是在和人類的心與柔嫩的感官溝通，希望能形成想像力所召喚的那些影像。這種光線將虛幻的影像轉換成真正的男男女女。眼睛瞥過鏡子時，我們看到——從鬼魂出沒的鏡緣深處——爐子裡正在悶燒的半滅煤火、地板上一束束的白色月光，以及畫作上反覆的明暗交疊，都會讓人離真實愈來愈遠離，與想像愈貼愈近。當眼前呈現如此幻景的當兒，如果作不出怪異奇夢的當事人獨自沉坐，把周遭的一切都看成真實，那麼他永遠也不需要去寫什麼勞什子的虛構故事了。

不過對我而言，在海關工作的那一段經驗，月光、陽光與耀眼的爐光，都沒什麼差別，價值也比不過閃爍的燭光。一整串與這些光線相關的傷感情緒和天賦——我雖然沒有大才華或了不起的價值，但也曾擁有這些易感的情緒與天賦——全都已離我而去。

然而我相信自己若嘗試另一種不同的創作方式，我的能力應該不至於那麼一無是處與毫無成效。舉例來說，我大可以自滿於寫一篇檢驗員的故事，他曾是位經驗豐富的老船東，後來才轉任檢驗員；而且他應該是我最心懷感激提及的一個人物，因為每天從我身邊經過時，他幾乎沒有一次不引得我哈哈大笑、不讓我對他說故事的超人本領表示嘆服。如果我能保留住他敘事風格的生動力量、他天賦所教會他如何描述故事的幽默色彩以及效果，我衷心相信文學世界將會出現一種嶄新的創作。

或者，我也可以就地取材，找個比較嚴肅的題目下手。在日常生活的物質需求不斷對我騷擾、施壓的情況下，把自己甩入另一個時空，或堅持從虛幻的事物中，創造出一個類似真實的世界，實在愚蠢至極，尤其當自己肥皂泡泡般無法觸及的美麗，因現實環境中某種粗野的碰觸而破滅時，愚蠢的感覺更加深刻。讓思維與想像力，透過當下晦暗的實體擴散，進而將這些想法變成明亮的透明，應該會是比較聰明的作法。換言之，先將一開始就變得愈發沉重的負擔空靈化之後，再堅毅地找出隱藏在令人疲憊的雞毛蒜皮小事，以及那些正與我交談的平凡人物背後不可摧毀的真正價值。我錯了。在我眼前展開的生活，之所以看似乏味又平凡，完全是因為我根本沒有試著去瞭解，這種生活的深層意義。一本遠勝於我所有創作的書，就擺在我的眼前，一頁頁地將自己的內容展現在我眼前，這本書就像源自於飛逝時光中的事實，因此消失的速度與書寫的速度一樣快，但這都是因為我的腦子只想要事件的內幕，而那隻精明的手，也只想寫下內幕。或許在未來的某一天，我會想起並記下一些凌亂的片段與不完整的段落，然後發現這些字在紙上變成黃金。

這樣的領悟來得太晚。在事情的當下，我心心念念意識到的，只有曾經帶來喜悅的事情，現在成了一片絕望的艱辛。其實也沒有必要抱怨這種情況。曾經我也創作過一些故事與文章，筆下的作品雖不至於讓人無法忍受，卻也拙劣地不入法眼；但現在的我，早已不再是一名作者，現在的我，是一名還算稱職的海關稽查員。事實就是這樣。然而不論如何，懷疑自己已江郎才盡，或者認為自己的靈氣有如裝在小瓶子裡的乙醚，正在一無所知的時候向外洩漏，而且每次察看時，都會發現瓶子裡殘餘的揮發性液體愈來愈少，再加上這樣的質疑不斷纏繞心頭，實在是件孰可忍孰不可忍的事情。

其實這樣的事實與結果，沒有任何值得起疑的地方，遑論檢視完自己與他人後，我的最終判斷是公僕這個角色對我性格的影響，非常不利於話題中的作者生涯發展。或許我將來可以用其他形式來進一步解釋，公僕角色對我性格的這些影響。不過在此僅需提出一點，就足以說明這種情況，那就是長期擔任海關官員，無法讓你成為被敬重或誇讚的人，這當然有許多原因，但其中一個原因是擔任海關期間，你必須堅持工作的立場——當然，我相信這個立場的正當性——但這樣的立場卻不是人類普遍努力後所認同的立場。

透過觀察，我相信多多少少都能在任何一位曾任海關工作的人身上發現一個影響，那就是當他靠向共和國的有力臂膀同時，他也正在失去他自己真正的力量。他失去了自立的能力，且失去的能力與他天生的軟弱與力量分布成正比。如果這個人天生擁有異於常人的力量，又或者是削弱力量的魔法在他身上並沒有作用太長時間，他所喪失的力量，或許還有機會拯救回來。那位被迫離開的海關官員——幸運的他，因為無情的排擠而被早早送進了艱苦世界裡奮鬥——或許還能找回自己，成為他原本應該成就的那種人。不過這種情況少之又少。這樣的人通常只會長久地在原地踏步，直到等來了自己的毀滅，然後在體力全部流失時，被拋甩到艱困的人生道路上，盡力蹣跚踉蹌地走下去。即使此時已清楚瞭解了自身的缺點——知道自己鋼鐵意志與圓融韌性都已全部喪失——他自此後也只能一心期盼尋求外在的援助與支持。他始終維持並堅信著一個希望——或許該說堅信著一種幻覺，這種幻覺讓他在面臨各種阻撓時，無視任何的不可能性，不斷地在他活著的時候騷擾他。我認為這種幻覺就像是霍亂的抽搐劇痛，必定曾在他去世前折磨過他相當一段時間——這個希望與幻覺，就是不久後的最終，藉由某種令人開心的巧合與境遇，他可以重回公職。然而正是這樣的信心，竊走了他或許渴望從事的事業生命力與可利用的才幹。

如果再過不久，山姆大叔強壯手臂就會把他舉起來、養活他，他現在幹嘛要這麼辛苦工作，費力地從泥裡爬出來呢？如果他很快就可以高高興興地坐著，等山姆大叔每個月從口袋裡掏出一小堆閃亮的硬幣給他，他幹嘛要在這兒忙著賺生活費，或到加州淘金？只要淺嘗過公務人員的生活，就足以讓一個可憐傢伙染上這樣獨特的疾病，真是令人難過又吃驚。山姆大叔的黃金——這麼說沒有任何不尊重大叔的意思——從這個層面去看，似乎具有與魔鬼酬勞相同的魅力。不論任何人，一旦觸及公職薪資，都應該好好地反省吾身，否則他會發現難以抗拒這筆不是交出自己的靈魂，就是交出自己的堅毅力、勇氣、堅定、真實、自立等等，這些定義自己性格特質的許多其他優點的交易。

前途一片大好。這並不是說稽查官對於前述的教訓有深刻的體認，也不是說他承認自己不論繼續留在公務機關或被排擠離開，都會一事無成。只不過我的反省有些令人不安。我的心情開始變得愈來愈沉悶與浮躁。我不斷地省視內心，想要知道自己究竟失去了哪些卑微的特質，剩下的本性又受損到什麼程度。我努力計算自己還能在海關吃多久的公家飯，然後仍能像一個男人那樣繼續往前走。老實說，我最擔心的事情——既然任何政策法案都不會把我這樣一個安分守己的人掃地出門，而擔任公職者天生又不太會自己辭職——也是我最大的麻煩，是我可能在稽查官的這個職務上，做到白髮蒼蒼、齒牙動搖，就像那位老檢察員一樣成為沒有靈性的動物。眼前這種慢慢流逝的千篇一律公務生活，會不會讓我最終成為像那位值得尊敬的朋友那樣——晚餐是一天的高潮，至於一天裡面的其他時間，只要像條老狗般在陽光下或陰影中睡過去就好了？這樣的日子，對一個想要用最棒的快樂定義一輩子，並讓自己的才幹與感情都發展到極致的人來說，實在是一幅淒涼的未來寫照。不過這段時間，我都是在自己嚇自己，因為老天為我計畫的，要比我為自己所考慮的周全多了。

在我擔任稽查官第三年，發生了一件出乎意料的事情——這裡我要借用《教區教士回憶錄》的語氣了——泰勒將軍當選了美國總統[30]。為了對公務人員進行全面性有利條件評估，在不太友善的新政權接手之前，檢討現有公職人員安排當然是必要之舉。稽查官的職位，在當時是最麻煩的問題之一，而且每次發生意外事件，也都令人感覺棘手，大家都認為只有倒楣到底的人才會擔任那個職務，也由於兩個黨都鮮少給他更好的選

30.札格力・泰勒（Zachary Taylor），一七八四～一八五〇，於一八四九年就任美國第十二任總統。

擇，所以表面上對他最不利的事情，其實可能是對他最好的事情。只不過對他這樣一個驕傲又敏感的人而言，知道自己的利益竟然掌控在那些既不愛他，也不瞭解他的人手中，實在是件奇怪的事情；而且既然不論這一黨或另一黨，這些人都一定要讓這樣的事情發生，那麼他寧願被傷害也不願被利用。至於整個選舉期間都保持冷靜的人，在看到勝選那一刻所發展出來的嗜血傾向，以及意識到自己竟然成了這些嗜血行為的傷害對象之一時，更是感覺奇怪。

人類天性中，沒有比這種只因為取得了傷害別人的力量，就變得愈來愈殘酷的傾向更醜陋的行徑了——至少我現在在人類身上看到的這些行徑，跟他們的鄰居相比，不遑多讓。如果公職人員上斷頭台是一個事實，而非某種適切的隱喻，那麼我真心相信勝選政黨中的激進分子，絕對會一邊異常興奮地砍掉我們所有人的頭，一邊感謝老天給他們這樣的機會。不論勝選或敗選，在我這個始終冷靜而好奇的旁觀者眼中，這種兇暴而充滿惡意與復仇的冷酷心態，從未凸顯出我們民主黨的許多次勝利，但這次卻是實實在在凸顯出他們自由黨的特質。民主黨也會依照慣例就任公職，因為他們需要這些職位。而多年來的潛規則，也的確設定了公職位置成為政治角力戰場的定律，除非未來能採用另一套行政系統，否則抱怨也只不過是軟弱與怯懦的表現。但是長期習慣的勝利，讓民主黨養出了雅量。看到機會的時候，他們知道如何寬容；當他們動手的時候，斧頭或許的確鋒利，卻很少會在刀鋒上抹上惡意的毒藥，更沒有那種丟臉的習慣，補踢一腳剛砍下來的頭。

簡言之，儘管當前的處境讓我不開心，但最起碼還是有很多理由慶幸自己是選輸的這一邊，而非勝選的另一邊。再說，如果以前的我不像現在開始這樣狂熱於做個黨員，那麼在這段危險與不幸的期間，我也相當確定自己未來的期望，要放在哪一個黨身上；而且我既無遺憾也不羞愧地說，根據理性的機會分析，我認為我留任公職的可能性，要比其他的民主黨兄弟大一點。不過即使是鼻尖前的未來，也沒有人能看到？只是沒想到，我的頭竟然是第一個落地的。

我不禁這麼想，一個人人頭落地的瞬間，幾乎不會，或者應該說，永遠都不會是他生命中最愉悅的時刻。不過，就像我們當中絕大多數的倒楣鬼一樣，只要當事人有意願，也起而行地盡量善用機會，而非一昧做最壞的打算，那麼即使是在這樣嚴重的事件中，也會出現解藥與慰藉。以我親身經歷為例，安慰的題材不但垂手可得，而且在我必須用到它們之前，這些題材早就向我自薦，並讓我思考了相當一段時間。有鑒於之前對於公職工作的疲憊，以及隱約浮現辭職的想法，我覺得自己的運氣，有點像是一個本來只是因為自娛而想到自殺的人，竟意外好運地遭人謀殺。

我在海關待了三年，跟在老宅裡耗掉的時間一樣長；三年是一段長到足以讓疲憊的腦子休息的時間、是一段長到可以拋下動腦的老習慣，並用騰出來的腦容量養成新習慣的時間、是一段長到，或許實在太長了，讓人習慣於居住在一個不自然的環境中，做著對任何人都沒有真正益處，也不會讓任何人開心的事情，也是一段長到沒有讓自己至少去努力平復心中忐忑的時間。

再說，有關這位前稽查官被無情趕出海關一事，他也不是全然不悅地被自由黨視為政敵；除此之外，他在政治事務的處理上實在有些怠惰——他喜歡隨興地在廣闊、安靜，而且各種不同的人都可能碰頭的田野上散步，不喜歡被侷限在那些同黨兄弟都必須閃邊才能通過的窄道上，也因此有時候，他的民主黨兄弟還會質疑，他到底是不是朋友。現在，在他贏得殉道者的王冠之後（雖然他已經沒有頭去戴那頂王冠了），大家應該也都放下了這件事情。儘管他算不上什麼英雄，但當他一直擁護的黨失利，許多更了不起的人也因此倒下時，相較於繼續做個淒涼的倖存者，並在未來四年乞求懷有敵意的政權給口飯吃之後，又被迫重新定義自己的立場，哀求另一個友善的政府賜予他更屈辱的憐憫，現在堅持與黨站在一起，似乎是件更有尊嚴的決定，而他也因此洋洋自得。

同時，媒體提起了我的事，他們讓我像歐文的無頭騎士[31]般，以無頭的形象，可怕陰森，又期待被埋葬地有如任何一個政治死人該有的樣子，在報章雜誌上著實出名了一、兩個禮拜。這就是媒體修飾過的我。不過那段時間裡，我這個腦袋依舊安全擺在肩膀上的真人，卻自在地得出了一個結論，那就是否極終會泰來；我購置了墨水、一般的筆與鋼筆，啟用了荒廢已經久的書桌，重新當個文人。

現在，稽查官前輩皮埃先生嘔心瀝血的創作終於派上用場。由於長時間懶散所造成的生疏，我需要一點時間才能讓自己的智能機器正常運作，創造出效果令人滿意的故事。不過就算我的思緒終於能夠全都專注在寫作這件事情上，看在我眼裡的成品，仍有些嚴肅與陰沉；溫柔的陽光無法讓人心生喜悅，幾乎能夠讓自然與真實生命中每個場景都變得柔和，無疑也應該軟化每幅畫面的那些體貼而熟悉的影響，也無法帶來安慰。這種無法引人入勝的效果，或許是因為故事的背景處於獨立革命尚未完成、一切仍在波動的混亂時代。然而這並不代表作者的心中缺乏振奮；因為當作者在這些陽光照不到的幽暗幻想中徘徊時，心情要比離開老宅後的任何時候都快樂。

部分收在本書中的短篇，也同樣是我在非自願離開公職生活的辛勞與尊榮後完成的，其他的作品則是從極其古早前的年鑑與雜誌上，一點點蒐集而成。這些東西因為時間實在太過久遠，所以繞了一圈，反而變成了新作品[32]。如果把政治斷頭台的比喻放在心裡，那麼這整部作品或許可以看成是「斷頭稽查官的遺腹之作」；至於我現在正進行結尾工程的小品文章，如果對一個謙遜的人來說，自傳性質太強，不適合在他生前出版，那麼就請大家勉強當作是一位紳士從他墳墓的另一頭完成的作品吧。祈願天下太

---

31. 美國作家華盛頓．歐文（Washionton Irving，一七八三～一八五九）的《沉睡谷傳說》（*the Legend of Sleepy Hollow*）中的故事。

32. 霍桑在撰寫這篇自序時，計畫將好幾篇短篇故事及小品與《紅字》一起出版。

平！祝福我所有的朋友！我寬恕所有的敵人！因為我已平靜！

海關的生活，現在就像個已拋在腦後的夢。那位老檢驗員——對了，很遺憾地向各位報告，他不久前從馬背上摔下來後，遭到馬蹄踏過而亡。若不是這起意外，他一定能長命百歲——老檢驗員與所有和他一起坐在關稅收受處的所有可敬同仁，在我的眼裡也全成了幻影；以前總愛在胡思亂想時，拿來做腦力消遣的白髮腦袋以及皺紋滿布的影像，現在也永遠被甩開。平格里、菲力浦斯、謝普德、厄普頓、金波、柏川姆、杭特——以及許多其他的商賈大名，在六個月前，我還全部都耳熟能詳——這些似乎在世界上佔有重要地位的商業人士，在短的令人驚訝的時間裡，我就和他們完全斷了關係，而且不只在行為上無關，甚至連回憶都沒有了他們的位置。我需要努力回想，才能記起寥寥這幾位人物與他們的大名。同樣的，我的老家很快也會全部籠罩在一層回憶的薄霧中，隱約呈現在我眼前，就像是一個在真正的地球上沒有佔地，卻蔓延在雲土端的小鎮，裡面只有想像中的居民，住在木造的房子裡、走在樸實的小巷，以及主街那毫不寫意的長道中。自此往後，我的家鄉將不再是我生命中的現實，因為我是他鄉的公民。我那些善良的同鄉也不會因我的離去，而感到遺憾，因為——儘管這座小鎮在我的文學創作中，與其他的題材一樣寶貴，但在鎮民的眼中，這座小鎮確實有著一定的重要性，而我也希望自己在這個許多先祖居住過與長眠之處，能夠擁有愉快的記憶——對我來說，文人需要用來催熟自己心中最甜美果實的和藹氣氛，這裡從來沒有過。若混跡在其他人之間，我應該可以做得更好，至於撒冷這些熟悉的臉孔，不消說，他們沒有我，也會過得很好。

不過，也許——噢，那還真是一種忘我而得意洋洋的想法——我們這一代的曾孫，也許偶爾會欣然地想起，很久以前那位名不經傳的小作者，那時，未來的古物收藏家會在這座小鎮某個具有歷史紀念性的遺跡上，指出「鎮上唧筒」[33]的位置。

33. 霍桑一八三七年出版的《重講一遍的故事》，就收錄了「鎮上唧筒」名稱出處的故事《鎮上唧筒的自白》（*A Rill from the Town Pump*）。

1 獄門

一群蓄著鬍髯的男人，身穿暗色長袍、頭罩尖頂高帽，中間夾雜著幾名或豎起兜帽、或直接以髮示人的婦人，全聚在一座巨大的木造建築物前。建築物厚重的橡木大門上嵌著尖鐵。

不論在建立新殖民地的先驅心裡，匯集人類美德與幸福的理想國度，最初的構圖究竟是什麼樣貌，若要這些先驅無一例外地選出兩件必做之事，那絕對是要在處女地上騰出一塊作為墓園，再撥出一塊土地當監獄。從這個道理幾乎可以合理推定，波士頓的先聖先賢在康山近郊的某處建造第一座監獄的時間，應該與他們在艾塞克．強生[34]的土地上，繞著艾塞克的墓地規劃出第一片墓園的時間相當。艾塞克的墓地後來成了國王教堂舊教區墓園所有墳塚的中心點。無可避免的，小鎮安定十五、二十年後，木造監獄蒙上了歲月的風霜，加上時間遺留的其他印記，讓監獄原來就顯得陰鬱的前突正門，更添黯淡。橡木門上笨重的鐵製部分，年分看起來比這個新世界裡的任何東西都要久遠。一如

所有與罪惡相關的東西，年輕與朝氣似乎從未與這座監獄碰過面

這座醜陋的龐然大物正前方，隔著一塊綠地與滿布車轍的街道相連，綠地上長滿牛蒡、藜草、秘魯酸漿和一堆礙眼的雜草。這些植物顯然覺得這塊早已開出「監獄」這朵文明社會的黑色之花的土地，特別適合它們的生長。大門的另一邊，一叢野生玫瑰幾乎在門檻上扎了根。在這六月天，玫瑰叢綴滿了寶石般優雅的花朵，就像是要將自己的香氣與纖細的美麗，獻給那些走進監獄的囚犯，以及走出監獄面對最終命運的罪犯，當作紀念；提醒著他們，大自然對他們可能依然心存悲憫與慈愛。

因緣際會地，這叢玫瑰在歷史洪流中存活了下來。然而單純是因為曾經遮蔽了陽光的高大松樹或巨大橡木傾倒後，玫瑰叢在嚴峻原始的野生環境中堅強茁壯，抑或如許多引證所述，是因為已故的安．哈金生[35]在跨進監獄大門時，玫瑰花叢從她腳下萌芽成長，我們無意論定。

玫瑰叢直接根植的這道門檻，將是本故事展開的不祥起點，所以我們一定要摘下一朵玫瑰獻給讀者。希望大家可以把這朵玫瑰當成故事發展過程中的甜美道德之花，抑或在這個攸關人性脆弱與悲傷的故事畫下令人憂傷的句點時，讓這朵玫瑰為大家帶來些許的慰藉。

34. 艾塞克・強生（Issac Johnson）：強生為波士頓的第一批殖民者，於抵達波士頓的第一年（一六三〇）去世。他的土地後來成為監獄、墳墓與教堂的所在地，並成為清教徒戲劇（Puritan drama）中罪惡、死亡與救贖三階段的象徵。

35. 安・哈金生（Ann Hutchinson）：一五九〇～一六四三，唯信仰論（Antinominianism）的傳授者。基督教的這個流派篤信救贖，相信上帝存在於「恩典」的直觀啓示。哈金生因為這個信仰，於一六三八年遭麻省驅逐。

2 市場

兩百多年前的某個夏天，在監獄巷，監獄前的綠地上，一大早就聚集了一大群波士頓居民，他們的視線全專注地固定在尖鐵包覆的橡木門上。若換成另外一群人，或將時間在新英格蘭歷史軸上稍微往後挪一點，這群蓄著鬍鬚的良民臉上那僵化嚴峻表情，可能代表他們正面臨著相當嚴重的事情。而這種表情背後的事態嚴重性，至少是具備某個惡貫滿盈的罪犯，終於如眾人殷殷期盼地要伏法了那樣程度的重要性。因為當時法庭的裁決，充其量也不過是為大眾的審判決定進行背書而已。然而早期的清教徒個性一絲不苟，這樣的推論就不盡然正確了。

看到這樣的表情，有可能只是鞭笞柱上綁了一個懶散的奴僕，或是某個被父母交由社會當局代為管教的不孝子，也可能是一名唯信仰論者、貴格教徒或其他異教徒要在鞭刑之後被逐出城；又或許是一名無所事事或居無定所的印地安人，因為喝了白人的烈酒，而在街上惹是生非，得用鞭子將他趕進樹林深處；也有可能是像那個壞脾氣的行政長官的遺孀——希賓斯老太太——一樣的巫婆，將要被送上絞架處死；不管是哪種狀況，圍觀者的表情都是千篇一律的莊嚴肅穆，這號表情與當時人民的特質非常貼近。在那個年代，宗教與法律幾乎不分家，兩者在人民個性中澈底融合，因此只要是公眾懲罰，不論罪刑輕重，都令大眾感到敬畏。站在絞台上的受刑人，完全無法從這些冷漠的圍觀者身上找到同情。從另一個角度來說，在現代或許只能引來某種程度的不恥嘲弄或訕笑的罪行，在當時卻可能深陷在幾乎與死刑同樣肅殺的氣氛中。

揭開我們這個故事序幕的夏日早上，有一件值得注意的事情；人群中的幾名婦人對眾所期待、即將宣判的刑罰，似乎特別感興趣。當年沒有那麼多講究，女子穿著襯裙與箍骨裙，大剌剌闖進人群視線中，並在必要時硬將她們一點兒都不纖細的軀體，擠進離行刑場斷頭台最近的人群中，都不是不合禮法的行為，也不會遭人遏止。不論從道德品行或體態體型來看，那個年代出身於舊英格蘭體制的女子，不論已婚或未婚，相較於晚她們六、七代的優雅後代，顯然更多了一份粗野的特質，因為每位傳宗接代的母親，藉由遺傳和鍛鍊，就算沒有一代代削弱自己個性上的魄力與堅強，也將更柔弱蒼白的臉色、更優雅短暫的美麗，以及更纖細嬌小的體型，一代代傳下去了。

那天站在獄門邊的女子，與巾幗不讓鬚眉的伊莉莎白女王年代，只隔了短短不到半個世紀的距離。而伊莉莎白的男子氣概在她那個年代，可是一點都不突兀。獄門邊的女子全是伊莉莎白的同胞，來自故鄉的牛肉與麥酒配上從未精鍊的精神食糧，豐富了她們的身軀與形態。明亮的朝陽照耀著這些女子寬碩的肩膀、發育良好的胸部以及在偏遠島嶼上熟成的紅潤圓滑的臉頰上；這些臉頰此時尚未因為新英格蘭的環境而變得蒼白又瘦弱。這群已婚婦人更令人矚目的，是她們大多數人嗓門宏亮的大膽言論。若是在今天，不論是她們說話的內容或語調音量，應該都會讓我們瞠目結舌，不知所措。

「各位姊妹，」一位年約五旬、五官猙獰的婦人開口了。「我得說說心裡話。如果我們這些家世乾淨、上了年紀的良家婦女，能夠處置像海絲特．派恩這種不要臉的女人，對大家都是件大好事。老姊妹們怎麼想，說一說吧？如果那個蕩婦站在我們已經擰成一股的五個姊妹眼前接受審判，她能躲得開行政長官判處的刑罰嗎？哼，我絕不相信！」

「聽說，」另外一個婦人開口，「她那個特別虔誠的牧師戴姆司戴爾先生，因為自己教區裡的教友出了這種醜事，難過得不得了。」

「行政長官都是敬神的紳士，可惜就是慈悲得過了頭——這都是事實，」第三名人老珠黃的婦人如此補充。「最起碼，他們該在海絲特．派恩的額頭上打個烙印。我敢打包票，這樣一定能嚇到海絲特夫人。只不過她——那個下流的娼婦——才不在乎他們在她衣服的前胸上放什麼東西呢！哼，等著瞧吧，只要用個胸針或異教徒的什麼裝飾玩意兒遮住，她又照樣會跟以前一樣大咧咧地招搖過市。」

「唉，話說回來，」一名手上抱著孩子的年輕婦人，用較輕柔的聲音接話，「她若想要遮掩那個印記，就隨她吧！這件事帶來的痛苦，必定會永遠刻印在她心裡。」

「誰管那是印記還是烙印、是放在她衣服的前胸上還是額頭上？」這群自詡為法官的婦人中最醜、最冷酷的那個這樣喊著。「這個女人丟了我們所有人的臉，就該去死，難道沒有專門治這種罪的法律嗎？明明有啊，聖經和法典都有規定啊！那些辦事不牢的行政長官，如果他們的老婆、女兒都誤入歧途，就是自作自受。」

「天啊，各位夫人！」人群中的一個男子大聲說，「除了絞架激發出了一些有益妳們身心的恐懼外，妳們的婦德呢？剛才的話簡直殘酷之極！現在別再說話了，各位女士！獄門的鎖在轉動，海絲特夫人要出來了。」

獄門突然從內甩開，率先出現的是鎮上的差役，臉色陰暗又恐怖，像是一抹走入陽光的陰影。他身側配著劍，手裡握著官方權杖。這種人昭示與代表了整個清教徒法律的陰沉、嚴苛立場，他們的工作就是親自確保並執行法律對犯人的最終審判結果。差役伸出右手的官方權杖，左手放在一名年輕女子的肩上，拉著她向前走，直到兩人走到獄門門檻，女子才掙脫了差役的拉扯。她的反抗帶有一種天生的尊貴與堅毅氣質，就好像走進開闊的天地之間，完全是出於她自己的自由意志。女子懷中抱著一個出生大概只有三個月左右的小嬰兒，小傢伙眨著眼，將小臉轉了個方向，避開過於明亮的日光；因為這個孩子自出生後，就只接觸過地牢或其他晦暗牢房中的灰暗光線。

當那名年輕的女子——也就是小嬰兒的母親——完全站到群眾眼前時，她的第一個自然反應似乎是抱緊孩子；這麼做並不是因為母愛的衝動，而是可能想藉此遮掩一個編織或固定於她衣服上的特別表徵。但是她很快就明智地醒悟過來，用一個羞恥的表徵來掩蓋另一個，不過是欲蓋彌彰。於是她抱著孩子，在紅得發燒的臉上掛起一朵高傲的微笑，用毫無侷促的眼神掃過鎮上的民眾與鄰里。她身上穿著一件長服，前胸位置有一個用上等紅布做成的字樣。那字樣看起來像「A」字，周邊還用金線刺繡出不落俗套的繁複花樣。這個字的做工實在太過精妙，豐富的創意與高雅、華麗的設計，為她身上那件衣服完美的添加了耐看又合宜的點綴。雖然嚴重違反了殖民地禁奢的相關規定，卻讓衣服展示出符合當代品味的美麗光彩。

這名年輕且高挑的女子，整個身形展現出完美的優雅。一頭濃密光滑的黑髮在陽光下閃耀；美麗的容顏，除了源於姣好的五官與柔美的膚色外，一對醒目的眉與深邃的黑瞳也令人過目不忘。就算是以當時高貴女子的風範標準來評斷，她的舉止也非常雍容高雅；她的氣派與高貴具有一種獨特性，有別於現代女子所展現出來的那種纖弱而不可名狀的淡淡優雅。

海絲特．派恩在步出牢獄那刻，展現出了她一生中最高雅的風華，也最佳詮釋了「雍容」這兩個字的古意。那些認識她的人，還有那些以為會看到她因磨難陰影的籠罩而暮氣沉沉的人，全都因為目睹到她耀眼的美麗，以及她用自身的美麗，為不幸與屈辱圈出一層光環，並將自己包裹其中，而感到震驚，甚至目瞪口呆。或許對敏銳的旁觀者來說，這樣的美麗中可能藏著一些難以察覺的痛苦。她在牢獄中的確依照自己的想像，為這個場合特別精心準備了這套衣著。這套衣著任性與生動的獨特性，似乎體現了她的精神狀態，以及絕望而不顧一切的心情。然而吸引所有人目光，以及澈底美化了穿衣者的焦點——以致讓熟悉海絲特的男男女女，這時都像第一次看到她般——卻是她胸前那個別出心裁的刺繡，裝綴著彩飾呈現出的腥紅的「A」字。那個紅字，具有一種咒語般的效果，把海絲特帶出了與人類的正常關係圈外，也將她封閉在她自己的世界中。

「她的針線手藝確實沒話說，」一位女性旁觀者這麼說。「不過有哪個女人會跟這個厚顏無恥的死丫頭一樣，想出這種方法賣弄自己的手藝？各位姊妹，她的這種行為，難道不是在當面嘲笑我們虔誠的行政長官大人們，以及把高貴大人們判處的刑罰當成一種驕傲嗎？」

「最好啊！」圍觀老婦人中，面容最冷酷的那位老嫗開口，「可以把那件鮮亮的衣服從海絲特女士嬌美的肩膀上扒下來；至於她用特別手法縫出來的那個字，我可以把我風濕痛發作時用過的一塊破絨布，大方地送給她，那個字跟我的破絨布才是絕配！」

「噢，安靜，各位鄰里，安靜！」這群女人中最年輕的那個輕聲地說，「別讓她聽到妳們說的話！那個刺繡出來的字，每一針都讓她痛在心裡。」

這時，嚴厲的差役揮動了一下權杖。

「讓路，各位百姓，以國王之名，讓路。」他這麼叫喊。「讓出一條路。我向各位保證，從現在到下午一點，派恩夫人站立的位置，一定可以讓男女老幼全都清清楚楚看到她那身美麗的衣服。天佑正義的麻薩諸塞殖民區，在這裡，一切罪惡都將被扯出來，在陽光下現形。來吧，海絲特夫人，在這個市場上，把妳的紅色字展現給所有人看吧！」

圍觀的群眾立刻開出了一條路，海絲特．派恩在差役的帶領下，邁向她被指定受罰的地點。擰眉的男人與臉色不善的婦人形成了不規則的隊形，團團圍著她。一群好奇的男學童也來湊熱鬧，他們跑在她的前面，不斷地回頭盯著她和她懷中眨著眼的嬰兒，以及她胸前那個恥辱的字。這些孩子對整起事件幾乎一無所知，只知道學校為此放了半天假。在那個年代，牢門與市場相距並不遠，然而從罪犯的角度來看，這卻是一段長遠的旅程；因為在那些前來圍觀的群眾面前，儘管她的舉止高傲，但每一步卻都帶來無盡的痛苦，就好像她的心被拋在街頭，任人踐踏蹂躪。幸好在人類天性中，有一種類似奇蹟與恩典的設定，讓受到折磨的人永遠不會真的瞭解，當下所承受的磨難強度，但他們卻會因那時的折磨，在事後不斷活在蝕骨的痛苦中。因此，海絲特以一種幾乎全然安詳的舉止態度，走過屬於她的試煉，來到了市場最西邊，一個類似絞刑的台子前。這個絞刑台聳立在波士頓最早期的教堂簷下，看起來就像是教堂的固定設備。

事實上，這座絞刑台原本就是懲罰機制的一部分，然而兩、三個世代過去，時至今日，這座絞刑台在我們心中，只剩下了歷史與傳統的意義。但在當年，這座刑台在促進良民教化層面上，一如斷頭台對法國叛亂分子的效用，是具有實質效力的工具。簡言之，這座絞刑台就是一個上枷示眾的平台；台上豎立著懲罰的架具，可以緊緊圈住並抬起犯人的頭，讓群眾可以將犯人看個清楚。這具鐵木混製的裝置，不但完全體現折辱人的終極作法，甚至還予以發揚光大。我認為天下最違背人性的事情，莫過於這種刑罰——不論當事人犯下了什麼樣的罪行——再也沒有比禁止犯人因羞愧而掩面的行為更為殘暴了；然而，這種懲罰的本質卻正在於此。

海絲特與其他犯人的經歷，並沒有什麼不同，她的懲罰也包括在台上站立特定時間。不過她不需要被扼頸囚首，也因此她避開了讓這架醜陋機具，展現其最殘酷作用的機會。海絲特很清楚自己扮演的角色，她認命地踏上木階，以高出半個人的高度，把自己展現在圍觀群眾的眼前。

如果這群清教徒中夾雜著一名天主教徒，他可能會從這個懷抱嬰兒、衣著與風采都美麗如畫的女人身上，想起許多知名畫家競相描繪的聖母形象；唯有透過比較，天主教徒才會確實憶起那幅清白無罪的神聖母愛畫面，以及畫面中的嬰兒，其實是懷著救贖世界的目的。然而眼前的畫面，卻是人類生命中最聖潔的品行，遭受了最深重罪惡的玷污。因此，這名女子的美麗只會讓這個世界更加陰暗，而她生下的嬰孩，只會讓世界更加茫然。

現場群眾的心中仍混雜著敬畏之情。在社會尚未沉淪到眾人面對同胞接受這種刑罰的場面時，只會一笑置之前，讓圍觀的群眾因目睹這樣的景象，而在心中注入罪惡與羞愧感，並為此感到恐懼戰慄，自有其必要。見證海絲特．派恩恥辱的這群人，尚未失去他們的質樸。若被處以極刑，他們會嚴肅看待她的死亡，不會低聲抱怨刑罰的嚴苛，更不會有人像另一種國家社會的無情冷酷人民，把這樣的刑罰場面當成笑柄。即使有人刻意想將這種事情當成訕笑的題材，也會因為地方長官與其轄下的參議官、法官、將軍，以及鎮上牧師等大人物的嚴肅出席，在會議廳的樓座中，或坐或站，居高俯視絞刑台，而讓這樣的居心叵測得到壓制。這樣的大人物到場，不但絲毫無損他們的威嚴，分毫不傷人們對他們地位或職務的敬重，而且還可以中肯地推斷，他們的現身對法律判處的刑罰，更賦予了一層嚴肅的意義與影響。也因此，圍觀群眾的態度全都肅穆而莊嚴。

身為這起事件中的不幸罪人，在上千道嚴峻目光全集中在她和她前胸的沉重壓力下，海絲特用盡了女人的一切努力撐住自己。這幾乎是無法承受的壓力。生性衝動而熱情的她，早已自我武裝，準備面對眾人以各種羞辱方式擲向她的侮辱利刺與毒戮；然而從群眾心理所反射出來的肅穆情緒，卻有一種更令人恐懼的特質，讓她寧可看到所有人因為把她當成了訕笑對象，而展現出一張張遭到扭曲的嚴厲面容。只要在場的群眾——由每一個男人、女人或聲音尖銳的孩童，所組成的這個群眾——爆出雷鳴般的笑聲，海絲特就可以用輕蔑而冷酷的微笑還擊。遺憾的是，她注定要承受沉重的刑罰，有時候她覺得自己好像必須用盡肺裡的力氣尖叫出聲，再從絞刑台上衝出去，重重跌落地面，才能避免立刻發瘋的結果。

偶爾，這個她是全場最明顯目標的景象，似乎會突然消失在眼前，又或者，至少會在她眼前變得模糊朦朧，像一團支離破碎、光怪陸離的畫面。同時，她的思緒，特別是記憶，卻變得異常活躍，腦子裡不斷出現的畫面，不再是西方蠻荒邊境小鎮上這條以簡陋的方法所劈出來的街道；不斷出現的臉孔，也不再是站在她下方，掩蓋在一頂頂尖頂帽之下的面容。她想起了最瑣碎與最無關緊要的事情、嬰孩與求學歲月的片段、遊戲、孩童時代的爭吵，還有少女時代的家居點滴，這些過往蜂擁而至，混雜著之後生活中最灰澀的記憶。回憶中，每幅畫面的生動鮮活度都完全一樣，就像是這些過往的片段，全都具有相同程度的重要性，又或者是全都一樣戲謔。這種反應很可能是她精神層面的本能機制，藉由這些不斷變化的幻影，把自己的心從殘酷現實的沉重與無情中釋放出來。

儘管如此，身處這座上枷示眾絞刑台上的海絲特，看到了自己從開心的嬰兒時代開始，一路走來的完整歷程。站在這個令人覺得悲慘的高處，她再次看到了這個自己出生、成長的舊英格蘭村莊、也看到了她父母的家。那是一座頹敗的灰石屋，外觀顯露著飽受窮困打擊的痕跡；然而在正門上方仍保留著一面半殘破的盾形紋飾，象徵著久遠以前的高貴出身。她看到了父親的臉，光禿禿的額頭、令人肅然起敬的白鬍子在老式伊麗莎白襞襟上飄動；還有母親的臉，在海絲特的記憶裡，母親的眼神永遠都流露著關注與牽掛。自從母親去世，這份關注與牽掛，時時讓她在後來的人生道路上停下腳步，汲取母親溫柔的忠告。她也看到了自己的臉，散發著少女耀眼的美麗光彩，照亮了她曾經習慣用來凝視自己的朦朧鏡面。

海絲特還看到了另外一張臉，屬於一個長年飽受磨難的男人的臉，蒼白、削瘦的臉上有學者的氣質，燈光讓他的雙眼變得朦朧昏花，然而正是這雙朦朧昏花的眼睛，讓他仔細研讀了一本又一本的厚重巨著。也是這雙朦朧昏花的眼睛，有著奇異的穿透力，能夠讓他看進人類的靈魂中。這個屬於書房與隱居處的身影，因為海絲特的女性幻想無力終止回憶，而變得有些扭曲，顯得這個身影的左肩稍稍高於右肩。她在記憶圖像庫裡看到的下一幅景象，是繁複的窄街、高大的灰色屋舍、巍峨的大教堂，以及堂皇而重要的政府機構，全都是內陸城市那種年代久遠的古雅建築；那裡曾有新生活在等著當時與倒楣飽學之士仍有牽扯的她；那是一個仰賴陳腐物質而存在的新生活，猶如頹倒牆面上的一片鮮綠苔皮。

最後，這個清教徒保留區的簡陋市場又回到了眼前，取代了那些不斷移動的回憶畫面；一起回到眼前的還有聚集在市場的鎮民，以及他們投注在海絲特身上的冷酷視線——沒錯，他們都在注視著她——站在上枷示眾的絞刑台上、懷抱著一個嬰兒，並用金線極盡精巧之能在胸前繡上一個腥紅「A」字的她。

這一切都是真的嗎？海絲特緊抱著懷中的孩子，因為用力過猛，孩子哭了起來；她垂下眼睛看著那個腥紅的字，甚至用手指觸摸著那個字，只為了向自己證實，孩子和恥辱都是真實的存在。是的，這些就是她的真實——其他的一切，全都消失不見！

3
認出

胸前配戴著紅字的海絲特，從人群外圍認出了一個她無力排出腦海的身影，而終於從眾人那一致苛刻目光焦點的強烈感知中放鬆了下來。在她的視線終點，站著一個穿著本族服飾的印地安人；不過在英國殖民地上，印地安人並非罕見到讓這個時候的海絲特將注意力投注在他身上，更遑論讓她把滿腦子的雜念全清除得澈底。那個印地安人身邊是一個白人，罩著一身文明風與野蠻怪異混雜的服飾，兩人顯然是伙伴關係。

這個白人的身材五短，滿臉深紋，但又無法讓人確定他是否已邁入老年。他有張極其睿智的面容，就好像一個人的心智已高度教化到身體只不過是具皮囊，而心智自有其明顯的呈現方式。儘管這個人想藉由一身看似漫不經心的混搭服飾努力隱藏或降低自己的獨特性，但對海絲特來說，這樣的穿著卻足以明顯得讓她注意到，這個人的肩膀一邊高、一邊低。當她看到那張削瘦的面容與那具稍微歪曲身形的剎那，再度緊緊把孩子往胸口壓；突發而至的力量，讓懷中的可憐孩子又爆出另一場疼痛的哭喊。不過，孩子的母親這次似乎沒聽到。

這個陌生人從抵達市場到被海絲特看見之前，目光始終放在她身上。剛開始似乎只是不經意的一瞥，就像一個絕大部分的時候都習慣內省男人，除非與他的內心有關，否則外在事物對他來說既無價值，也沒有重要性。不過，很快地，他的目光就變得強烈而犀利，一種掙扎的恐懼在他臉上扭曲，像條毒蛇快速滑過他的面容，僅稍作停頓後，就開始公開而肆無忌憚地盤據糾纏。某種強烈的情緒讓這個男人的臉色變得陰沉，但他的意志立刻壓制住這份情緒，所以除了瞬間的異樣，他臉上的表情可謂冷靜自持。沒多久，顏面的抽搐幾乎無跡可循，最後所有的激動終於消退至他本性的深淵裡。當他發現海絲特的眼光鎖定自己的視線，並發現她已經認出自己時，他平靜地緩緩抬起一根手指，在空中揮了一下，然後讓手指停在唇上。

接著他輕觸了一下身邊的鎮民，用正式而禮貌周到的態度詢問：

「打擾您了，先生，」他這麼說，「這名婦人是誰？還有，是什麼原因讓她站在這裡被公開羞辱？」

「老兄，你一定是初到此地吧？」那位鎮民如此回應，眼神好奇地盯著這個提問者與他那位未開化的同伴。「否則怎麼會沒聽過海絲特．派恩夫人和她那些傷風敗俗的惡行呢！我跟你說，她在虔誠的戴姆司戴爾牧師教會裡，扯出了個大醜聞。」

「您說的沒錯，」詢問者回應。「我對此地的確很不熟悉，而且不幸地一直違背本心到處流浪。我在海上與陸地都曾遇過很嚴重的禍事，在南方還遭到異教徒囚禁很長一段時間；我被這個印地安人帶到此地，就是希望能讓自己擺脫囚禁。如果您方便的話，可否跟我說說海絲特・派恩——是這個名字，沒錯吧？這個女人犯了什麼罪，還有為什麼她會被帶去那座絞刑台？」

「老實說，這位弟兄，在荒野經歷過劫難與滯留後，我想你現在的心情一定很愉快。」這位鎮民說，「因為你終於能夠踏上一塊像我們這樣虔誠的新英格蘭區的土地上了。在這樣的地方，不公不義的行為不但會被調查得水落石出，還會在治理者與人民眼前，接受公開的懲罰。那邊的那名女子，先生，你要知道，是位飽學之士的妻子，她的先生出生於英國，並在阿姆斯特丹[36]居住了一段相當長的時間，後來他決定飄洋過海，搬到麻薩諸塞來與我們風雨同舟。為此，他讓他的妻子先搬過來，自己留在阿姆斯特丹處理一些必要的事情。唉，善良的先生啊，這個女人成為波士頓這兒的居民已經有兩年了吧，也許還不足兩年，但這段時間，那位飽學的派恩先生卻始終無消無息；他年輕的妻子，你看看，就留在這兒走岔了路——」

「噢！——哦！——我懂了。」陌生人的臉龐掛上了一抹苦笑回應。「如果那個男人

36. 在當時，自由的荷蘭是英國遭到迫害的英國分離主義分子與清教徒的避難地。

真如您所說的那樣學識淵博，那麼他在書中就應該學到這個道理。先生，如果您不介意繼續解惑的話，不知道誰是那個嬰兒的父親？我看那孩子也有三、四個月大了吧——就是派恩夫人懷裡抱著的那個嬰兒。」

「老兄，這個問題其實到現在還是個謎，再加上我們這兒又缺一個斷案如神的判官。」這位鎮民這麼回答。「海絲特夫人堅拒吐實，那些行政長官大人們聚在一起想破頭，也找不出答案。說不定，那個姦夫正神不知鬼不覺地站在這個可悲的場合中觀看呢，完全忘了上帝非常清楚他的所作所為。」

「那位飽學的丈夫，」這名陌生人的臉上又換了另一種微笑，「應該親自去解開這個祕密。」

「如果那位先生還活著的話，他確實責無旁貸。」鎮民如此回應。「現在，善良的先生，我們麻薩諸塞的長官大人們認為，這個女人年輕漂亮，無庸置疑，她必是受到了極大的誘惑才會失足成恨。再說，她的丈夫很可能早已葬身海底，而這些大人們膽量又不夠，所以沒有援引我們嚴苛的律法判處極刑。她這樣的罪行，照理是逃不過死刑的。大人們善心大發，慈悲為懷，只判處派恩夫人在上枷示眾的絞刑台上站三個小時，然後終其一生都必須在胸前戴著那個恥辱的記號。」

「真是睿智的判決。」這名陌生人垂著頭，嚴肅地如此評論。「這麼一來，她就成了訓誡罪惡的活動道場，直到那個不名譽的字刻畫在她的墓碑上為止。話說回來，跟她一起犯下這起罪行的人，竟然沒有和她一起站在絞刑台上，實在讓我覺得氣悶。不過，大家終會知道他是誰——一定會知道他是誰——大家絕對會知道他是誰！」說完，他禮貌周到地向這位鎮民鞠了一個躬，轉而向他的印地安隨從低語了幾句話後，兩人就穿過人群而去。

在這段時間裡，海絲特一直站在絞刑台上，目光沉靜卻固執地凝視著那名陌生人——她的目光如此執拗，以致在特別專注的某些瞬間，她眼裡的世界，除了他與她，其他所有的一切，似乎全消失不見。

或許，這樣的會面若是發生在其他場合，會讓她覺得比此刻炎熱正午的烈陽燃燒著她的臉、照著自己臉上的恥辱更可怕；現在的她，胸前配戴著不名譽的腥紅表徵、懷抱著背負著原罪出生的嬰兒，還要面對全被吸引至這個盛典的圍觀民眾，放任他們死盯著自己的臉；而這張臉容，本該只有在家中幸福陰影下閃爍著閒適微光的爐火邊，或在教堂裡婦女面紗下才會顯露。只不過，儘管害怕，海絲特卻意識到這不下千人圍觀的場合，成了她的避難所。就這樣站著吧！讓如此多的人隔開她和他之間的距離，這要比單獨面對面迎接他好得多。她躲藏進公眾視線構成的避難所裡，害怕這層保護從身邊撤離的那一刻。她腦子裡全充塞著這些想法，根本沒有聽到身後的聲音，直到那個聲音用所有群眾都聽得到的宏亮且嚴肅的音量，不斷重複著她的名字。

「聽著，海絲特．派恩！」那個聲音這麼說。

之前我們就注意到海絲特所在的台子正上方，是個類似樓座或者開放式廊廳的地方，屬於會議廳的附屬建築。在那個年代，每當行政長官需要在會議中舉行正式儀式，召集大眾出席聽取重要聲明時，習慣上都是選擇這個地點進行宣告。今天，為了見證故事中的這個事件，貝靈漢長官親自出席，身邊圍著四名持戟軍士，權充儀隊。貝靈漢長官的帽子上插了一根暗色羽毛，外袍以繡飾鑲邊，裡面穿著一件合身的黑絲絨上衣；他是一位上了年紀的紳士，臉上的皺紋訴說著過去經歷的艱困。由他擔任此地的首長與代表還算適任，因為這個地區的起源、發展，以至現今的發展狀況，都有賴成人的剛毅與克制的力量，以及年長者深沉的精明，而非年輕人的衝動；再說，這個地方之所以能有如此成就，也正是因為這裡幾乎沒有任何想像與希望。首長身邊的其他顯要，也都有過人的威嚴風采，在他們的那個年代，大家都覺得威權同時也具有神權的宗教聖性。

當然，這些政治人物都是好人，公正又賢明的好人。可惜在人類這個族群中，想找出與公正賢明好人數量相當的高品德的睿智人士，始終不是容易的事。而這些高品德的睿智人士，也不適合接手審理一名誤入歧途的女子內心，進而釐清其罪行中糾結的善與惡；因為他們審理的結果，可能還不如把案子交給海絲特這時轉頭面對的，那些表情嚴肅、自詡賢德的人。的確，海絲特似乎已意識到，自己若想期待獲得任何同情與憐憫，或許只能指望這些心胸較寬大溫暖的群眾；因為當她抬眼望向樓座時，這名悲慘的女人臉色開始發白、身軀也開始顫抖。

喚起海絲特注意的聲音，屬於受人敬重的知名之士約翰．威爾森，他是波士頓年紀最長的神職人員。威爾森先生和他大多數的同儕一樣，也是位了不起的學者，個性仁慈、性情溫柔。不過，相較於智力方面的天分，他覺得自己的仁慈、溫柔，說實話更像是羞於啟齒的特質，而非值得自滿的事情。他站在那兒，覆頭小帽下露出幾撮白髮，而那雙習慣於自己書房微暗光線的灰色眼睛正不斷地眨動，就像海絲特懷中的嬰孩，在毫無遮掩的陽光下，眼睛也眨個不停。其實，老約翰．威爾森就像我們在老舊經書扉頁上看到的暗色版畫畫像一樣，無權干涉人類的罪惡、激情與痛苦。

「海絲特．派恩，」這位神職人員開口了。「我和這裡這位——妳有幸聆聽過他布道的弟兄——有過激烈爭辯，」說到這裡，威爾森先生的手搭上了身邊一位臉色蒼白的年輕人肩膀。「我一直試著，嗯，努力說服這位虔誠的年輕人，他應該在上天、在這些睿智又正直的治理者面前，以及所有在場民眾能親耳聽到的場合中，處理妳的問題，列舉出妳罪行中不道德與黑暗的一面。因為他比我更瞭解妳的稟性，所以更能判斷應該對妳動之以情、懾之以威脅，抑或利用其他的論述，才可能戰勝妳的頑固與剛愎，讓妳不再堅持隱瞞那個引誘妳犯下如此難以寬恕罪行的名字。但是我的這位兄弟不認同我的看法——這個年輕人雖然有超乎年齡的智慧，心卻太軟；他認為強迫女子把心底的祕密，在太陽底下、在如此龐大的群眾面前揭露出來，是傷害女人天性的行為。然而就像我試圖說服他的理由那樣，恥辱是存在於犯罪的行為中，而非揭發罪惡的行為上。戴姆司戴爾兄弟，我要再問你一次，你怎麼看待這件事情？誰應該來面對這個可憐罪人的靈魂？你，還是我？」

樓座上那些受人尊敬的顯貴大人之間響起了一陣竊竊私語聲；貝靈漢長官出面說明大人們低語的重點，不過因為對這位年輕神職人員的敬重，他威嚴的語調稍有緩和，他對他說：

「親愛的戴姆司戴爾牧師，」貝靈漢長官說，「這名婦人的靈魂要鄭重託付給你了。你要規勸她真心懺悔並坦白招認，以證明你有善盡本分，並圓滿完成工作。」

如此直率的要求，把所有圍觀群眾的目光，都吸引到了戴姆司戴爾先生的身上——這位畢業於英國最偉大高等學府之一的年輕神職人員，把自己所學毫無保留地帶進了我們這個蠻荒森林之地。他的口才與宗教熱情，確保了他在這一行的高度成就。他的相貌也令人印象深刻，白皙、高傲的突額；憂鬱的棕色大眼，還有一張除非用力緊閉，否則很容易顫顫發抖的嘴，既流露神經質的敏感，也顯示強大的自制。儘管具有極高的天賦與絲毫不遜色於學者的學識，但這位年輕的牧師仍顯露出一副憂慮、驚恐以及半驚嚇的表情；像是迷了路，在人類生存的道路上失了方向，唯有隱遁自處才能得到平靜。因此，在職責本分允許的前提下，他總是漫步在濃蔭密布的小徑上，活得像孩子般單純。但在必要的時候，他也會用清新、芬芳與露水般的純潔思想來面對事情；許多人都說，他的這些思想像天使之言一樣影響著他們。

令人敬重的威爾森先生與貝靈漢長官，就這樣公開介紹了這名年輕人，讓他得到眾人的注意，並要求他在圍觀群眾前，談論一個女人那即使受到污染卻依然聖潔靈魂中的祕密。在本質如此尷尬的處境下，他臉上失了血色，嘴唇也開始顫抖。

「和這個女人好好談談吧，我的兄弟。」威爾森先生這麼說。「這是攸關她靈魂的時刻；而且如長官閣下所說，也是攸關你自己靈魂的時刻，因為你要對她的靈魂負責。勸她開口吐實吧！」

戴姆司戴爾牧師低下了頭，似乎在默默地祈禱，然後跨步向前。

「海絲特．派恩，」戴姆司戴爾牧師的身子斜倚著樓座，目光向下緊緊鎖住她的雙眼。「妳聽到這位善良先生所說的話了，也看到我努力扛起的責任了。如果妳覺得為了靈魂可以得到平安、為了俗世的懲罰可以救贖自己，我命令妳說出，和妳一起犯下這起罪行、共同受到折磨的另一個人名字！不要因為錯付憐憫與溫柔，而保持沉默；因為，請相信我，海絲特，那個共犯就算因此會從高位走下來，站在妳的身邊、站到妳的恥辱之台上，也比終其一生掩藏一顆罪惡之心要好。妳的沉默，除了引誘他——沒錯，事實上，就是在迫使他——除了原有的罪惡，再加上一個虛偽的罪名外，對他有什麼好處？上帝允諾妳一個公開受辱的場合，讓妳藉此公開戰勝內在的心魔，以及外在的折磨。好好想想，妳是如何否決了他的機會——因為那個人或許沒有勇氣，主動拿起這杯盛著對妳有好處的苦酒酒杯。」

這位年輕牧師的聲音雖然在顫抖，而且斷斷續續的，卻悅耳、豐醇、低沉；深深撼動在場所有人的心，不是他話中那些直接的要求，而是他明白顯露的情感，讓每一位聆聽者無一例外地生出憐憫之心。甚至連海絲特懷中那個可憐的小嬰孩也同樣受到了影響；因為小傢伙把自己至今始終茫然的目光，投向了戴姆司戴爾先生，並舉起小小的手臂，嘴裡發出半開心、半哭訴的喃喃之音。牧師的懇求實在太具說服力，以致所有人都相信海絲特一定會說出那個共犯的名字，或者最起碼，那個罪人，不論他的社會地位有多高或多低，都會因為內心無法避免的必然牽引，而被迫主動走上絞刑台。

海絲特搖搖頭。

「妳這個女人，不要逾越了上天恩典的底線！」令人敬重的威爾森先生大聲叫道，語調比之前更嚴苛。「那個小嬰孩都已經用天賜的聲音，附和並同意了妳所聽到的勸誡。說出那個名字！那個名字以及妳的悔悟，或許可以讓妳有機會把胸前的那個紅字拿下來。」

「我絕不會說！」海絲特如此回覆的同時，她的眼睛並沒有聚焦在威爾森先生的身上，而是看進了年輕牧師那雙深邃似水的苦惱雙瞳中。「這個字烙下的刻印太深，你無法移除。而且我心甘情願同時承受他和我的痛苦。」

「說，妳這個女人！」另一個冷酷而堅決的聲音，從靠近絞刑台的群眾中揚起。「說，說出妳孩子父親的名字！」

「我不會說的！」海絲特如此回答。她的臉色雖然慘白如死人，仍回答了這個她已確實認出的聲音。「我的孩子必須有一位神聖的父親，她永遠也不會有任何俗世的父親。」

「她不會說的。」之前一直等著海絲特回覆自己要求的戴姆司戴爾先生低聲接口，他的身子依舊倚著樓座，手撫在胸口。深深吸了一口氣後，他站直了身子，「一個女子的心胸竟然具有如此神奇的力量與雅量。她不會說的。」

年長的威爾森先生早已看穿這個可悲罪人的拒絕之心，於是就著先前專門精心為這種場合準備的內容，向在場群眾發表了一場有關罪惡與各種罪行的演說；演說內容，不斷提及那個可恥的字。他長篇累牘地詳述那個羞恥之字，其力道之強，竟然能讓這一個多小時左右的演講，重力碾過所有聽眾的腦子，並在他們的想像中，帶來了新的恐懼；就好像那個恥辱之字的腥紅色澤，是從地獄煉場的火焰中湧出。

反觀海絲特，她一直挺立在恥辱之台上，眼神呆滯、一臉的疲憊與漠然。她在這天早上所承受的折磨已到極限，不過她並非那種會藉著昏厥來逃避極端痛苦的人，所以在生理機能維持完整運作的情況下，她的心靈只能尋求冷如磐石的麻木來作為庇護。就這樣，牧師的聲音如同遠方的雷鳴，在她耳邊徒勞作響。然而那個小嬰兒，在這場屬於海絲特的後半段試煉中，卻是用刺透了天幕的哭嚎與尖叫來應對；她下意識地努力讓小傢伙安靜下來，但對孩子的煩躁卻似乎毫無感覺。海絲特就這樣維持著相同的沉靜態度，被帶回了監獄。在大眾的注目中，消失在監獄那座覆鐵的大門內。

那些目光緊盯著她不放的人，竊竊私語著她胸前的紅字——那紅字，在大門內的黯淡走道上，散發著火紅的微光。

4 會面

海絲特回到牢中後，獄方發現她全身都處於高度緊張的激動狀態，需要持續監控，避免出現自殘或半瘋狂的情況，進而傷害可憐的小嬰兒。當夜幕即將拉起時，獄方確定了不論是責罵或懲罰的威脅，都無法消除她的反抗，因此獄卒布萊基特先生認為，應該請一位醫生來看看她。根據布萊基特先生的描述，這位醫生除了精通各種基督教型態的自然科學外，也同樣熟諳未開化種族的各種可以對外傳授的森林藥草與藥根。說實話，不僅海絲特亟需專業協助，小嬰兒的狀況更為緊急——當小傢伙從母親的胸部吸取滋育生命所需要的養分時，似乎連滲透進母親體內的所有不安、痛苦與絕望，也一併吸收了。這具小小的身軀，此時正因為疼痛的抽搐而扭動，用強烈的方式呈現出海絲特一整天所承受的精神痛苦。

緊緊跟在獄卒後面走入陰暗牢房的人，正是那個外型特殊、且曾在群眾中讓配戴紅字的海絲特異常關注的人。他暫時在監牢落腳，倒不是因為當局對他有任何質疑，而是行政長官與印地安酋長們在針對他的贖金問題，商量出結果之前，一種便宜行事卻又妥當的安排。他自稱羅傑・齊靈沃斯。獄卒領著他進入牢房一會兒後，相當驚訝地發現，當醫生一邁入牢房，牢房就安靜了下來，儘管小寶寶雖然仍在嗚咽，海絲特的身體卻立刻僵硬得有如死屍。

「老兄，請讓我跟我的病人單獨談一談。」這名醫師如此要求。「相信我，管理獄所的好心先生，這裡很快就會恢復安靜。而且我保證，日後你們會發現派恩夫人會比以前更順服公正的當局。」

「唉呀，如果閣下真能做到這樣，」布萊基特先生回應，「那我就要敬你為神醫了，就這麼說定了！老實說，這個女人簡直像被鬼附了身；可惜要如何把她心裡的魔鬼用鞭子趕出去，我可是毫無頭緒。」

這名陌生人進入牢房後所展現的沉靜，完全符合他自稱醫師所應有的特質。即使獄卒離開，讓他與這個女人面對面相處，他的表情也沒有任何變化；其實當這個女人全神貫注地盯著身在人群中的他時，就已經昭示了兩人之間的緊密關係。他先走去照護躺在矮輪床上哭鬧、扭動不停的孩子，安撫這個小傢伙確實是首要之務，必須暫時擱置其他事情。他細心地檢查了這個嬰兒，從衣服裡面拿出一個皮盒。他打開皮盒，裡面似乎裝著藥物，他取出了其中一樣，調入一杯水中。

「以前煉金的老行當，」他這麼說，「加上在熟悉草藥溫和效力的族群那兒，停留了一年多，讓我比很多自稱拿到醫學學位的醫生還要高明。聽好，女人！這個孩子是妳生的——但不是我的——她不會認我的音容為父親。所以用妳自己的手來餵她吃藥。」

海絲特拒絕接受他給的藥，用高度不安的目光盯著他的臉。「你會報復在無辜的寶寶身上嗎？」她低聲地問。

「愚蠢的女人！」醫生用冷酷卻安撫的語調回覆。「我幹嘛費事去傷害這個可憐的私生女？這個藥的效用不錯，就算是我的孩子——說起來，如果是我親生的孩子，也就是妳的孩子！就算那樣，我也拿不出更好的藥了。」

海絲特依然在遲疑，但事實上，她的腦子並不清醒。醫生只好把孩子抱起來，親自餵藥。藥很快就發生了效用，證明這位醫生守住了承諾。小病人不再呻吟，之前抽搐扭動的身體也緩緩平靜下來；小傢伙擺脫疼痛後沒多久，就跟正常的嬰兒一樣，陷入了沉沉甜甜的睡夢中。這位醫生用事實證明了自己名符其實，接下來他把注意力放到了嬰兒母親的身上。他一面冷靜而專心地為她把脈檢查，一面看進她的眼睛——他的注視讓她的心臟不斷下沉、顫抖，因為那樣的注視是如此熟悉，卻又如此陌生而冰冷——終於，他對於自己的檢查感到滿意後，開始調製另一種藥。

「我對忘情水或忘憂草一無所知，」醫師這麼說，「不過在荒野學過許多新的祕法，這就是其中一種——這是一個印地安人給我的藥方，感謝我傳授給他一些像帕拉賽塞斯[37]一樣古老的知識。喝吧！這藥的鎮靜效果也許比不上一個無罪的良心，不過我調不出無罪的良心。這個藥至少可以平復妳高漲起伏的強烈情緒，就像把油倒在狂暴的海浪上。」他把杯子遞給海絲特。

海絲特接過杯子，凝視著他的眼神遲緩卻真摯，那並不是全然恐懼的眼神，卻充滿了疑惑，像是在質問他為什麼這麼做。她又看著自己沉睡的孩子。

「我曾想過去死，」海絲特說，「希望自己去死——如果我還有資格祈求任何恩典的話，我甚至祈禱生命能夠結束。可是，如果這杯裝的是死亡，我求你在看著我一口喝下之前，再想一想。你看，杯子已經在我唇邊了。」

「那妳就喝吧！」他仍然維持著原先的冷酷與沉著。「妳一點都不瞭解我嗎？海絲特。我的目的怎麼可能這麼膚淺？就算我想得出復仇計畫，但哪會有比讓妳活著——比給妳藥解除所有對身體的傷痛與危害——讓這個滾燙的恥辱可以繼續在妳胸前閃耀，還要更高明的復仇方式？」他一邊說，一邊用長長的食指指著她胸前那個紅字。那個字似乎立即又紅又熱地烙進了海絲特的胸膛中。他注意到她不由自主的表情，臉上露出了微笑。「所以，好好活著，背著妳的罪罰，在男男女女的眼前——在妳曾經稱作妳丈夫的那個人眼前——在那邊那個孩子的眼前，好好地活著！」

不讓他再說出任何告誡，海絲特毫無遲疑地喝光了杯子裡的藥，並在這位專業醫師的示意下，坐到了孩子正在沉睡的床上。而他則是拉開了牢房中提供的唯一一張椅子，坐在她旁邊。面對他的這些行為，她無法自制地顫抖不已，因為她感覺到——在他完成了所有這些人性的部分，或者稱之為原則，或者算得上所謂的優雅的冷酷之後，他會被迫做些什麼來釋放他身體上的折磨——下一步，他就會以一個被她深深傷害，而且她永遠也無法彌補過錯的男人身分來對付她。

「海絲特，」他開口，「我不會問妳墮落，或者應該說，妳踏上我找到妳的那個恥辱台的原因或過程；找出這個原因一點都不難，因為原因就是我的愚蠢，還有妳的軟弱。我是個有思想的人，是大圖書館裡的蛀書蟲，是個走向腐朽的男人，我把我的黃金歲月全用來餵食飢渴的知識之夢——妳所擁有的那些年輕與美麗，對我有什麼用？出生那一刻就是災難的我，怎麼會自欺欺人地以為智識上的天賦，可以讓年輕女孩在幻想中漠視我身體的殘缺？人人都說我睿智。如果聖人的睿智都是為了自己，那麼我之前就應該預見現在的一切、預見到當我走出廣袤而陰沉的森林，進入這個基督教徒的殖民地時，第一眼看到的會是妳，海絲特．派恩，一尊直挺挺站在人們面前的恥辱雕像。不，從我們以新婚夫妻的身分走下老教堂階梯的那一刻，我就應該能看到那個紅字在路的那一頭，閃耀著災難之火。」

「你知道，」海絲特接下了話——儘管非常抑鬱，她仍無法忍受在自己恥辱的標記

37. 帕拉賽塞斯（Paracelsus）：一四九三～一五四一，瑞士煉金士與醫師。

上承受這最後的沉重一擊。「你知道，我對你一直很坦白。我感受不到愛，也不打算假裝。」

「的確，」他回應。「是我愚蠢！我說過了。顯然在真正遇到這種事情前，我一直活在無知中。這個世界真是淒涼！我的心雖然寬大到足以容納許多過客，卻孤獨而冷清，也享受不到家庭的溫暖。我渴望燃起一盆家庭的爐火，就算自己上了年紀、個性陰沉、身體有些殘障，但追求這種可以讓大家聚在一起、隨處可見的簡單幸福，讓我也擁有這樣的幸福，應該並不是太過分的奢求。就是因為這樣，海絲特，我才會把妳放在我的心上，放在我內心的最深處，希望因為有妳的存在而溫暖的心房，同時也能溫暖妳。」

「是我辜負了你。」海絲特輕輕地這麼說。

「是我們彼此辜負了對方。」他接著說。「我錯在先，當我在妳含苞的青春與我的腐朽之間，建立起錯誤而不自然的關係時，我就錯了。因此，身為一個不經思考以及思維空洞的人，我不會報復妳，也不會傷害妳。妳我互不相欠。但是，海絲特，那個還活在世上的男人，他深深傷害了我們兩個！他是誰？」

「別再問了！」海絲特堅定地凝視著他的臉孔，如此回答。「你永遠都不會知道。」

「妳說永遠？」他重複著她的話，臉上掛著陰沉的微笑，以及一種自恃的睿智表情。「永遠都不知道！相信我，海絲特，世上幾乎沒有事情，不論是外在的世界，還是在眼睛看不到的某個深度範圍內的思想世界，幾乎沒有事情可以瞞過終身對解開祕密，都嚴肅以待並毫無保留盡全力的人。在那些窺視的大眾面前，妳可以藏住妳的祕密。當牧師和政府官員想要挖出妳心頭的那個名字，給妳在妳的台子上找個同伴時，妳也可以像今天這樣，嚴實地藏住妳的祕密。但是，我，我會用他們欠缺的判斷力來檢驗這件案子。我會像在書裡找尋真理、在煉金術中煉出黃金那樣，找到這個男人。那個男人和我之間會有一種共同的感覺，讓我可以感受到他。我會看著他顫抖。我會感覺到自己的肩膀突然而且不自覺地抖動。遲早，他都一定會落在我的手裡。」

這位滿臉皺紋的學者用發亮的雙眸緊緊盯著海絲特，而她的手則抓著自己的心臟，就怕他會立刻讀出自己心中的祕密。

「妳永遠都不會說出他的名字？可是他必定會落在我的手裡。」他繼續說道，臉上帶著自信，猶如命運已經站到了他這一邊。「他不像妳，他的衣服上沒有繡著代表恥辱的字，但我會看透他的心。不過，妳也不用替他害怕，不要以為我會介入老天爺的報應之道，也不必去想我會將他繩之以法，那些作法對我沒有任何好處；更不要認為我會設計取他性命，不，我也不會損害他的名譽，如果我的判斷沒錯的話，他應該是個風評不錯的人。就讓他活著！就隨他高興地把自己藏在他的體面底下，但早晚，他都是我的！」

「你的舉動像個慈悲的人，」海絲特困惑又驚嚇地說，「可是你的言詞卻讓自己變成了恐怖的鬼！」

「妳曾經是我的妻子，所以我要囑咐妳記住一件事，」學者繼續說。「妳守住了妳情夫的祕密，同樣的，妳也要守住我的祕密！這個地方，沒有人認識我。不要跟任何人說，妳曾經稱呼我為丈夫！在這裡，在這個世界邊緣的荒野，我會搭起自己的帳棚。我在其他地方都是個流浪者，孤立於人類的利益之外，但在這裡，我卻找到了一個女人、一個男人和一個孩子，與我之間連著最緊密的牽扯。不論出於愛還是恨，也不管是對還是錯，妳跟妳的一切，海絲特，都屬於我。妳和他在哪裡，我的家就在那裡。不過，不准透露我的身分！」

「你為什麼要這樣做？」海絲特質問他。她全身都在顫抖，卻不知道為什麼這種隱密的關係，會令自己顫抖。「你為什麼不公開你的身分，立刻拋棄我？」

「也許，」他回答，「是因為我不願意戴上不貞妻子送給丈夫的綠帽子。也許是其他的原因。好了，我就是打算默默無名地生，不為人知地死，所以就讓全世界都以為妳丈夫早已身亡，任何人都不會聽到他的任何消息。不論說話、動作或眼神，妳都要裝作不認識我。如果妳做不到，小心後果！他的聲譽、地位、生命，全都握在我的手裡。小心！」

「我會對你的事守口如瓶，就像我不會說出任何他的事一樣。」海絲特這麼說。

「發誓！」他回應。

海絲特順從地發了誓。

「現在，派恩夫人，」自此以老羅傑．齊靈沃斯為名的醫生這麼接口，「我就不打擾妳了，讓妳和妳的孩子、妳的紅字守在一起吧！怎麼樣？海絲特，妳的刑罰是否規定連睡覺也得配戴著那個標記呢？妳不怕作惡夢嗎？」

「你為什麼要這樣對我笑？」海絲特問，因為他的目光令她困惑。「你是不是要像出沒於森林周遭的黑人一樣？你是不是已經把我引入了一個囚禁之處，證明我的靈魂已經成了廢墟？」

「不是妳的靈魂，」他如此回答，臉上又露出了另外一種笑容。「不，不是妳的靈魂。」

5 巧手海絲特

海絲特的刑期結束了。獄門開啟，她走向前，進入了公平照耀在每個人身上的陽光下，然而在她那陰沉而病態的心前，灑下來的陽光，除了揭露她胸前的紅字，似乎別無其他目的。相較於前次她在行進的隊伍以及眾人圍觀下邁出步子，在眾目睽睽下被千夫所指、公開受辱，此時首次一個人跨過監獄門檻，折磨的感覺好像更加真實。當年，是一種不正常的神經緊張以及個性中的好戰精力在支撐她，讓她可以把當時面對的情況，轉換成某種色彩濃豔的勝利。更有甚者，那是她生命中唯一一起獨立事件，為了應付這起獨立事件，她可以不計代價地消耗足夠支持多年寧靜歲月的生命力。給她定罪的法律——猶如一個相貌冷酷的巨人，但在他的鐵臂之下，在體驗到他的毀滅力量同時，卻也可以汲取到支撐下去的活力——讓她可以在這場可怕的屈辱試煉中，一直堅持下去。

但現在，沒有人在身邊！而且從走出監獄大門的這一刻開始，她就要過著普通的日常生活了。她只有兩個選擇，撐下去，用自己天性中的平凡條件繼續活著，或者被生活壓垮。她再也無法依靠預支未來，而撐過眼前的悲傷，因為明天又會有新的試煉，後天、大後天、每一天都一樣——每天都會有新的試煉。但又和現在她所承受的那種無法訴諸言語的悲痛完全相同。遙遠的未來生活，將繼續讓人倍感艱苦，但她得一路背負著相同的重擔過下去，永無拋下重擔的一天；日復一日、年又一年，時間只會在深切的羞恥之上，再累積悲慘而已。從現在到最後，她會在過程中放棄自己的人格，成為傳教者與衛道之士可能提及的標準反面教材，讓他們生動而具體地把對女人脆弱與罪惡激情的想像，放進他們的勸告與訓誡教材之中。他們會教導純潔的年輕人看著她，看著她這樣一個胸前燃燒著紅字、有體面且受人敬重雙親的女人；看著她這樣一個身為孩子的母親，而孩子將成長為女人、曾經也是單純無辜的女人；以及看著她這個身為罪惡的表徵、罪惡的實體與罪惡事實的女人。將來在她的墓前，她永遠必須背負的恥辱，將成為墓碑上的唯一紀事。

令人費解的是，整個世界現在都在她的面前——她的刑罰並沒有限制她，只能在如此遙遠且乏人問津的清教徒殖民區活動——她可以自由回到出生地，或去歐洲其他任何國度，改頭換面、隱姓埋名，重新以另外一個人的身分活下去。在她的面前，還有陰暗的小徑、謎樣的森林，她可以在這裡讓天性中的狂野，與另外一種生活、習慣和判處她罪刑的法律迥然不同的民族互相融合；但令人費解的是，這個女人竟然依舊稱此處為家。而這個地方卻是世上唯一一個，需要讓她成為恥辱象徵之處。那是因為無法抗拒也無法避免的宿命，這種宿命具有毀滅性的力量，幾乎能夠毫無例外地迫使人類，像鬼魂般逗留在那些曾在他們生命中留下重彩的地方；更令人無法抗拒的是，色彩愈陰暗與悲傷，人類被迫逗留的力量也愈強。海絲特的罪、恥辱，都是她探入土中的根。她就像個吸收力更勝於前半輩子的新生兒，把這一塊其他朝聖者與流浪者，全都無法適應的森林之地，轉化成海絲特狂野淒涼、但會過完一生的家。相較於這個世界所有的其他地方——即使是像很久以前就束之高閣的衣服般，仍由母親妥善收藏的快樂童年；以及毫無瑕疵的少女時代，所度過的那座英國鄉間村莊——對她都已是異鄉。將她囚鎖於此的，是一副永遠都不可能掙脫、讓她從靈魂最深處都感到難過的鐵鍊。

也有可能——這個可能，顯然是事實，儘管她把心底的那個祕密，藏在連自己都看不到的地方，但每當祕密如出洞的蛇般，試著逃離她心中的牢籠時，她都變得蒼白——這種感覺是將她困在這個宿命之處，以及這條宿命之路上的另一個原因，是這裡有另外一個人的居所、痕跡與腳印。在她眼中，這個世人所不知的人，已與她合而為一。而他們也將因為這樣的結合，一起迎接兩人視為結婚殿堂的最終審判台，自此共同面對未來無止盡的天譴。誘惑靈魂的魔鬼一次次地把這樣的想法塞入海絲特腦子，並嘲笑她先是緊抓著這種想法帶來的激情與絕望的歡愉不放，之後又奮力丟棄的行為。她幾乎無法正視這種塞入她腦子的想法，就趕快將之禁閉在地牢中。她迫使自己相信的理由——亦即最終她說服自己繼續住在新英格蘭的動機——半是真實、半是自欺。她對自己說，這裡是她犯罪的地方，因此也應該是她接受俗世懲罰之所在；或許，每日面對恥辱的折磨，她的靈魂最終可以得到淨化。而且因捨身殉道的結果，淨化後的靈魂會具有另一種較之前失去的純真，更神聖的潔淨。

於是，海絲特沒有逃。在這個半島邊緣的小鎮外圍，離所有的住家都有段相當距離的地方，有一間小茅屋。這間由早期墾荒者建造的小屋，因為周遭土地過於貧瘠，不適耕種而遭到荒棄。相對遙遠的位置，讓小茅屋脫離了已成為移民生活習慣的社交活動圈；而位於海邊的西向，則是讓小茅屋隔著一窪海灣與密林滿布的山丘對望。

半島上孤伶伶地長著的一叢灌木，不但遮不住他人的視線，反而更像此地無銀三百兩地標示著，這裡存在某樣希望或應該被遮住的東西。在那些依舊監視著她一言一行的長官許可下，海絲特拎著自己寒酸的所有家當，就在這間孤獨的小屋中，與她那仍在襁褓中的嬰孩，重新開始生活。在她安定下來後，這個地點就立即籠罩了一層神祕的猜忌陰影。年齡還小的孩子，無法理解為什麼一定要把這個女人排除在人類的善意大門之外，因此他們會跑到足夠近的地方，偷偷看著她坐在小屋窗邊飛針走線、或站在門口、在小花園裡辛勤勞動，或是一個人走在通往鎮上的小路上，然而一旦看清楚她胸前的紅字時，這些孩子就會懷著一股快速傳染的怪異恐懼，一哄而散。

儘管海絲特處在孤獨的環境中，世上也沒有任何敢露面表態的朋友，她卻沒有衣食匱乏的問題。她有一樁高明的手藝，因此即使處在這塊機會並不多的土地上，她仍然可以養活自己和那個成長中的寶寶。這項技藝，不論在當時還是現在，幾乎都是女人能掌握的唯一技藝，那就是針線活。她胸前那個以獨特手法刺繡的字，就是展現她針線技藝與創意的活廣告。法院裡的女士應該都會競相效尤地在自己的金絲織布上，飾以更豐富與更靈性的創意圖案。當然，清教徒的衣著確實一向以暗色儉樸為特色，因此像海絲特這種製作精緻的手藝，市場需求也極少。只不過我們那些已將許多似乎不可能放手的時尚拋諸腦後的嚴肅祖先們，還是擋不住當代追求這類複雜精巧構圖的時尚影響力。依照政策要求，類似聖職授任、長官即位等公開典禮，以及新政府可以向人民彰顯權威的各種場合，都必須展現出莊嚴及井然有序的儀式感，但這些儀式同時也顯露出一種陰沉卻精心的豪華感。厚厚的襞襟、極為費時費工的飾帶，還有華麗的刺繡手套，全都被視為官場人士接管權力時的必要裝備。而且儘管禁奢令嚴禁一般平民奢華，但對於那些因社會地位或財富而變得高貴的人士，禁奢令隨時都可以法外施恩。在盛大的喪禮上也一樣——不論是死者的服飾，抑或是為了彰顯遺族的哀傷，而精心設計與製作的暗色服裝和雪白麻紗——都是經常性可能需要海絲特提供手藝的特有市場。還有嬰兒袍——那時候的嬰兒都是穿長袍——也是一個可換取酬勞的工作。

漸漸地，其實並沒有花太多時間，海絲特的手藝就已蔚為時尚風潮。不論是因為憐憫一名命運如此多舛的女子、因為大家即使是對正常或乏善可陳的事件，也都會賦予虛構價值的病態好奇心、因為老天毫無理由——且古今皆然——讓某些人擁有其他人遍尋不著的才能，抑或是因為海絲特真的填補了原本就可能一直存在的市場需求空缺。不論如何，她確實能夠隨時接下自認可以消化的針線工作，報酬也不錯。從那些紳士穿戴著由她那雙有罪的雙手所縫製出來的衣物，出席華麗而莊嚴的典禮來看，要說虛榮選擇自我羞辱，應該也不為過吧！她的針線工藝出現在地方長官的襞襟上、軍事人員的領巾上、牧師的飾帶上、嬰兒的小帽子上；也出現在死者身上，然後隨著亡者閉鎖於棺木裡，生霉、壞朽。然而從未聽說過有人請她在覆蓋新娘純真紅潤雙頰的白色面紗上刺繡，一次都沒有。這個例外，意味著社會對於她所犯下的罪依然深惡痛絕。

海絲特只求餬口，她自己的生活有如苦行僧般儉樸；但對孩子，她卻給予了全然的豐裕。她自己的衣服全是最黯淡顏色、質料最粗糙的布疋製成，唯一的裝飾只有注定要配戴的紅字。但孩子的衣物，卻是別出心裁地引人注目，或者應該說是精巧得與眾不同。而這樣的衣物也確實有助於提升女孩從小就開始展露的活潑魅力。不過精巧的衣物顯然還有另一層更深的意義，我們可以稍後再談。除了裝扮孩子的小小花費，海絲特把所有剩餘的收入全捐出去做善事，幫助那些其實遠不及她可憐、悲慘的人；遺憾的是，這些接受捐助的人卻經常反過來以怨報德地辱罵她。她把許多原本可善用手藝賺錢的時間，拿來為窮人縫製粗衣。或許她這樣的行為有懺悔與贖罪的意義在其中，所以她真正犧牲了享受，並做出奉獻，在粗衣簡服上全心投入了許多的時間。

其實她以前的本性中，有一種東方人富裕、逸樂的特質——那是一種喜愛高貴美麗的品味，然而現在除了針線下的精美成品外，不論在她身上，或她生活中的任何一個層面，都絲毫找不到這樣的特質。女人從精緻的針線工作中，能夠獲得一種男人完全無法理解的快樂。對海絲特而言，針線工作或許就是一種表達心緒的模式，能夠安撫她生命中的激情。針線工作的快樂，就像其他所有喜悅一樣，全被她視為罪惡，擋在門外。這種病態地將良心與某件毫無重要性的事情混淆在一起，只怕不是真心而堅定的悔悟，而是某種很可能從根本就錯得離譜且不確定的事情。

就這樣，海絲特在這個世上有了小小一塊屬於她自己的舞台。她的罪行雖然在身上留下了一個對女子的心靈而言，可能要比該隱額頭上的烙印[38]更難以容忍的印記，但與生俱來的性格力量以及罕見的才能，卻無法澈底將她驅離。只不過，與社會的互動中，她也找不到任何歸屬感。她接觸到的每一個人，他們的每一個手勢、每一個字，甚至沉默，都透露或甚至常常明白表示她是個被放逐的人。她像是活在另外一個世界般的孤獨，又像是在跟這個大家共有的自然溝通時，使用的器官或感覺都跟其他人類完全不一樣，那樣孤獨。她站在世俗之人會關心的事物圈子之外，但又緊緊地跟在這個圈子旁邊，像個鬼魂，不斷重返曾經熟悉的火爐邊，卻再也無法讓其他人看到或感覺到自己；她無法因家人的歡樂而微笑，也無力因為家人的悲痛而哀傷；或者，就算成功表達出被禁止的同理感覺，也只能引來他人的恐懼與強烈的厭惡。

事實上，這些情緒以及最苛刻的輕蔑，似乎已成為她唯一仍存在於大眾心中的部分。那是個感情並不細膩的年代，儘管她很清楚自己當前的處境，也不敢片刻忘記自己的身分。但經常還是會有人以最粗暴的方式，往她最脆弱的地方戳刺，將她的處境重新擺在她清晰的自我認知前，再一層層地鋪上新的苦悶。之前已經提過，她慷慨解囊接濟的窮人經常對著那隻伸出去救援的手口出惡言；地位高尚的貴婦也一樣，因為工作需要而進入她們的家門時，她已經習慣把她們的譏諷一點一滴滲入心中；有時候，那些女人會透過不動聲色卻惡意的手法，從日常瑣事中調製陰險的毒藥；有時候，也會藉著最粗野的表情，將目光落在受折磨者毫無抵抗力的胸前，有如在潰爛的傷口上，擊出重重的一拳。長久以來，海絲特不斷自我嚴格訓練，因此面對這些攻擊，除了蒼白的臉頰突然湧起一片紅暈，再將那片紅沉入深深的心底外，她從不另作回應。她有極高的耐性——是個十足的殉道者——但是儘管她有顆寬恕的心，卻仍需壓抑為敵人祈禱的衝動，因為她怕祈福的話語會在出口時，執拗地自動轉換成詛咒。

清教徒以不下千種的狡獪方式，精心而積極不斷地對她一次次判刑，讓她無數次感受到痛苦的顫動。神職人員會在街上停下腳步，只為了發表勸誡之言，然後引來大批圍觀群眾，或笑或蹙眉頭地圍著這個可憐的有罪之身。當她走進教堂，期待在安息日分享

38. 聖經故事，該隱出於嫉妒殺了弟弟亞伯，上帝將該隱逐出人類家庭聚居的地方，但也為該隱立一個「記號」，禁止其他人為亞伯報仇而殺害該隱。這個記號既是保護也是在昭示該隱的罪行。

天父的微笑時，結果卻總是變成一場災難——讓自己成為講道中的負面教材。她慢慢對孩子也生出了懼怕之心，因為孩子的父母在他們心中埋下了一個模糊的概念，認定這個在鎮上安靜來去、除了唯一的孩子沒有其他人陪伴的淒涼女子，令人厭惡；於是，孩子們會先讓她走過去，然後維持著一段距離，跟在她身後，尖聲叫囂。那些叫囂的言語，對孩子們而言，並不具任何特定的意義；但對海絲特而言，那些孩子嘴中無意識吐出的胡言亂語，殺傷力道卻絲毫不減。她的恥辱似乎已成為天下皆知、無人不曉的事情，以致於現在就算她的陰暗故事，在樹葉間互相轉訴、放任夏日微風竊竊私語、由冬季冷冽的疾風嘶吼傳播，她應該也感受不到更深的傷痛了！

除此之外，她從陌生目光的注視中，還感受到另外一種不一樣的折磨。當陌生人無一例外地好奇盯著她的紅字時，每一次的注視都像是把紅字重新烙在她的靈魂上，於是她經常衝動地想用手遮住胸前的印記，只不過最後都克制住了。然而話說回來，就算是那些她已習以為常的眼光，也同樣會帶來痛苦——那些熟悉的冷漠凝視，令人無法忍受。簡言之，自始至終，任何投注在海絲特胸前印記的目光，都會讓她感覺到一種可怕的苦悶；而這種感覺不但永遠都不會變得麻木，反而隨著日常的折磨愈來愈敏感。

有時候，許多天或許多個月當中會有那麼一天，她能感覺到一道目光——一道人類的目光——投注在那個不名譽的印記上時，似乎能為她帶來瞬間的輕鬆，就像是有人替她分擔了一半的苦悶。只不過下一瞬間，痛苦的感覺全部回籠，而且痛得更深、更沉，因為在那短暫輕鬆的瞬間，她又犯下了新的罪行。難道海絲特是獨自犯下的罪行嗎？

生活中這種奇怪而孤獨的苦悶，多多少少還是影響了她的想像力，若她的心腸更軟或智識更高，這種影響會更嚴重。她踏著孤獨的腳步，在這個與外界連接的小小世界裡來回走著，她不時認為——就算這一切都是幻覺，也真實得讓自己無力抗拒——她覺得，或者該說她以為自己這麼感覺，身上的紅字賦予了她一種新的感知。

她對這樣的認知感到戰慄，卻又不由自主地去相信，紅字賦予了她一種知識，讓她得以諒解他人深藏於內心的罪惡。這些在她面前顯露的罪孽把她嚇壞了。這些都是什麼啊？除了壞天使不懷好意的低語外，誰有心情會去試著說服這個已經身陷掙扎，而且早已是壞天使半個獵物的女人，讓她相信以純潔作為表面的偽裝，不過是個謊言；讓她知道真理若確實處處顯現，那麼紅字將不只印在她的胸前，還會在許多人的胸前炙熱燃燒？或者，她必須把這些如此模糊卻又清晰無比的暗示當成真理？她經歷的所有悲慘經驗中，沒有比這種感知更糟糕、更令人厭惡的了。因為各種場合中不虔誠又不合時宜的事件，而啟動並高度運作的這種感知，讓她困惑又驚恐。有時候當她走過某位受人敬重的牧師或長官身邊時，她胸前的紅色恥辱會產生一種共鳴的震動，但是這些人不但是純潔與正義的楷模，而且在尊崇古禮的年代，全都令人仰望，被當成凡間的天使。

「又要發生什麼邪惡的事情了？」海絲特會這樣自言自語。但當她抬起眼睛，只看到這位凡間的聖人，視線所及的範圍內沒有其他人！還有一次，當她遇到某位據說終其一生都聖潔如玉的夫人，以及她聖潔臉上蹙著的眉頭時，神祕的姊妹情誼會頑強地出現。那位夫人潔白如雪的心與海絲特胸前熾烈燃燒的恥辱——兩者會有什麼樣的共通之處？

另外還有一次，她接受到電流般的刺激警告——「看看，海絲特，妳的同伴來了！」然後當她抬眼望過去，她看到一名少女匆匆掃過紅字的雙眼，膽怯而欲蓋彌彰，接著少女很快地轉開視線，臉上飛出一片淡淡的冷漠紅暈，好像因為那一瞥，她的純潔就受到了某種程度的玷污。

噢！符咒就是那個致命標記的惡魔，難道你不打算為這個可憐的罪人，留下任何值得崇敬的東西嗎？不論這令人崇敬的東西是出自年輕人或老年人——就這樣失去信仰，是罪惡最悲哀的結果之一。若這個可憐的獵物，仍堅信自己的軟弱與人類的嚴峻律法，尚未完全敗壞，那麼海絲特就要更努力說服自己相信，世上沒有人的罪行比她嚴重。

在那個陰沉的古老年代，一般大眾總是將所有能勾起他們想像力的事情，罩上一層愚蠢的恐怖感，如果出現一則紅字的故事，那麼這則故事隨時都可以轉變成一樁恐怖的傳說。於是他們宣稱那個標記，不僅是一塊在世俗染缸中染過色的紅色布疋，還帶著地獄之火的灼熱。因此不論海絲特在夜間何時走動，大家都可以清楚看到那團灼熱所閃現的光。至此，我們有必要聲明，這個標記是如此深刻地燒進了海絲特的胸膛中，以致於存在於那個紅字傳說中的真理，或許要比我們這些重度疑心病的現代人願意相信的更多。

6
珍珠

截至目前為止，我們都還沒有提及那個小嬰孩；小傢伙無辜生命的肇始，出自上天不可思議的旨意。而一朵可愛而永遠流芳的花，則是源於罪惡激情中的繁茂華麗。當那個可悲的女人看著這個孩子漸漸成長、美麗一天比一天耀眼，而聰慧也如抖動的陽光般，揮灑在小小的五官上時，一切的一切，看起來是多麼奇怪啊！

她的珍珠！海絲特這樣稱呼她的女兒；這個名字並非來自於孩子的容貌，因為珍珠所代表的意義，不論是冷靜、潔白或沉靜的光澤，都與孩子的容貌沒有類似之處。她為孩子取名「珍珠」，是因為孩子的無價——這是她付出了自己的一切才換來的孩子——這孩子是她母親唯一的寶貝。真的，多奇怪啊！大家用一個紅色的標示來彰顯這個女人的罪，而這個標示具有如此強大而災難性的效用，以致於除了來自和她一樣有罪的人外，她完全接觸不到任何人的憐憫。老天放任人類懲罰她罪行的直接結果，竟是送給她一個可愛的孩子。這孩子的安身之所，正是那個背負恥辱的胸膛。而上帝也透過這孩子，將海絲特與人類的種族及其後代連接在一起，並最終讓這個孩子的靈魂受到上天的庇佑！只不過這些想法對於海絲特的影響，反而是憂慮大於希望。她知道自己之前的行為不道德，因此始終堅信自己不會有好下場。一天天過去，她懷著不安的心，看著孩子慢慢發展出來的特質，一直害怕孩子會因為出生時背負的原罪，而出現某些陰暗與粗野的怪異個性。

當然，女孩的身體並沒有任何殘疾。從女孩完美的體型、精力、以及稚嫩四肢的靈活度來看，這個孩子簡直可說是從伊甸園直接抱出來的，而且就算世界上的第一對父母被逐出伊甸園後，這個孩子仍有資格留在伊甸園中當天使的玩具。天生高雅的氣質與無暇的美麗通常無法並存，但這小傢伙兩者兼具；她的穿著不論多麼簡樸，總是能吸引旁觀者的眼光；並讓他們覺得這樣的打扮才是最完美的穿搭。但小珍珠的所穿所用絕非粗衣糙物，她的母親懷著一種日後我們會漸漸明白的不正常心態，購買坊間最華貴的織品，用飛馳的想像力裝扮與打點女孩的衣物，然後讓她亮麗的在大眾面前出現。裝扮後的小小人兒華貴氣派，而小珍珠自身合宜的美麗也是如此出色，以致她身上那件——別的小孩穿起來可能會減損其可愛程度——高雅嬰兒袍也變得光彩耀人。她身邊繞著一環純粹的光圈，在那間光線不足的茅屋地板上閃現。小傢伙就算穿著一身因為瘋玩而破損、髒污的赤褐色長袍，也照樣構成一幅完美的圖畫。珍珠的容貌蘊含了一種變化無限的魅力，在這個孩子身上，你可以看到許多不同的孩子，從農村寶寶野花般的美麗，到公主寶寶的縮小版華貴，風采萬千。然而，在所有這些魅力中，還有一種她永遠不會失去的熱情特質，那是一種具有特定深度的色調；如果她出現任何變化，不論是變得膽怯或蒼白，她都不再是她自己——不再是珍珠。

外貌上的多變恰如其分地代表了這個孩子內心世界的多樣性。她的天性似乎也兼具了深沉與善變，只不過——也許是海絲特因恐懼而出現的錯誤認知——珍珠對自己出生的這個世界，欠缺了產生交集與適應的能力。這個孩子絕不會為規矩低頭。她出生這件事的本身，就是對重大法條的破壞。而結果就是，小珍珠的本質也許美麗而動人，卻也混亂無序，又或者其實她的本質自有其特定規律，但個性的變化與搭配，讓人很難或甚至根本找不出其中的脈絡。

海絲特只能憑藉著從精神層面，回顧珍珠汲取她靈魂的時候，以及從物質面回想自己體架上的變化，來猜測孩子可能的個性是什麼——但即使在這些時候，她所猜測的也是極其模糊而不完美的個性。道德生活的光芒，是以母親的熱情為媒介，傳達給未出世孩子；但不論這些光芒的原始色彩是多麼潔白澄清，都染上了腥紅與金黃的濃重污點。那些污點是燃燒的光澤、黑色的暗影，以及介入物質尚未精煉的光。最重要的是，海絲特在那個熱情關鍵時刻的心中交戰狀態，已永遠停駐在珍珠的個性中。海絲特可以看到當時自己氣質中的狂野、極端、目中無人以及瘋狂，甚至籠罩在當時心中那捉摸不定的陰鬱與消沉。這些特質在小寶寶如晨曦的天性中，顯得耀眼奪目，但在這個俗世的未來日子裡，這些特質卻可能帶來許多風暴與波折。

那個時代的家庭教育遠比現在嚴苛，怒目以對、嚴厲責難、屢見不鮮的棍棒加身，再配上聖經的權威，全是家中長輩的教育工具；不僅在孩子行為偏差的時候用來懲罰，也是促進孩子整體品格發展的全能教具。但是身為獨生女的慈愛母親，海絲特卻不會犯下過分苛責孩子的錯誤。因為片刻不忘自己的罪惡與不幸，她很早就努力以溫柔但嚴格的態度，來管教這個歸屬自己管控範圍內的孩子品行。可惜她力有未逮，在試過了愛的教育與嚴厲管教之後，她確定兩種管教模式對孩子都不具效果，最終被迫甩手，看著孩子秉持天性自然成長。當然，對孩子的強制性行為與限制，若能堅持還是有效的。至於其他的管束方式，不論是說之以理還是動之以情，小珍珠可能聽進耳中，也可能根本充耳不聞，完全視她當時的情緒而定。

當珍珠還是個小寶寶時，她的母親就已習慣了她某種獨特的眼神，那是一種警告的眼神，警告她的母親，不論堅持、勸服或哀求，都只是在白費力氣。那是如此聰明，卻又如此費解、乖張的眼神，有時候甚至帶著強烈的惡意；但這樣的眼神總伴隨著一種靈魂的狂野自在，以致海絲特每次接觸到這樣的眼神，都會不禁自問，珍珠是否真是人類之子。其實珍珠更像個虛幻的精靈，每每在茅屋地上玩了一會兒古怪的遊戲之後，就會輕快離去，臉上掛著一抹嘲弄的笑容。每當她狂野、明亮、濃烈的黑眸中出現那樣的眼神時，小珍珠就如同罩上了一層怪異的面紗，遙遠而不可捉摸：她像是正在空中翱翔，隨時都可能消失不見；又好像一束耀眼的光，不知來處與去向。海絲特每次看到這樣的畫面，就會被迫衝向孩子——想要追上這個必定會開始逃跑的小精靈——把她牢牢抓回自己的懷抱中，緊緊抱著，真情誠意地親吻著——但這一切與其說是出自滿溢的母愛，還不如說是要向自己保證珍珠確實是血肉之軀，而非全然虛幻的存在。只不過每當小珍珠被抓到時，她的笑聲儘管歡樂悅耳，卻讓她的母親更感困惑。

這種令人困惑而張皇失措的魔力，是如此重擊人心，又是如此頻繁地出現於海絲特和她視為全世界的珍貴寶貝之間，有時會讓她落下激動的眼淚。碰到母親落淚時——此時，尚無人預見這種事情對珍珠會有什麼樣影響——珍珠或許會皺起眉頭，握起小小的拳頭，再板起小小的臉，擺出一副嚴峻、冷酷、不高興的樣子。但她常常也會用另一波比之前音量更大的笑聲帶過，就像是無力也無從瞭解人類的悲傷是怎麼一回事。有時候——很罕見的情況——她會因為悲傷的憤怒而出現痙攣的情形，並用破碎殘斷的言語嗚咽哭訴著她對母親的愛，就好像為了證明她確實有一顆心，而要把心敲碎。可惜海絲特無法在珍珠這種來去如風的溫柔中找到安全感；因為珍珠的溫柔來得突然也去得驟然。她的母親深切思考著這些狀況，感覺自己像是召喚出了一個神靈，但因為召喚過程中違法了一些規定，失去了取得關鍵咒詞的機會，也因此無法控制這個全新卻又無法理解的智慧體。孩子安靜沉睡時，是海絲特唯一真正的慰藉。她只有在那個時候才能自我肯定，嚐到安靜、悲傷又甜美的快樂；而這樣的快樂，會維持到——那剛愎乖張的光芒從張開的眼睛下透出——小珍珠醒過來。

光陰飛逝——時間流逝的速度快得令人稱奇——珍珠已經大到可以與人來往的年紀，脫離了母親隨時為她綻放的笑容以及不具意義的廢話世界。如果海絲特能在其他孩子喧囂的童言童語中，聽到珍珠清晰如黃鶯的聲音，且從嬉戲孩子們糾纏在一起的叫喊中，清楚辨別並找出自己親愛女兒的聲音，會是多麼開心的事。遺憾的是，這個情景永遠不會出現。因為珍珠是這個幼稚世界裡的天生棄兒；她是個邪惡的小魔鬼、罪惡的象徵與產物，也無權受洗。最令人驚訝的是，這個孩子似乎本能地瞭解到自己的孤獨。命運在她的周遭拉起了一張不可侵犯的網，而這張網，簡而言之，就是她天性異於其他孩子的一切特質。海絲特從走出監獄的那一刻起，大眾盯在她身上的所有目光，都包含了珍珠的身影。她在鎮上走動時，珍珠也在身邊；一開始是她懷裡的寶寶，之後是陪在母親身邊的小女孩，整個手掌滿滿攥著母親的食指，得蹦蹦跳跳三、四步，才趕得上海絲特的一步。

小珍珠看到殖民區的孩子在街邊的草地上或自家門前，自得其樂地嬉鬧與玩著清教徒教育容許的陰暗遊戲；這些孩子會假裝上教堂、鞭打貴格教派的教眾、與印地安人開戰，扒取頭皮；或用仿造的怪異巫術物品，嚇唬彼此。珍珠看到這些景象時，總是專注地凝視他們，卻從未想過要和這些孩子結交。如果這時和珍珠說話，她會一言不發。有時候孩子們會圍在珍珠身邊，這時她就會發起小脾氣，變得非常可怕，她會一邊朝那些孩子丟石頭，一邊毫無條理地尖叫、呼喊；每當出現這樣景況，她的母親都會全身顫抖，因為小珍珠的叫聲與人類無法理解的巫婆詛咒，非常相似。

事實上，小清教徒是世界上心胸最狹隘的一群人，他們隱約知道這對母女非我族類、神祕，或者應該說與他們日常的認知不同，所以他們從心底就藐視這對母女，並經常把這樣的藐視訴諸於口。珍珠感受到這些孩子的情緒，於是用一個孩子心胸可以激發的最極端仇恨回應。珍珠大發脾氣，對她母親而言，有一種特殊的價值，甚至具慰藉的效用；因為那樣爆發的情緒中，至少存在著一種可以理解的真誠，而不是她經常在女兒身上看到的，那一陣陣毫無緣由的善變情緒。然而這樣的慰藉，依然令海絲特害怕，因為她察覺到自己心中邪惡陰暗的反射。所有的敵意與情緒爆發，全源自海絲特的內心，珍珠只不過是因為不可剝奪的權利，全部承接而已。母女現在一起站在與人類社會隔離的同一個圈子中；海絲特在珍珠出生之前，所感覺到不安的那些騷動特質，雖然因為懷孕的溫柔影響而有了緩和，卻似乎全數永遠停駐在孩子的天性中了。

在家裡、在母親的小茅屋內以及附近，珍珠並不需要多樣化的大範圍交友圈。生活的魔力源源不絕地從她那個創造力永不枯竭的靈魂中散發而出，她像一把可以隨心所欲燃燒的火炬，和上千個物種溝通；一根棍子、一塊破布、一朵花——這些最無法想像的東西，全是珍珠施展魔法的木偶。它們不需要任何外在的改變，就能被珍珠的心靈世界接納；並在她心中的那個舞台上，根據她的劇本稱職地演出。她娃聲奶氣的聲音，可以替想像中的不同角色配音，讓這些或老邁或年少的角色，彼此溝通。古老、莊嚴的暗色松樹，以及肆意呻吟或發出悲鳴的微風，幾乎不需要任何修飾，就成了清教徒老者；他們的孩子是園子裡長相最糟的野草，也是珍珠毫不留情就下手修理以及連根拔起的對象。她將自己的智識投進如此豐富多樣的型態中，儘管彼此間確實缺乏連貫性，但影像卻不斷跳躍、舞動，永遠維持在動態——很快地下沉，有如被如此快速而狂熱的生命潮流消耗殆盡——接著又被其他擁有類似狂野精力的其他形體所取代。除了北極光變幻無常的演出外，再也找不出能夠與珍珠的想像力相匹敵的景象了。除了這類幻想的運用以及一個正在成長中頭腦的嬉戲好動外，其實珍珠的聰明才智，與其他孩子相比，可能並無顯著的差別，只不過生活在沒有玩伴的環境下，小珍珠被迫更親近她所創造出來的虛幻角色。

小珍珠與其他孩子的不同之處，在於她對自己心靈所創造出來的角色，全都懷有某種敵意。她沒有創造出任何朋友，相反地，她總是想像著散播龍牙的種子[39]會長出一群武裝敵人，然後她會衝上前與敵人戰鬥。這實在令人難過得說不出話來，對一個內心非常清楚為什麼會出現這種狀況的母親來說，這是多麼沉重的悲傷啊！她眼睜睜看著如此年幼的孩子，不斷感知著一個敵對的世界、不斷高強度地鍛鍊自己，才能做好準備，面對接下來的對抗。

看著珍珠，海絲特手上的工作常常會不自覺地掉落膝頭，把本來寧願隱藏起來的悲痛哭出來，並吐出介於言語與呻吟之間的語調：「噢，天上的父——如果祢仍是我的父——我帶來世上的這個生命究竟是什麼東西啊？」

每當珍珠無意中聽到這突如其來的痛苦聲音、或透過某些更敏感的管道察覺到這種極度悲痛的震動時，她會將自己那張生動而美麗的小臉轉向母親，展現出有如小精靈的智慧，露出一抹微笑，然後繼續自己的遊戲。

這個孩子的舉止中，還有一樣至今尚未提到的怪異。小珍珠這一生中最早注意到的事情是什麼？不是母親的笑容。她不像其他的小寶寶，用那種露出小小牙齒、屬於嬰兒的淺淺微笑，回應自己的母親，然後在日後模糊不清的記憶中，以溫柔的態度討論那究竟是不是微笑。完全不是這樣的情況！珍珠感知到的第一個東西似乎是——應該說出來嗎？——是海絲特胸前的那個紅字！

有一天，當她母親俯身靠向她的搖籃前時，小寶寶的眼睛就被那個字的金色刺繡閃光吸引，她舉起小手去抓，臉上掛著笑以及一抹毫無疑問、想到做到的決心光彩，讓她的臉看起來像個老成的孩子。

當時，海絲特大口喘著氣，緊緊抓著胸前致命的標記，本能地想把這個字扯下來；

39. 在希臘神話中，腓尼基王子卡德馬斯（Cadmus）殺了一條龍後，將龍牙種在土中，結果龍牙長出一群武裝者，彼此戰鬥，最後只剩下五名存活者。

珍珠的小手聰慧地那一抓，讓她母親陷入了無盡的折磨。小珍珠以為母親悲痛的舉動只不過是在跟自己嬉鬧，就這麼直直地盯著母親的眼睛，臉上的微笑不斷。那件事發生後，除了小傢伙睡著的時候，海絲特沒有一絲安全感，也感覺不到與小珍珠相處的平靜快樂。確實，有時候珍珠的目光可能連著好幾週都不會停留片刻在那個紅字上，但在無人注意的時候，就像是突然而至的死亡之擊，而且總是伴隨著那怪異的微笑與別有他意的眼神，她的目光又會投注在紅字上。

有一次，海絲特像所有母親都喜歡做的事情那樣，在孩子眼裡尋找自己的影子時，發現孩子眼中又出現了這種精靈似地怪異眼神，突然間——由於離群索居又心靈不安的女子，總是飽受說不清、道不明的妄想所困擾——她竟然幻想自己從珍珠那雙小小的、黑如鏡面的眼睛裡，看到了另外一張臉，而不是自己縮小的相貌。那是一張鋪滿了惡意笑容的惡魔之臉，但她十分熟悉這張臉的五官，只不過她所熟悉的那張臉，儘管鮮少出現笑容，但罕見的笑容中從來不含惡意。整個畫面就像是魔鬼附在孩子身上後，又露出原身嘲笑一切。那件事情後，儘管記憶有些褪色，但海絲特仍多次被那個景象折磨，痛苦不堪。

當珍珠已經大到可以跑來跑去的某個夏天午後，她正在自娛地將一把把野花放在一塊，然後一朵朵地朝她母親的胸前甩；每次砸中紅字，她就會像個小精靈般跳上竄下。海絲特當下的第一個動作，是想用握緊的雙手遮住胸前。後來也許是因為驕傲或認命，也許是出於她的自覺，認定這種無法言語的痛苦，或許是最深的懺悔，她抗拒了這樣的衝動；她直挺挺地坐在那兒，臉色如死亡般蒼白，悲哀地直視著珍珠狂野的雙眸。小珍珠的花朵仍不斷襲來，幾乎毫無失誤地全砸中了那個標記，讓她母親的胸膛疼痛不已；而這種疼痛不但在這個世界上找不到舒緩的解藥，在其他世界也不知道該如何尋找。最後，花朵彈藥用罄，珍珠用那個偷窺的微笑小惡魔形象，亭亭玉立地站在那兒盯著海絲特——不論那個惡魔是真的在偷窺，還是出自她母親的幻想——惡魔的眼睛正從珍珠那對黑眸中的神祕深淵，向外偷偷看著。

「孩子，妳到底是什麼？」她母親這樣哭喊。

「咦，我是妳的小珍珠啊！」孩子回答。

可是珍珠的這個回答，搭配了她的大笑以及跳上跳下的動作，外加一個小頑童的滑稽手勢，好像下一步就要飛上煙囪了。

「妳是我的孩子嗎？真的嗎？」海絲特問。

海絲特並非無所事事地提出這個問題，在那一刻，她確實有幾分的真心想要這麼問，因為珍珠非常聰慧，所以她半質疑地想要弄清楚，這孩子是不是因為還不習慣自己存在的祕密咒語，所以尚未現出原形。

「對啊，我就是小珍珠！」女孩一邊持續做著滑稽行為，一邊如此回覆。

「妳不是我的孩子！妳不是我的珍珠！」她的母親半玩笑地這麼說；每當海絲特陷

入深深的痛苦中時，總會突然出現一股嬉鬧的衝動。「告訴我，妳到底是什麼？誰派妳來的？」

「妳告訴我啊！媽媽。」孩子一面嚴肅的這麼說，一面跑向海絲特，將自己的身子壓在母親的膝蓋上。「妳告訴我啊！」

「妳在天上的父親送妳來的。」海絲特回答。

海絲特的回答有些許遲疑，而這個遲疑並沒有逃過小女孩敏銳的感覺。不論是因為孩子正常的怪異，還是出於惡靈的指使，珍珠伸出小小的食指觸摸著紅字。

「才不是他送我來的！」珍珠堅定地這樣叫喊。「我才沒有天上的父親！」

「閉嘴，珍珠，閉嘴！不可以說這樣的話。」她母親壓抑住悲嘆地回答。「是祂把我們送來這個世界的。祂甚至把我，妳的母親，也送來這個世界，不是只有妳！但是，如果妳不是祂送來的，那妳這個奇怪而像精靈的小孩，又是從哪裡來的呢？」

「告訴我！告訴我啊！」珍珠重複地說著，但表情不再嚴肅，而是一面大笑，一面在地上蹦蹦跳跳。「妳一定要告訴我！」

可惜海絲特也無法解開這個疑問，因為連她自己都陷入了陰沉的疑惑無底洞中。她還記得——在微笑與戰慄之間——附近鎮民的閒話；這些人在遍尋珍珠的父親不著、又看到了珍珠的一些怪異行為後，做出結論，宣布可憐的小珍珠是惡魔之女。就像是自古天主教時期開始，世上偶爾會出現惡魔的後代，他們為了散布恐怖與邪惡，以母親的罪惡作為媒介出生。根據馬丁．路德在修道院裡的敵人所散播的中傷內容，路德就是惡魔留下的小鬼；在新英格蘭的清教徒圈子裡，珍珠絕不是唯一一個來歷不祥的孩子。

7 行政長官的廊廳

有一天，海絲特要去貝靈漢長官的官邸，她帶著一雙加了飾穗以及刺繡的手套；那是貝靈漢長官準備在某個重要的國家慶典場合配戴，而要求她製作的手套。雖然一次人民選舉讓這位前掌權者從最高的位置下降一、兩階，但在這個殖民區，他依然是身分高貴且影響深遠的人。除了親自送交這副刺繡手套，還有一個更重要的原因，驅使著海絲特，在此時與這位對這個殖民區事務有極大權力以及極深影響力的大人物見面。她聽說好幾位身分重要的居民，計畫要將她的孩子從她身邊帶走。這些人在宗教與政府事務上，都偏向以更嚴格的規定處理。

一如之前所提，大家揣測珍珠是惡魔的孩子，因此這些好心人合情合理地辯稱，有鑑於基督教徒對這位母親靈魂的關心，他們需要清除阻擋在她路上的障礙。再說，若這個孩子確實可以受到道德與宗教教育的感化，並擁有最終救贖的特質，那麼這孩子就能夠轉變成比海絲特更聰明的衛道者，並因此擁有更好的前途。

據說，貝靈漢長官是最熱心推動這項計畫的成員之一。聽起來也許有些奇怪，其實也的確很荒謬，因為這類事件的最高管轄單位，在未來的時代裡，頂多就是鎮裡遴選出來的委員會，絕不可能成為公開討論的議題，遑論有身分顯赫的政治人物介入選邊站。然而在當時，那純樸簡單的時代，任何可能引起公眾一點興趣的事件，就算在本質上比海絲特與她孩子的福祉更微不足道的事情，也會不可思議地扯上立法官員與政府法令。曾經有件關於一頭豬的所有權案子，發生時間與這個故事差不多，就算早也早不了多久，那件案子不但在殖民地的立法機構引起了高度熱烈而刻薄的激辯，最後還導致了立法架構本身的重要改變。

因此滿心焦慮——但她很清楚此事關乎自己權益，所以就算她與大眾之間的對立看起來相當不平等，一邊是所有的鎮民，一邊是個孤伶伶的女子，唯一的支持只有源於大自然的悲憫之心——海絲特仍從她孤立的小屋中出發。當然，小珍珠仍舊陪在她身邊。

小珍珠現在已經到了可以在母親身邊輕快奔跑的年紀了，而且從清晨到黃昏，整天動個不停，即使比這趟路程再遠的距離，她也可以走得到。但是她依然經常要求母親抱她，不是因為必要，而是出於小女孩善變的心情，因為沒多久，她又會蠻橫地要母親將她放下來，然後在海絲特前面，蹦蹦跳跳地走在野草披覆的小路上，不時有驚無險地顛仆絆跌。我們已提過珍珠過人的美麗；一種閃耀著深厚而鮮活色彩的美麗；一副明亮的五官；一雙深邃又閃亮的眼睛，以及一頭深褐色的滑潤髮絲；假以時日，這美麗頭髮的髮色將貼近烏黑。小珍珠本身以及周遭都燃著一團火，她就像是一個激情瞬間的意外之果。她母親在設計這個孩子的穿著時，讓炫麗的想像力盡情飛翔，她用剪裁獨特的腥紅色絲絨長衫裝扮孩子，長袍上用金線繡上數不清的奇幻圖案與花草紋飾。這些具有強大力量的色彩，毫無疑問地能讓一張蒼白沒有血色的面容，轉變成染上淡淡紅暈的雙頰。而這樣的色彩，就這樣令人豔羨不已地被納入了珍珠的美麗之中，讓她成為跳躍在這世上最亮眼的小小火焰。

這件長衫引人注目的特質，當然還有這孩子的整體外型，都讓旁觀者無法抗拒，又不可避免地想起了海絲特注定要配戴在胸前的標誌。這個孩子與她的穿著，是紅字的另一種表現方式；這是一個被賦予了生命的紅字！孩子的母親——就像是已讓那個紅色的恥辱深深燒印在頭腦中，以致於她所有的思想全都以那個紅字的型態呈現——她精心設計了這樣裝扮孩子的方式，耗費了無數個小時，用陰沉的才華，創造出這套服裝，將她所愛的孩子以及代表她罪惡與折磨的標誌之間的相似處揉入其中。其實珍珠既是前者，也是後者，而且正是因為珍珠兼具這兩種身分，海絲特才能設計出讓女兒完美呈現那個紅字的外型。

母女倆步行進入小鎮後，正在嬉戲的清教徒孩子們抬頭望向她們——其實這些陰沉的頑皮小鬼也沒什麼東西可玩——然後認真地開始交談。

「你們看，真的是那個紅字女人！而且真的還有個像紅字一樣的東西在她身邊跑來跑去！快過來，我們一起朝她們身上丟泥巴！」

不過珍珠可是個膽大無邊的孩子，她皺眉、跺腳，並用小手揮動各種威脅的手勢後，突然衝向敵軍陣營，把清教徒的孩子全嚇跑了。她暴怒地追著那些孩子時，簡直像個小瘟神——像猩紅熱的病魔，又像是一個半大不小的判決天使——而她的任務就是要懲罰這群成長中的孩子所犯下的罪。她還用大到驚人的音量狂吼尖叫，顯然嚇破了那些逃犯的膽子。圓滿完成任務後，小珍珠安靜地回到母親身邊，面帶微笑地抬眼深深望著母親的臉。

後來她們一路通行無阻地抵達了貝靈漢長官的官邸。那是一棟很大的木造建築，現在舊城鎮區的一些屋舍仍保留著跟這座官邸相同的建築風格，只不過那些舊屋舍如今都已綠苔叢生，頹敗近朽，所有曾發生在那些屋舍陰暗房間內的過往、許許多多悲傷或歡樂的舊事，不論仍存在記憶中，或已完全隨風而逝，都引人傷感。話說回來，這棟官邸的外觀在當年仍具相當的新鮮感，陽光滿溢的窗子閃耀著住戶在此安居的歡樂，死亡也還未侵門踏戶。說實話，這棟房子確實有種非常活潑的特質，它的牆面塗覆著某種參雜大量玻璃碎片的灰泥，因此每當太陽斜照在建築物的正面時，牆面都會發出閃亮的光芒，猶如有兩隻手在朝著這棟建築拋投鑽石。牆面的閃熾程度與嚴謹而年邁的清教徒統治者身分，並不相稱，或許更像是阿拉丁故事中的宮殿。不僅如此，已經變得又硬又耐用的新塗灰泥牆面上，還進一步裝飾了怪異且像是神祕宗教才有的人物與圖案，跟那個年代怪異而有趣的品味很相配，留供後世誇讚。

珍珠望著這棟房子的閃亮驚奇，開始又跳又舞，並且用威嚴的語氣，要求她母親，扒下牆上的整面陽光給她玩。

「不行，我的小珍珠，」她母親這樣對她說，「妳得收集屬於妳自己的陽光。我無法給妳任何陽光。」

她們朝著一個拱型門走過去，門的兩側各連著一座開了格窗的窄塔樓或側屋，格窗上全裝了木窗板，在有必要的時候可以蓋住窗子。海絲特拉起掛在大門上的鐵鎚，敲了一下，行政長官家裡的一位奴隸前來應門——這名奴隸原來是個自由的英國人，不過他賣了七年的身。在這七年間，他是行政長官的財產，就跟一頭牛、一把折椅一樣，是可以用來交換或買賣的商品。這名農奴穿著一件藍色的外套，那是當年及更早以前英國舊世襲莊園宅邸中男僕的慣例裝扮。

「請問貝靈漢長官在嗎？」海絲特問。

「在的。」奴僕一面回答，一面睜大了眼睛盯著那個紅字看；這是新來乍到這個國家的他，從未見過的東西。「主人在屋內。不過他正在接見一、兩位虔誠的牧師與一位醫師，所以妳現在見不到他。」

「不過我還是要進去。」海絲特接口說。

那位奴隸或許是從海絲特的氣質以及那閃閃發亮的符號，判斷她應該是這裡上流社會的女士，因此並未阻擋她進入屋內。

小珍珠和她的母親就這樣進入了貝靈漢長官官邸的廊廳。雖然這棟新宅邸因為建材、氣候差異，以及社交生活的不同需要，而做了許多變動，不過基本設計仍是源自於故鄉那些房地產豐饒的仕紳住所。因此這棟建築也有一間寬敞、適度挑高，並貫穿整棟屋子的廊廳；提供一般性交流的場所，而且與屋內所有的房間多多少少都有直接的連接。寬敞廊廳的這一端，光線由兩座塔樓的窗子引進，在門的兩側各形成一塊小小的凹處。廊廳的另一端，雖然部分區域被帷帘覆蓋，但那些我們在古書中讀到的弧形觀景窗，有一扇窗為廊廳的這端提供了更明亮的光線。弧形觀景窗前，設置了厚重的鋪墊座椅，椅墊上有本對開的大部頭作品，也許是《英國編年史》，也許是其他厚度相當的文學作品；其實就算是現在，我們也常把燙金的各冊書籍散置在屋子正中央的桌子上，供意外造訪的客人打發時間用。廊廳的家具，包括一些笨重的座椅，椅子背後全是精雕細琢的複雜橡樹花團圖案，以及品味相同的桌子；全屬於伊麗莎白時代或更早期的風格。除此之外，還有些是行政長官從他父母家中運過來的傳家寶貝。為了彰顯古英國式的殷勤款待並未遭到遺忘，桌子上站著一個很大的白鐵啤酒杯。海絲特與珍珠朝杯子裡看，看到了酒杯底有些最近殘留下來的麥酒酒泡。

牆上掛著一排肖像，全是貝靈漢家族的先祖，有些胸前披覆盔甲，其他的全戴著華貴的襞襟、穿著肅穆的長袍。牆上這些老畫像裡的人，清一色地展現出嚴厲與堅決的特性，就好似他們並不是已故顯要的畫像，而是用嚴厲、毫不留情的批判眼神，死盯著生者如何過日子與如何享樂的一群鬼魂。

鋪嵌著橡木板的廊廳正中央，吊著一副甲冑。這副甲冑是現代製品，並非如畫像那樣是老祖先的遺物；那是倫敦一位手藝精巧的製甲匠的作品，在貝靈漢長官跨洋過海來到新英格蘭的那一年完成。這副甲冑包括了鐵頭盔、胸甲、護喉以及脛甲，外加一雙鐵護手，以及一把掛在鐵護手下方的長劍；整副甲冑，特別是頭盔與胸甲，都擦拭得晶亮，反射出的白光散落在地板的各處。這副光輝燦爛的甲冑並非全然的展示品，行政長官不但曾在點校與訓練場上多次穿著，更曾披掛上陣，在皮闊特戰爭[40]上帶領一個軍團衝殺，讓這副甲冑閃耀在戰場之上。雖然是律師出身，而且滿口培根、柯克、諾伊和芬奇[41]，說的就好像全是他的同事般，但只要新國家遭逢危急時刻，貝靈漢長官就會化身為軍人、政治家與統治者。

小珍珠看到這套亮閃閃的戰衣，顯得非常開心，就像她剛才也很喜歡這棟建築物閃亮亮的正門一樣，她一直盯看著擦拭得如鏡面的胸甲。

「媽媽！」她大叫，「我在這裡面看到妳了。妳看！妳看！」

海絲特做出遷就孩子的表情，也看向那副胸甲。出於胸甲凸透鏡的特殊效果，紅字以極其誇張與龐大的比例呈現，巨大到成為她全身最顯著的部分。事實上，她整個人就像是完全隱藏在紅字之後。珍珠向上指著頭盔反射出來的相同景象，並對著母親微笑。

小臉上閃現的是已經讓人非常熟悉的精靈般聰慧表情。她頑皮而開心的面容，也同樣反映在盔甲鏡中，那種加寬、加強的效果，讓海絲特感覺珍珠好像並不是她的孩子，而是試圖以珍珠形態出現的小魔鬼。

「來吧，珍珠。」海絲特一邊說，一邊拉著珍珠離開。「我們去看看這座美麗的花園。我們應該可以在這裡看到很多花，比我們在林子裡找到的花更漂亮。」

珍珠聽話地跑到廊廳最遠端的弧形觀景窗前，沿著花園步道的景象看過去，步道上鋪著修剪得短短的草皮，四周草率地試種了一些灌木叢。園子的主人對於在大西洋這一

40. 皮闊特戰爭（Pequot war）：皮闊特族是印地安亞爾岡京族（Algonquian）一支，約三千人，分布在康乃迪克州的東邊，讓英國的殖民者倍感威脅。書中行政長官參與的戰事，是指雙方於一六三七年發生的武裝衝突。皮闊特戰爭則是發生在一六三六至一六三八年間，麻薩諸塞灣、普里茅斯、塞布魯克殖民區聯軍，聯合納拉甘西特（Narragansett）和莫希干族（Mohican）的印地安人，與皮闊特族之間的衝突。最終皮闊特族大敗，約七百名族人戰死或遭俘；另有數百名以奴隸的身分被賣到英國在西印度群島的殖民地，其餘的生還者則成為戰勝印地安部落的囚犯。南英格蘭區的皮闊特族組織正式瓦解，殖民區的官員宣稱該族滅亡。

41. 培根、柯克、諾伊和芬奇：培根爵士（Francis Bacon）：一五六一～一六二六，英國哲學家、政治家、科學家、法律學家、演說家與作家。曾任英國法務大臣與大法官，被稱為實驗主義之父，一六〇三年受封為爵士。柯克爵士（Sir Edward Coke）：一五五二～一六二六，英國國會議員與法律專家，曾任英國高等法院首席法官。威廉・諾伊（William Noye）：一五七七～一六三四，諸多評論論文的作者，一六三一年被任名為英國法務部長。芬奇爵士（Sir John Finch）：一五八四～一六六〇，曾任英國王室法律顧問、下議院院長以及首席法官。

端，各種植物彼此嚴酷競爭生存條件的貧瘠之地，重現故鄉裝飾用園林風格的計畫，似乎已經絕望放棄了。甘藍菜倒是在大家眼前成長，還有根植在稍遠處的南瓜藤，穿過園中空地，直接在廊廳窗下結出了一棵園裡數一數二的大南瓜。就像是在提醒行政長官，新英格蘭的土地，也可以提供他一大塊用黃金豐裕蔬果裝飾的園子。另外還有幾叢玫瑰，以及一些蘋果樹，或許都是這個半島上的第一批拓荒者布萊克史東牧師[42]種下的玫瑰與蘋果樹後代。這位布萊克史東牧師是個半神話般的人物，在我們早期的編年史中，到處都可以見到他騎在一頭公牛背上的身影。

珍珠一看到玫瑰叢，就開始喊著要朵玫瑰花，她母親怎麼安撫都沒有用。

「安靜，孩子，安靜！」她母親鄭重地這麼對她說。「別吵，親愛的小珍珠！我聽到花園裡有聲音。行政長官以及和他在一起的先生要進來了。」

事實上，在視力所及的花園步道遠處，可以看到幾個人正朝著屋子走過來。珍珠完全罔顧母親的安撫，發出一聲怪異的尖叫，然後她忽然安靜了下來，不是因為聽話，而是因為那些走過來的人，勾起了她個性中快速出現的好奇心。

42. 布萊克史東牧師（Blackstone）：據傳是第一位到波士頓附近開墾的英國國教白人。因為厭惡後來的清教徒，他在清教徒抵達波士頓區不久後即投奔印地安人。傳說布萊克史東騎著一頭公牛，到處種植蘋果樹與玫瑰。

8 精靈與牧師

穿著寬鬆長袍與舒適小帽的貝靈漢長官走在最前面，他身上的穿著是上了年紀的紳士在居家的私人時間裡，寵愛自己的方式。他似乎在誇耀自己的房產，並仔細說明著自己計畫中的各種改造。具詹姆斯國王時代古風的白鬍子下，是複雜襞襟撐出來的寬闊圓周，這兩樣搭配使長官的頭看起來像極了施洗者約翰放在盤子上的頭顱[43]。因為已近遲暮，他嚴肅而死板的五官顯得更為冷酷無情，和周遭這些——他顯然盡了最大努力來完成的世俗享樂安排——看起來一點都不協調。然而，若因此而假設我們那些習慣了在口頭與心裡，將人類的生存當成一場場試煉與戰爭的先祖們，以及那些誠心誠意為了履行

43. 聖經故事。希律王娶了弟弟的妻子，施洗者約翰告誡希律王此舉之不合理，希律王與新妻子希羅底對約翰的批評懷恨在心，但先知約翰深受人民愛戴，所以兩人不敢明目張膽地除掉他。希律王生日時，希羅底的女兒莎樂美獻舞，深獲希律王歡心，希律王問她要什麼賞賜，受到母親希羅底慫恿的莎樂美回答，「立即把施洗者約翰的頭顱放在盤子上給我。」約翰因而被殺害。

責任，而準備將各種物品與生命獻祭給上帝的先輩們，會因為良心而拒絕這種垂手可得的舒適或甚至奢華的安排，那就是大錯特錯了。

舉例來說，那位受人敬重，而且現在只要把視線越過貝靈漢長官的肩頭，就可以看到一口白如吹雪鬍子的約翰．威爾森牧師，正在暗示著桃樹、李樹可能不適應英格蘭的氣候，而緊靠著陽光充足園牆的紫葡萄，可能會被迫早熟的同時，就從未傳述過這樣的教條。這位在英國國教最盛行的中心地區受到栽培而發展的神職人員，對於所有美好與舒適事物的品味，既合理又經驗豐富，而且不論他在傳道壇上表現得多麼嚴肅，也不論他在公開場合是多麼色厲辭嚴地喝斥海絲特的罪行，他在私生活上的親切溫和，為他贏得了更多、更熱情的歡迎，以致民眾對他的喜愛程度，遠遠超過他的其他同僚。

行政長官與威爾森先生的後面還有兩位貴客——一位是亞瑟．戴姆司戴爾牧師。各位讀者應該還記得他，在海絲特之前受辱的場合上，他曾短暫扮演過一個心不甘情不願的角色。另一位緊依著他的同伴是老羅傑．齊靈沃斯，一個已在鎮上定居兩、三年的醫術精湛之人。據瞭解，這位飽學之士既是醫生，也是年輕牧師的好友。年輕的牧師最近因為過於無保留的自我犧牲，為教會事務以及牧師義務鞠躬盡瘁，而導致健康嚴重受損。

站在客人前面的行政長官，踏上一、兩級台階後，打開廊廳的大窗門，發現了站在身邊的小珍珠。由於帷帘的陰影落在海絲特的身上，因此半遮掩住了她的身影。

「看看我們在這兒發現了什麼？」貝靈漢長官驚訝地看著眼前的紅色小人。「我說啊，從受到老詹姆斯國王的賞識，經常享受殊榮，獲准參加皇宮面具舞會的那個時候開始，就沒看過這樣的孩子！那個時候，只要放假，總會出現一群群這樣的小幽靈，我們都稱那些孩子為失序之王。不過這樣一位小客人，怎麼會來到我的廊廳裡？」

「啊，還真是的！」善心的威爾森先生也大叫一聲。「這個披著紅色羽毛的是什麼小鳥兒啊？我想，在太陽穿過色彩鮮豔的窗子，並在地上畫出金黃色與紅色的各種形象時，我一定見過這樣的圖案。不過那可是在老家的時候。小傢伙，請告訴我，妳是誰？妳母親是不是生病了，才會把妳打扮成這樣俗豔、怪異的樣子？妳是基督教徒的孩子嗎？——啊？妳知道自己的教義答問內容嗎？抑或，妳是我們以為已經隨著羅馬天主教的其他遺物，一起留在英國快樂老家的那些小精靈或小仙子？」

「我是我媽媽的孩子。」紅色的幻影如此回答，「還有，我的名字叫做珍珠。」

「珍珠？從妳的臉色來看——應該叫紅寶石——珊瑚——最起碼要叫紅玫瑰。」老牧師接口的同時，也徒勞地伸手要去拍拍小珍珠的臉頰。「妳母親在哪兒？啊，我看到了。」他補充說道；然後轉身向貝靈漢長官低語，「這是我們一起說過的那個孩子，看到站在那裡的那個悲慘女人了吧，海絲特．派恩，她的母親。」

「你有說過嗎？」貝靈漢長官大聲地這麼問，「不，我們大可以斷定這樣一個孩子的母親，必定是犯了滔天大罪的女人，而且是巴比倫王國中那種穿著紅衣服的賣身女人！

不過既然這麼巧，她來了，那麼我們現在就來研究一下這件事吧。」

貝靈漢長官穿過了大窗，進入廊廳內，他的三位客人隨後跟進。

「海絲特．派恩。」貝靈漢長官很自然地把自己的視線鎖在紅字配戴者的身上。「最近有很多關於妳的事情。大家都嚴肅地討論過，我們這些有權、有影響力的人，是不是應該昧著良心，把一個像那邊那孩子一樣的不朽靈魂，交由一個已經在這個世界上失足並墜入陷阱中的人來引導。孩子的母親，妳說說看吧！為了這個孩子現世與永恆的幸福，妳是否認為她應該脫離妳的保護，穿著素淨的服裝、接受嚴格的教養，並聽取天堂與世界真理的教誨？這些事情，妳能為這個孩子做到哪些？」

「我可以把我從這裡學到的，全教給我的小珍珠。」海絲特這麼回答的同時，她將手指放在身上的那個紅色的記號上。

「女人，那是妳恥辱的標誌。」嚴肅的行政長官這麼說。「就是因為這個字所代表的污點，我們才會考慮把妳的孩子轉交其他人教養。」

「可是，」這位冷靜但愈來愈蒼白的母親接著說，「這個標誌教育了我——它每天都在教導我——就算是此時此刻，它也在教導我；教導我如何讓我的孩子變得更聰明、更好，儘管這些教育對我並沒有任何好處。」

「我們會謹慎審理這件事，」貝靈漢長官說，「並且好好研究我們該怎麼做。善心的威爾森先生，請你幫忙看看這個珍珠——既然這是她的名字——看看她有沒有這個年齡的孩子應該具備的基督教徒本質。」

老牧師在一張扶手椅中坐下，費了好大一番力氣，才把珍珠拉到他的兩個膝蓋之間。但這個孩子除了自己的母親，並不習慣他人這樣的接觸與親近，於是又跑出了敞開的窗門，站在高一層的階梯上，像隻羽翼鮮豔的熱帶野鳥，隨時準備飛竄入空。威爾森先生對孩子這樣的爆發反應絲毫不感震驚——因為他是個像老爺爺一樣的人，而且通常極受孩子歡迎——且繼續進行他的考察。

「珍珠，」威爾森先生語氣極其嚴肅，「妳應該乖乖聽話，這樣子，到時候妳才能在胸前掛上價值連城的珍珠。孩子，妳可以告訴我，是誰創造了妳？」

這個年紀的珍珠，其實已經很清楚自己的創造者是誰，因為海絲特出自一個非常虔誠的家庭，在和女兒談到她的天父之後沒多久，就開始告訴女兒那些即使人類靈魂非常不成熟，也會極有興趣去吸收的事實。所以珍珠雖然只有三歲，卻已非常博學，儘管她沒見過《新英格蘭初級讀本》或《西敏寺教義問答手冊》第一冊——這兩本大名鼎鼎的著作——是什麼樣子，但要通過這兩本書的內容測試，應該沒什麼問題。只不過孩子多少都有些乖張的行為，而小珍珠的乖張程度又是一般孩子的十倍，在這個非常不合宜的時刻，她乖張的性格奪下了主導權，因此珍珠閉緊了唇，等到逼不得已開口說話時，又說出了極不合宜的話。她把手指放到嘴中，用許多無禮的舉動拒絕回答威爾森先生的問題，最後她宣稱自己不是被創造出來的，而是她媽媽從監牢大門邊的野玫瑰叢中摘下來的。

這樣異想天開的答案，靈感應該來於自行政長官園子裡的紅玫瑰，因為珍珠此時就站在落地窗的外面，再加上她想起了來此途中，路經監牢時，在監牢門前所看到的玫瑰叢。

齊靈沃斯帶著微笑在年輕的牧師耳邊低語。海絲特注視著這名很有本事的男人，儘管當下自己的命運未卜，卻仍然發現了這個男人相貌的巨大變化——與她熟知他一切的那個時候相比——他的五官變得更醜、膚色似乎變得更加暗沉，而他身軀變形的程度也愈發嚴重。兩人的視線有一瞬間的交集，但海絲特立刻強迫自己把所有的注意力，都放在眼前正在進行的事情上。

「太可怕了！」行政長官一面大叫，一面緩緩地從珍珠的回答所帶來的震撼中恢復。「這個孩子已經三歲了，卻還不知道自己的創造者是誰！無庸置疑，她對自己的靈魂、自己靈魂的墮落，以及未來的命運，同樣是毫無所知。各位先生，我認為不需要再問了。」

海絲特抓住了珍珠，並用力把孩子拉入懷中，用一種幾乎稱得上是兇暴的表情，面對這位年邁的清教徒行政長官。孤伶伶地活在世上，並遭世界拋棄的她，唯有這個珍寶才能夠讓她的心繼續跳動，因此她覺得自己擁有任何人都無法剝奪的權利，讓她可以對抗這個世界，而且她也準備好隨時捍衛這樣的權利，直到生命結束。

「這個孩子是上帝給我的！」海絲特回吼。「祂把她給了我，是為了補償你們從我這兒奪走的一切。她是我的幸福——也是我的折磨！珍珠給了我活下去的動力！但她也在懲罰我！她就是那個紅字，只不過她是個可以被愛的紅字，也因此她因為我的罪惡而給予我的懲罰，力量大了千萬倍，你們都看不到嗎？除非我死，否則你們絕對不可以帶走她！」

「可憐的女人！」那位並非冷酷無情的老牧師開口了。「這個孩子會得到很好的照顧——比妳能為她做的事更多。」

「上帝把她交給我照顧。」海絲特提高了音量，幾乎像是尖叫地重複這樣的話。「我絕不會放棄她！」然後她突然一時衝動，轉向了戴姆司戴爾先生——這位她似乎現在才直視的年輕牧師。「請幫我說說話吧！」她這樣喊著。「你曾是我的牧師，曾負責管理我的靈魂，你比在場的任何一位先生都要瞭解我。我不能失去這個孩子！請幫我說幾句話，你最清楚——因為你有這些人所欠缺的憐憫之心——你最清楚我心裡在想什麼、最清楚一個母親的權利是什麼，也最清楚當一個母親只剩下了她的孩子和這個紅字，她心中的想法與身為母親的權利，具有多大的力量。請你正視這件事，我不能失去這個孩子，請你正視這件事。」

這段混亂卻不可思議的訴求，說明了海絲特的現況已經快把她逼瘋了，於是這位年輕的牧師立刻邁步向前，一臉蒼白，手放在胸口——這是每當他那異於常人的緊張個性陷入不安環境時，就會出現的習慣性動作。戴姆司戴爾牧師現在的樣子，要比之前我們在海絲特公開受辱時的描述，更思勞過度、更憔悴；不論是因為每下愈況的健康，還是其他原因，他那雙又大又黑的雙眼中，住著一個痛苦的世界，而這個世界的周圍全是深深的苦惱與憂鬱。

「她說的也沒錯，」這位年輕的牧師用一種悅耳、顫抖，但強而有力的聲音這麼說。這個聲音的力量甚至讓整個廊廳出現迴響，連空心的胄甲都與之共鳴。「海絲特的話以及她感受到的鼓舞，都是事實。上帝給了她這個孩子，也給了她去瞭解這個孩子的天性以及所需的本能——而這孩子的天性以及所需，看起來都非常特殊——這是其他人沒有的本能。再說，難道這對母女之間沒有一種令人敬畏的神聖特質嗎？」

「唉！這話怎麼說，善心的戴姆司戴爾牧師？」行政長官打斷了他的話。「可以請你說清楚一點嗎？」

「的確要說清楚。」年輕的牧師重新開口。「因為，如果我們認為這對母女之間並不存在著令人敬畏的神聖天性，那麼我們豈不是在說，創造了萬物的天父，只是輕率地看到了一樣罪行，但祂卻沒有在褻瀆上帝的慾望以及聖潔的愛之間，劃分出清楚的區隔？這個源於她父親的罪孽以及她母親恥辱的孩子，是上帝手中的創造物，她對海絲特飽受折磨的靈魂，以及誠懇哀求保留孩子權利的心，有著許多不同的作用。這孩子本應是一個恩典——海絲特生命中的恩典。誠如這位母親親口所訴，這個孩子毫無疑問地也是天譴、是一個在許多意外時刻會感受到的折磨、是巨痛、是刺痛，是一種不斷重複的痛苦，然而這所有的折磨全都被包裹在一種混亂的喜樂之中。這可憐孩子的穿著，難道不是她這種想法的表達嗎？難道不是強而有力地提醒我們，那個燒灼在她胸前的紅色標誌嗎？」

「說得好。」善良的威爾森先生脫口叫道。「我本來還怕這個女人除了把她的孩子養成騙子外，沒有其他更好的想法了。」

「噢，不是這樣！不是這樣！」戴姆司戴爾先生繼續說，「她肯定我、相信我，這是上帝在那個孩子的身上所創造出來的神聖奇蹟。希望她也能認清楚這項恩賜最重要的意義，在於讓她這個母親的靈魂能夠繼續存活，而且讓她免於墜入撒旦推她落進更黑暗深淵的誘惑，至少我相信這個意義就是真理。因此，讓她有一個永遠不朽的孩子，一個可以為她帶來永恆喜樂或悲傷的孩子，一個上帝因為信任她而讓她照顧的孩子——一個要讓她教育成正直的孩子、一個時時刻刻都在提醒她曾經經歷的墮落；同時也像造物者神聖的信物，隨時都在教育她，讓她知道，若她可以帶著這個孩子進天堂，這孩子也可以帶著她的父母進天堂；這些對這個有罪的可憐女人來說，都是好事。正因如此，這個有罪的母親要比那有罪的父親快樂。為了海絲特以及那個可憐的孩子，就讓她們依照天意的安排過日子吧！」

「我的朋友，你的語氣出奇地誠懇。」老羅傑．齊靈沃斯笑著對他這樣說。

「而且，我這位年輕兄弟說的話有相當的重要性。」威爾森牧師補充說道。

「您認為如何，令人尊敬的貝靈漢長官？他替這個可憐女人說的話，有沒有道理？」

「他說的確實有道理。」行政長官如此回答，「而且論述分明，所以我們會讓這件事情維持原狀；至少在目前，這個女人應該不會再惹出其他令人難堪的事情了。不過必要的管理不能少，你或戴姆司戴爾牧師，必須負責讓這個孩子按時參加教義問答讀本的測驗。還有，到了適當的時候，要讓十戶長追蹤她上學以及做禮拜的事情。」

年輕的牧師不再開口，他往後退了幾步，站到了這群人的身後，臉半掩在層層厚重的窗簾中；他那被陽光投射在地上的身影，因為剛才激動的申訴而輕輕顫抖。珍珠這個任性而善變的小精靈，安靜地偷偷接近他，然後用兩隻小手牽住了他的手，並把臉頰貼在他的手上。珍珠的撫摸是如此溫柔，又是那麼不引人注意，以致於旁觀著這一切的她的母親，不禁自問——「這真是我的珍珠嗎？」但是海絲特其實很清楚，儘管這個孩子大部分時間所表露的行為都顯得脾氣暴躁，但她的心中有愛，而且自己這輩子可能看不到女兒再次像此時那樣安詳、溫柔。至於那位年輕的牧師——除了女性長久以來對他的關切外，沒有什麼事情會比這種孩子氣的偏愛更令人感到窩心了，這種純粹出於心靈本能的自發性反應，似乎在告訴我們，孩子偏愛的東西確實有其值得被愛之處——他轉頭看過去，把手蓋在孩子的頭上，然後遲疑了一下後，親吻了孩子的額頭。小珍珠罕見的感性情緒並沒有維持太長時間；她大笑，然後極其輕靈地在廊廳跳過來跑過去，連老威爾森先生都在質疑這孩子的腳尖可能沒碰過地面。

「我相信這個野丫頭身上一定有魔法，」他對戴姆司戴爾先生這麼說。「她不需要老巫婆的掃帚就能飛起來。」

「奇怪的孩子！」齊靈沃斯如此評斷。「在她身上很輕易就可以看到她母親的影子。各位先生，若從分析那孩子的天性著手，以結果導出模型，從而準確推斷出她的父親是誰，你們認為這樣做會不會超出哲人的研究範疇？」

「不，用褻瀆哲人的方式去解開這樣的問題，是罪行。」威爾森先生回答。「最好是齋戒與誠心祈禱，更好的作法可能是繼續把這個祕密當成祕密，直到上帝依照祂的心意揭開謎底為止。說到這裡，每個虔誠的男性基督徒都應該對遭到遺棄的可憐孩子展現父愛。」

於是，這件事情就這樣圓滿落幕，海絲特帶著珍珠離開了官邸。當她們踩著階梯往下走時，某個房間的格窗被推開，貝靈漢長官那個性苛刻的姊姊希賓斯夫人的臉，從窗子裡探進了豔陽高照的白晝中。希賓斯夫人在數年後以巫婆的罪名被處以極刑。

「噗哧、噗哧！」希賓斯夫人那張不太吉利的長相，看起來像在這棟新房子的歡樂氣氛上投下一道陰影。「妳們今天晚上要跟我們一起去嗎？森林裡有一場開心的聚會；我差一點就答應那個黑人，說漂亮的海絲特會去參加。」

「那就拜託妳代我轉達歉意囉！」海絲特臉上帶著勝利的微笑這麼回答。「我得留在家裡照顧我的小珍珠。如果他們把她從我身邊帶走，我就會很樂意跟妳一起去森林，並用我的血在那個黑人的本子上簽下我的名字。」

「我們應該很快就會和妳在森林見面。」這位像巫婆的夫人邊這麼說，邊皺著眉頭把頭縮進房間裡。

如果我們假設這段希賓斯夫人與海絲特之間的對話實際存在，而非某個寓言片段——那麼就已經證明了年輕牧師據理反對將墮落的母親與她在意志薄弱時生出的孩子分開，確有其道理。因為即使在這麼早的初期，這個孩子就已經把她的母親從撒旦的誘惑中拯救了出來。

9 醫生

提到羅傑．齊靈沃斯這個名字，各位讀者應該還記得隱藏其後的另外一個名字，那個名字的主人早已決定畢生都不再提及的名字。那個名字與一個男人有關；當年，有一個上了年紀、風塵僕僕的男人站在群眾中，目睹海絲特．派恩公開受辱的情形。他剛走出危險的荒野，就看到這個自己曾希望把家庭的溫暖與歡樂變成事實的女人，在眾人面前被當成了一種罪惡的表徵。她身為人妻的名聲，被踩在所有男人的腳下。公開的市場上，到處都是關於她醜行的私語。如果這樣的消息傳至她親人，或她以前無瑕生活中的那些友人耳中，除了讓她的辱名傳播得更遠更快外，不會留下任何其他的東西；這種不名譽的消息會嚴格依據以往與她關係的親疏與神聖度，成功地把她的親友劃分成不同的群體。

至於曾與這名墮落女子關係最親密、最神聖的那個人，既然還有選擇，在當時那幾乎已經沒有任何期待的情況下，為什麼要站出來主張自己的權利呢？所以他決定不要站上她的恥辱之台，也不要站在她身邊，成為眾人的笑柄。除了海絲特，沒有人知道他的真實身分，但鎖住海絲特的鎖與鑰匙，卻都握在他的手中；他選擇從世人名簿中註銷自己的名字，一併抹銷的還有他前半輩子的人際關係與所有利益糾葛，他決定從之前的生活中完全消失，就像那個早已傳遍了的謠言，他真的沉入了深深的海底。一旦達到銷聲匿跡的目的，又會立刻出現新的利害關係與新的目的。即使新關係與新目的不是罪惡，本質也很陰暗，有足夠的力量讓他全心全力地去對應。

為了堅持這樣的決心，他以「羅傑．齊靈沃斯」的名義，在這個清教徒的鎮上住了下來。他提供給大家的資訊，除了自己異於常人的學識與智識外，別無其他。基於前半輩子的研究，他非常熟悉當時的醫學領域，因此以醫生的身分出現，民眾都熱誠地接受了他。在殖民地，具醫藥與外科專業的技術熟練人士是非常罕見，對於宗教，似乎也沒有那種把其他移民從大西洋對岸帶過來的熱忱。當這些專業人士在研究人體時，似乎才華愈高、對人體研究得愈透澈的人，就愈沉浸在人體令人驚奇的機制與複雜性中，猶如人體本身就涵蓋了足以構成所有生命的藝術，以致於失去了有關人類存在的精神面想法。總之，在波士頓這個美好的城鎮中，大眾的健康只要跟醫藥扯得上關係的事，全由一位上了年紀的教會執事兼藥商全權負責。這個人的虔誠度與敬神的舉止，全成為他比其他擁有醫生文憑的大夫更受歡迎的有力證明。鎮裡唯一的外科醫生，是一位偶爾展現高貴的外科醫術，以及每天都習慣性揮舞剃刀，但又將兩者完美結合的人。相對於這兩位專業人士的專業水準，齊靈沃斯絕對稱得上是天上掉下來的亮眼人才。他很快就證明自己對於古醫學那大量而堂皇的內容架構知之甚詳；他開的每副藥單都包含了各種來自遙遠地區的不同成分，複雜的劑量調配，就像是他的藥全具有長生不老的功效一樣。更值得一題的是，他在遭受印地安人囚禁期間，學習到大量有關原生藥草與藥根屬性的知識；他毫不隱瞞地對自己的病人說，這些簡單的草藥都是大自然賜給那些未開化野蠻人民的恩典，且這些草藥的功效，與無數學識淵博的醫生花費好幾百年才推敲出來的《歐洲藥典》，大部分都有異曲同工之妙；他對這一點，深信不疑。

大家都認為這位腹笥裝滿知識的陌生人，至少在對外所呈現出來的虔誠生活上，堪稱模範。他在抵達鎮上後不久，就選定了令人尊崇的戴姆司戴爾先生作為精神導師。至今在牛津大學中，仍流傳著年輕的戴姆司戴爾牧師學者般的盛名；較熱情的仰慕者認為，若他能在有生之年效法基督教初期的前輩先烈精神，為目前尚孱弱的新英格蘭教會成就偉大的功績，將來必將與上帝選擇的門徒齊名。

不過這段時間裡，戴姆司戴爾先生的健康狀況明顯開始惡化。根據那些最清楚他生活習慣的人所述，這位年輕牧師雙頰的蒼白，都是因為太過於認真且專注地讀書，以及一絲不苟地完成教區工作。另外更重要的，他為了讓這個世俗之地的粗野不至於擋住自己心靈之光，或讓心靈之光變得黯淡，還經常性地進行嚴謹的齋戒以及通宵熬夜。有些人斷言，若戴姆司戴爾先生的生命真的走到了盡頭，那就足以證明這個世界再也不配讓他的雙腳踩踏於其上。至於他自己，則是以特有的謙遜態度發誓，全心信賴上帝；並相信，神若認為他應該從這個世界消失，那也是因為他沒有資格，再在這個世界，奉行上帝交付的最簡單任務。儘管大家對他每下愈況的健康意見紛歧，但他愈來愈衰弱的身體，卻是不爭的事實。他的形容愈來愈憔悴；他的聲音儘管依然豐厚、悅耳，卻隱含著一種預知腐朽的憂鬱。大家常常看到他因為輕微的恐慌或其他突發的意外，而將手置於胸上，臉色也從紅暈轉為蒼白，昭告著他正處於痛苦中。

齊靈沃斯來到鎮上時，這位年輕的神職人員就是處於黎明之火即將過早熄滅的危急狀況中。幾乎沒有人可以說得出齊靈沃斯究竟來自何處，他首次走入大眾的眼中，就像是從天而降，又像是來自冥府，濃重的神祕色彩很容易就被繪聲繪影地誇大為奇蹟之說。現在的他，在大家看來就是個醫術高超的人；有人看到他收集草藥與野花、挖樹根，並從林子裡的樹上折取嫩枝，就好像他非常精通看到凡人眼中毫無價值的普通東西，所隱藏的長處與功效。聽說他提起那些被公認科學造詣超乎常人的迪格比爵士[44]與其他名人的語氣，就像是這些人的同僚或經常通信的筆友一樣。那麼，這樣一個在學識界高高在上的人，為什麼會到這兒來？他的世界本應在大城裡，他來到這個荒郊野地要尋找什麼？關於這個問題的答案，有個甚囂塵上的謠言——不論內容多麼荒謬，某些非常聰明的人卻欣然接受——謠傳上帝創造了一個絕對的奇蹟，祂用移轉大法，把一位傑出的醫師從德國大學直接傳送到了戴姆司戴爾先生的書房前。也有些虔誠但更加睿智的人，相信上帝不需要藉助所謂的奇蹟介入作為舞台效果，也可以達到祂的目的。但這些人同樣樂於接受齊靈沃斯恰巧來此，確實是上帝出手協助的結果。

這位醫生對於年輕牧師所展現的高度關心，讓大眾更加認同這樣的說法；他以年輕牧師的教民身分，與牧師形影不離；而且突破了牧師天生保守敏感的個性，贏得了牧師的友誼與信賴。他對牧師的健康狀態表現出深切的不安，卻又焦急地想要治好他；畢竟若能及早治療，出現令人滿意的結果，似乎也不是不可能。戴姆司戴爾教區中的長者、執事、母愛氾濫的夫人以及年輕貌美的未婚女子，全都有志一同地堅決認為牧師應同意醫師公開提出的醫療提議，但戴姆司戴爾先生卻婉拒了他們的好意。

「我不需要藥物。」戴姆司戴爾這麼說。

但他怎麼能說出這樣的話呢？這位年輕牧師每次在安息日後，都會變得更蒼白、更瘦弱，連聲音都更為嚴重地顫抖，以手按胸的動作也成了經常性的習慣，而非偶一為之的舉動了。是厭倦了自己的努力，不想活了嗎？波士頓的資深神職人員以及戴姆司戴爾教會的執事們，都曾向他提出這些問題，他們以拒絕接受上天如此明顯的恩賜，實在是罪惡為由，與他套句這些神職人員的行話──「溝通」。年輕的牧師靜靜地聽著，最後終於答應與醫生一談。

44. 迪格比爵士（Sir Kenelm Digby）：一六〇三～一六六五，英國探險家、朝臣與外交官，涉獵自然哲學與超自然科學。氧氣為地球生物生存的必要條件，也是他發現的。

「如果這是上帝的旨意。」令人尊敬的戴姆司戴爾在履行承諾，請齊靈沃斯提供專業建議時這麼說，「我寧願你不用為了我展現醫術，因為我很欣慰知道自己的辛苦、悲哀、罪惡與痛苦，全都即將結束；這些東西的世俗意義將埋入我的墓地，精神意義將隨著我走入永恆。」

「啊！」齊靈沃斯冷靜地開口。不論他的冷靜是出於天性或偽裝，都已成為獨樹一幟的特色。「年輕的神職人員都喜歡說這樣的話，還沒有在這個世界扎下深根的年輕人，總是這麼容易放棄對生命的堅持。但與上帝一起行走於這個世界上的聖人，卻會欣然離開這個世界，和祂一起走在新耶路撒冷的黃金道路上。」

「不是這樣的，」年輕牧師回覆的同時又將手放到胸前，額間閃現一陣突然而至的痛苦。「如果我真有資格走在新耶路撒冷的黃金道路上，那麼我會更願意留在這裡努力。」

「善良的人對於自己的詮釋總是過於謙遜。」醫生如此接口。

就這樣，神祕的齊靈沃斯成了戴姆司戴爾牧師的醫療顧問。這位醫生不僅關心牧師的病況，對於病人的個性與品行也殷勤探究；於是兩個年齡差異極大的男人，在一起的時間漸漸愈來愈長。為了牧師的健康，也為了讓醫生能採收具有療效的植物，兩人經常在海邊或森林中散步很長時間，有海浪的拍擊聲及低語為伴，也有風在樹林間奏出的莊嚴聖歌作為背景音樂。同樣的，兩人也經常造訪彼此的書房或隱居之所。

對牧師而言，身邊有個科學家相伴，是很有趣的事情。他在這個科學家身上，看到了深度與領域都非凡的智識修養，以及無涯的思想與自由，這些都是他在神職同儕身上看不到的東西。事實上，他在這位醫生身上找到的特質，就算不到驚嚇的程度，卻也足以讓他大為震驚。戴姆司戴爾先生是一位真正的教士，一位全心篤信宗教的人，他有著高度啟發的虔誠情操以及強大的心態，驅使自己嚴謹地在宗教信念之路上前進；並隨著時間流逝，持續在這條路上深入鑽研與奉獻。不論身處在社會的哪個階層，他都不會成為那種思想自由的人，因為他能夠平靜的最主要因素，就是他總能感受到周遭的信仰壓力；而這股將他侷限在信仰鐵牢中的壓力，也是支撐他的力量。儘管如此，當他接觸到迥異於自己習慣往來的另一種知識分子，並以之作為媒介，窺探這個宇宙時，他在感覺到令自己顫抖的喜悅同時，也感受到了偶爾出現的輕鬆。就像是有人開了一扇窗，讓一股更自由的空氣得以進入封閉又令自己窒息的書房之中；他就是在這個書房內，或在燈光下，或在遮掩的白晝陽光下，伴著不知是出自幻覺抑或真正從書本散發出來的陳腐香味，消磨自己的生命。可惜透過這扇新窗進來的空氣過於清新與寒涼，久吸不適。於是這位牧師以及相伴在旁的醫生，又收回了探出去的頭與腳步，重新回到他們教會定義為正統的範圍內。

也因此，齊靈沃斯仔細地從兩方面審視著他的病人，從日常作息中，看他在自己熟悉的思想範圍中，習慣保持什麼樣的思考模式；另外則是觀察當病人置身於道德相關場合中的表現，因為這種場合的新鮮性，或許可以引出並展現他個性中的新東西。看起來，醫生似乎認為必要先知其人，再治其身；只要心、智並存，身軀上的疾病就必然會受到心與智的特質影響。戴姆司戴爾的思考力與想像力都非常活躍，再加上感受力又高度敏銳，以致於身體的孱弱很可能源於非身體的因素。因此齊靈沃斯這位醫術高明、善良又溫柔的醫生，就像一個在漆黑洞穴中的尋寶者，努力深入這位病人的心房，挖掘他的原則、探究他的記憶，用謹慎的手法勘查他的一切。

在這樣一位有機會、有名正言順的理由，又有手段來進行探查的調查員面前，被調查者應該藏不住任何祕密。所以，任何背負著祕密重擔的人，都應該盡量避開與自己的醫生親近。如果這位醫生天生聰敏，還有一種莫可名狀的其他能力——我們就稱之為直覺吧；如果這位醫生沒有流露出任何惱人的自大或令人不悅的顯著個性；如果這位醫生擁有這類絕對是生而具備的能力，並讓自己和病人的心靈間建立起親近的關係，那麼病人就會在不知不覺的狀況下，說出本來根本不會訴諸於口的內心想法；如果醫生以平靜無波的態度接收病人所透露的內心想法，且絕大時間以沉默、無語的深呼吸，外加不時脫口而出，表示理解的一、兩個字詞，以及偶爾畫龍點睛的體諒之語；如果這些知己死黨才會具備的特質之外，還有眾人所認定的醫生身分這個優勢——那麼，在某個無可避免的時刻，病人的靈魂就會得到解放，隨著一條黑暗卻透明的溪流向前流動，最後終會將心中所有的祕密全攤於青天之下。

羅傑・齊靈沃斯具備了前述的所有或至少大部分的特質。只不過，時間繼續往前推動；如前所提，兩個高度教化的心靈，儘管學習領域幾乎隔著整個人類思想與研究世界的距離，卻建立起了一種親近的關係；他們討論的議題，從道德與宗教、公眾問題到個人性格，無所不談；雙方都談了很多本應是非常私密的事情；然而，醫生原來設想必定存在的祕密，卻始終沒有隻字片語從牧師的意識中，悄悄流進醫生的耳朵裡。醫生確實懷疑造成戴姆司戴爾先生身體疾病的源頭，從未完全顯露在自己面前，因為這樣的隱諱實在過於反常。

一段時間後，在齊靈沃斯的暗示下，戴姆司戴爾先生的朋友，成功安排兩人住在同一個屋簷下；這樣一來，年輕牧師的生活作息與情緒起伏，將全部攤在他那位焦慮又關心備至的醫生眼前。當這個眾所期待的安排終於達成時，鎮民全都欣喜異常，因為大家都認定這是對年輕牧師恢復健康的最佳可行之計。當然，在那些自以為有權規勸牧師的人心中，最好的安排莫過於讓牧師在眾多鍾情於他的如花似玉少女中，選一位成為他忠實的妻子。遺憾的是，這個最好的安排，因為戴姆司戴爾並沒有任何意願，所以目前並不可行；他拒絕了所有類似的建議，就好像獨身禁慾是他信仰的戒律之一。於是，礙於牧師先生明白表達的選擇，他注定只能在其他人的餐桌上吃著索然無味的食物，並接受自己終身受凍的必然命運，以及只能在其他人的火爐邊找到溫暖。因此，那位睿智、溫善又經驗豐富的老醫生，懷著他對這位年輕牧師的父愛與虔誠敬愛，混而為一的心態，就成了最適合經常陪在牧師身邊的那個人。

兩個至交的新住所中，還有一位社會地位相當不錯的寡居虔誠房東，她的房子幾乎可以將國王教堂從初建到當下擴建後的整個莊嚴架構盡收眼底。國王教堂這一邊的整片墓場，本是艾塞克．強生的故居用地，很容易就勾起人們嚴肅的內省，因此與牧師和醫生的工作性質極為契合。善心的寡居房東發揮母愛的照顧精神，把曬得到陽光的前面房間分配給戴姆司戴爾先生；房裡掛著厚重的窗簾，需要的時候，即使是正午，也可以製造出陰暗的環境。房間的牆上掛著繡帷，據說全是十五世紀中期，巴黎知名的織布商葛布林家族織出的作品；總之，繡帷上繡著大衛王、拔示巴與先知拿單的聖經故事[45]。圖案色彩雖然鮮豔依舊，但繡帷上的美麗女子卻像宣告災難的先知一樣，散發著陰沉的氣息。這位蒼白的牧師在房內堆疊自己豐富的藏書，其中不乏天主教神父留下以羊皮紙裝訂的對開書籍、猶太教拉比著作的知識之作，以及修道院傳授的豐富學問卷冊。儘管清教的神學家詆毀與貶抑這些書籍，卻也不得不從中汲取有益的知識。

老羅傑．齊靈沃斯在房子的另一頭布置他的書房與實驗室，以現代科學家的眼光來看，他的實驗室當然連陽春都談不上，但卻有一套蒸餾設備以及調配藥品與製作化學品的工具，這些全是經驗老道的鍊金師極為熟悉的器具。有了寬敞的環境後，兩位飽學之士在各自的房間內安頓了下來，並不時熟門熟路彼此拜訪，好奇地留心對方的事情。

而一如我們之前所詳述，作為戴姆司戴爾牧師身邊最具洞察力的朋友，齊靈沃斯醫生理所當然地認為，那些執行上帝旨意的大眾之所以完成這些安排——這樣的安排也是許多政府單位、一般家庭以及心中另有隱密想法的信徒，所祈盼的結果——是為了讓年輕牧師恢復健康。不過，值得一提的是，鎮裡還有一群人最近開始以另一種觀點，審視戴姆司戴爾先生與神祕老醫生之間的關係。沒有受過教育的群眾，在試圖以自己的見解看事情時，極易受騙。然而當他們經常性地以源於寬大、溫暖的心胸，所培養出來的直覺去做判斷時，導出的結論卻又屢屢深刻又正確，且具有超自然力量揭露真相的特質。

我們提及的這些未受教育的大眾，不需要任何值得嚴正駁斥的事實或論點，就會自動調整他們對齊靈沃斯的偏見。但有一位三十多年前於湯瑪斯．歐佛伯瑞爵士[46]遇害時，確實居住在倫敦的老工匠，指證歷歷地說曾看過這位醫生，當時他用的是另外一個——本故事敘述者已忘記的——名字，與捲入歐佛伯瑞爵士案件的著名老咒術師賽門．佛曼博士[47]在一起。另外有兩、三個人，則暗示醫術高超的這個人，在遭印地安人囚禁期間，因為參與了野蠻祭司的咒術儀式，才能在醫藥知識方面取得大幅的成長；而

45. 大衛王與美麗卻已婚的拔示巴發生婚外情，拔示巴因此懷孕；為了隱瞞兩人惡行，大衛王設計害死拔示巴的丈夫烏利亞，成功迎娶拔示巴。神派先知拿單譴責大衛王的罪狀，並預言了他將面對的災難。

46. 湯瑪斯．歐佛伯瑞爵士（Sir Thomas Overbury）：一五八一～一六一三，因反對其保護主羅切斯特子爵（Viscount Rochester）迎娶愛塞克斯伯爵夫人，在伯爵夫人的默許下，遭人毒殺於倫敦塔中。

47. 賽門．佛曼博士（Dr. Simon Forman）：一五五二～一六一一，天文學家、占卜師以及春藥商人。他去世後流出的信件，遭人指出涉入愛塞克斯伯爵夫人的婚外情事件。

那些野蠻的祭司都是世界知名的強大施法人，經常利用黑暗的法術，創造出看起來像是病痛治癒的奇蹟。還有一個人數較多的群體——其中不乏思慮冷靜、觀察經驗豐富之士，他們的看法在其他事情上都頗受人重視——則斷言齊靈沃斯定居後的這段時間，特別是與戴姆司戴爾先生住在一起後，外型發生了驚人的轉變。一開始，他對外的表現都是冷靜、深思熟慮，像個學者，但現在他的臉上卻有種他們之前沒有注意到的醜陋與邪惡氣質；而且這種氣質還在持續增強中；因為他們注意他的頻率愈高，就愈加發現他的這種氣質越來越明顯可見。根據較缺乏水準的推測，他實驗室中的火其實來自冥府，必須用地獄的薪柴餵養；因此，他的容貌被冥府之火的煙霧燻污，也是意料中的事。

總而言之，戴姆司戴爾牧師就像出現在基督教世界各個不同時期中，特別高尚、特別虔誠的其他信徒一樣，被撒旦或撒旦的特使纏上了，而這次撒旦或撒旦的特使是以老羅傑．齊靈沃斯的樣子出現的說法，開始甚囂塵上。這個兇暴的撒旦代理人因為特定的原因，得到了神的允許，可以親近這位牧師，搗毀他的靈魂。不過大家也都承認，任何腦子清楚的人都不會質疑最後的勝利者是誰。所有人都懷抱著堅定的期盼，希望看到牧師走出這次征戰，用必勝的榮耀來讓自己變得更神聖。但同時，當大家想到他為了勝利而必須掙扎經歷偶爾出現的極大痛苦時，又都覺得難過不捨。

唉！看到可憐牧師那雙深邃眼裡的悲傷與恐懼時，大家就知道這是場難打的仗，而且勝負仍在未定之天。

10 醫生和他的病人

老羅傑·齊靈沃斯這輩子都是性情沉靜的人，雖然沒有溫暖的愛心，人卻和善，而且始終堅持用貞潔與正直的態度面對這個世界。在他的認知中，秉持法官般嚴格與公平的正直態度，自己著手調查只是為了追求真相。他甚至認為這項調查所牽扯到的事情，無非像隨手在空中畫出的線與面的幾何問題，與人類激情以及他自己所遭受到的不公平待遇，毫無關連。然而儘管他依舊冷靜如常，隨著調查的深入，這個男人卻被一種恐怖的魅力以及一種猛烈的必要性所攫獲，讓他在亮出手中的底牌之前，完全無法回復自由之身。他像個淘金的礦工已掘入了那個可憐牧師的內心，或者更像是挖掘墳墓的教堂司事，為了死人胸上的珠寶而在地底搜尋，但最後很可能除了死亡與腐壞之外，一無所獲。倘若死亡與腐壞真的是他最後的收穫，我們也只能為他的靈魂悲歎。

有時候醫生的眼裡會閃過一道猶如煉獄反光的光芒，其中燃燒著藍色的不祥之火；或者，用我們的話來說，猶如班楊[48]筆下的景象，某種閃爍的鬼火從山中可怕的門口跳躍而出，在朝聖者的臉上抖動。這種時候，很可能是因為這位陰暗的礦工在挖掘的地底發現了什麼令他感到激勵的東西。

「這個人，」醫生曾在某個類似這樣的時刻，如此自言自語，「儘管大家都認為他純潔——儘管他看起來相當聖潔——但他從他父母身上遺傳了強烈的動物本性，所以讓我們再繼續朝著這個脈理往深處挖吧！」

老醫生就這樣在牧師幽暗的內心搜尋了許久，也翻出了許多珍貴的東西，這些東西以實現全人類的福祉、心靈溫暖的關愛、純潔的情操，以及毫不虛偽的虔誠等宏願方式呈現，再藉由思考與學習強化，透過啟示而發光發亮——然而所有這些無價之寶，對挖掘者而言，卻與垃圾無異——於是他在翻出這些東西之後，會沮喪地另尋新的挖掘點繼續探究。老醫生盡可能祕密地在暗中摸索；謹慎移步，全身透著無比小心的慎重，猶如竊賊進入主人半夢半醒的房內——或者，也許主人根本就是清醒著——想要偷取主人守護並視為至寶之物。可惜，儘管行動前經過仔細的計畫，但行動時卻不時狀況百出，地板咯咯作響、衣服窸窸窣窣，甚至出現在禁地附近的竊賊身影，更是橫印在被害人身上。換言之，戴姆司戴爾先生神經緊張的毛病，經常讓他有一種類似第六感的能力，可以模模糊糊地意識到某種懷有敵意且不利於自己平靜生活的東西，已侵入了他的領域。不過齊靈沃斯醫師也勢均力敵地擁有相當於直覺的感知能力，每當牧師將驚愕的視線投射過來時，他都能處變不驚地坐在那兒，展現出牧師的好朋友模樣，溫善、機警、設身處地，卻從不深探隱私。

若非戴姆司戴爾先生身體有恙，讓生病的心也變得虛弱，並讓他對所有人都抱持著疑慮的態度，或許更能看清老醫生的本質。然而正是因為沒有人可以得到他的信任，成為他的朋友，所以當他的仇人出現時，他也無法辨識。於是年輕的牧師繼續與醫生維持親密的來往，每天都會在自己的書房款待他，或到他的實驗室中拜訪。另外，興之所致，他還會和醫師一起觀看野草如何轉化成有效的藥品。

某天，年輕的牧師在和齊靈沃斯聊天，他把前額靠在自己的手上，手肘放在敞開的窗台上，視線看著墓場；而齊靈沃斯則在檢查一把模樣醜陋的植物。牧師斜視著那些植物——他最近養成的怪癖，就是鮮少直視任何東西，不論是人類還是非人類。「親愛的醫生，你的草藥，就是這些這麼黑、這麼鬆軟的葉子，都是從哪兒找來的？」

「就算是眼前的墓地也有這些東西。」醫生一邊繼續手上的工作，一邊回答。「這些都是我不認識的植物。它們長在沒有墓碑的墳頭上，除了這些長相不佳的野草，用它們自己的方法保留住了對死者的記憶外，沒有人記得墓穴裡的人。這些草，從死者的心上長出來，或許代表了跟死者一起埋葬的可怕祕密；不過若能在生前坦白那些祕密，他的

48. 約翰．班楊（John Bunyan）：一六二八～一六八八，英國作家與清教徒牧師，最廣為人知的就是《天堂歷程》（*The Pilgrim's Progress*）這本寓言式作品。

感覺應該會比較好。」

「也許，」戴姆司戴爾先生接口，「他真的很想說出來，但說不出口。」

「為什麼？」醫生回應。「既然所有大自然的力量，都如此鄭重地要求死者，坦白自己的罪行，連這些黑色野草都從一顆入土的心中萌芽而出，宣告著一樁沒有說出口的罪行，為什麼活著的人會說不出口？」

「親愛的先生，這只是你的想像。」牧師回答。「如果我的預感正確，那麼除了上天的恩典外，沒有任何力量能夠揭露那些藏於人心的祕密，不論揭露的方式是訴之於口，抑或用任何形式或表徵來呈現。因為在揭開所有祕密之前，擁有這種祕密而倍感愧疚的心，必會死死守住這些祕密。若把揭露人類的思想與行為，理解成天譴的一部分，這樣的說法，我從未在聖經裡讀過，也不覺得聖經中某些內容隱含這樣的意思。這樣的想法顯然膚淺，不是這樣的。除非我錯得離譜，否則祕密的揭露，僅意味著增進智慧生物的智識滿足感，等到揭密的那一天，那些不為人知的隱晦問題，都將變得清晰明白。若要澈底解決這類的問題，人類心中的知識必不可缺。甚至再往深處思考，我認為任何一個心靈，若隱藏著像你說的那種痛苦的祕密，等到祕密再也藏不住的那一天，這個心靈不但不會不甘願，反而會感覺到無法言喻的喜悅。」

「既然如此，為什麼不當下就坦白祕密？」齊靈沃斯這麼問，同時靜靜斜瞥了牧師一眼。「背負罪行的人，為什麼不早點享受這種無法言喻，而且對他們身心都有益的慰藉呢？」

「這些人大部分都願意這麼做，」牧師在回答時，再次緊緊抓住自己的前胸，就好像受到一陣突然而致的疼痛折磨。「很多可憐人都曾向我告解，不僅僅是那些已屆臨終之人，還有生命力依然旺盛，以及聲譽卓著的人；每次當那些有罪的弟兄們暢所欲言後，噢，我親眼目睹到他們的輕鬆。甚至有一位弟兄，還露出了像是長久窒息於自己混濁的呼吸，終於呼吸到新鮮空氣的樣子。所以，怎麼可能會有其他的解釋呢？為什麼一個不幸的人——假設他犯下了謀殺罪——寧可把被殺害的死屍埋在自己心裡，也不願立即把死屍丟給這個世界去處理呢？」

「就是有人會像這個殺人犯一樣，把祕密藏在心底。」冷靜的醫生如此評述。

「沒錯，的確有這樣的人。」戴姆司戴爾先生回答。「但他們閉口不談自己的祕密，也許只是因為他們天性如此，並不表示他們有其他更明顯的理由。又或者——我們可不可以這樣假設——儘管他們有罪，但他們仍把上帝的恩寵以及人類福祉的熱忱放在心中，所以才會退縮，沒有把自己黑暗及污穢的一面揭露在大眾眼前；因為自此往後，他們再也無法成就善；再好的奉獻也無法救贖他們過去的罪惡，所以這些人懷著無法說出口的折磨，在人群中遊蕩，看起來如初雪般純潔，但他們的心卻滿是自己無力掃除的罪惡污點。」

「這些人是在自欺，」齊靈沃斯這麼說，語氣比往常要加重許多，食指還輕輕揮了揮。「他們害怕承擔起屬於自己的恥辱。他們對人類的愛、對上帝奉獻的熱忱等等，這些聖潔的衝動，也許在他們的心中與罪惡共存，也許沒有，但既然**罪惡已開啟了心門，就必定會在他們心中繁衍出地獄的種子**。只不過，若他們選擇努力榮耀上帝，就不要讓他們不潔的手伸向天堂。如果他們選擇服務人群，就勉強他們屈服在自責之下，展現良心的力量與真實性。難道你要我相信，噢，睿智又虔誠的朋友，一場虛假的表演，更能榮耀上帝、更能增加人類的福祉，甚至可以勝過上帝自己的真理嗎？相信我，這種人終究只是自欺而已！」

「或許如此。」年輕的牧師冷淡回應，像是要終止一場他認為毫不重要或非理性的討論。他對避開任何會引起自己過度敏感與緊張個性不安的話題，實在很有一套。「不過，我現在要請教你這位醫術高明的醫生，在閣下周到的照護下，你認為我這副孱弱的皮囊到底有沒有改善？」

老醫師正準備回答的時候，鄰近的墓地傳來一陣小孩子清晰而奔放的笑聲。年輕牧師本能地從敞開的窗子望過去——這時正值暑夏——他看到了海絲特與小珍珠正走在穿越墓地的小徑上。珍珠看起來如白晝般美麗，但此時她正處乖張的歡樂情緒中；她每次陷入這樣的情緒，整個人就會像是完全摒棄了憐憫以及與人類接觸的世界。她正從一個墳頭蹦跳到另一個墳頭，毫無對死者的尊重之心；最後她跳上了一個生前顯赫的死者墓碑上。這個墓碑飾有紋章，又寬又平——或許正是艾塞克．強生本人的墓碑——接著珍珠開始在墓碑上手舞足蹈。出於母親的命令與乞求，小珍珠不再舞動，轉而去摘長在墳墓邊的牛蒡針毬。她把摘下來的大把針毬，一個個擺排在她母親胸前的紅字周圍；而這些針毬也因為天生的棘刺，緊緊地巴附在被擺放的位置。海絲特並沒有把這些針毬拔下來。

齊靈沃斯這時也走近了窗邊，臉上帶著冷笑朝窗下看。「在那孩子的氣質中，看不到規矩、看不到對權威的崇敬，也看不到對人類法令或信念的尊重，不論對錯。」他這麼對自己以及身邊的人說。「前幾天，我看到她在春泉巷的牛槽邊，拿水潑行政長官。天啊！她到底是什麼東西？是全然邪惡的頑童嗎？這個孩子沒有感情嗎？在她身上還找得到人類的原則嗎？」

「除了法律被破壞後的自由，什麼都看不出來。」戴姆司戴爾先生靜靜地如此回答，就像是他在心裡已經和自己對這件事討論了很長的時間。「至於有沒有為善的能力，我不知道。」

那孩子可能聽到了他們的聲音，因為她抬頭望向窗口，臉上掛著明亮、歡樂卻淘氣又睿智的微笑，她舉手向戴姆司戴爾牧師投擲了一顆針毬。這位敏感的神職人員立刻往後退，對這顆輕巧的砲彈，充滿神經緊張的恐懼。珍珠發現他的緊張情緒後，立即用最怪異的開心表情拍著小手。

海絲特也不由自主地抬頭往上看，結果在場的四個人，不論年邁或年幼，都沉默地彼此對望。直到孩子大笑出聲，並高喊著：「快來，媽媽！快來，不然那邊那個老黑人會抓妳哦！他已經把牧師抓走了。快來，媽媽，不然他會來抓妳哦！可是他抓不到小珍珠！」

小珍珠就這樣把母親拖走了，繼續在死人的墳塚上跳著、舞著、怪異地嬉鬧著，就好像她是一種與過去以及埋葬入土的那一代毫無共通處，也毫無關係的生物。她像是用全新素材打造出來的生物，而這個世界被迫必須讓她過著屬於她自己的生活，設立她自己的法律，也不會將她的特立獨行視為罪行。

「走在那裡的那個女人，」齊靈沃斯安靜了一會兒後重新開口，「不論她犯過什麼樣的過錯，身上都沒有你視為難以承受的祕密罪惡重擔。你認為海絲特胸前的紅字會比隱藏的罪惡祕密輕鬆嗎？」

「我確實相信如此，」牧師如此回答。「但我無法替她回答這個問題。她的臉上有種痛苦的神情，如果能不要再看到那樣的表情，我會很高興。不過，我仍然認為，如果受到折磨的人能夠隨心所欲地顯露出自己的痛苦，就像海絲特那個可憐的女人那樣，絕對要比把痛苦藏在心中好得多。」

兩人之間又出現了一段沉默，然後醫生開始重新檢查與處理之前收集到的植物。

「你剛剛問我，」醫生終於開口，「我對你的健康有什麼樣的看法。」

「是的。」牧師回答，「我會洗耳恭聽。拜託，跟我說實話，不管結果是生還是死。」

「那我就不客氣地跟你直說了，」醫生一面繼續忙著自己的植物，一面緊緊盯著戴姆司戴爾先生。「你的病很奇怪；至少，根據我目前為止觀察到的所有徵狀，疾病本身以及顯現在外的病況，都不是那麼嚴重。親愛的朋友，過去的這幾個月，我每天注意你，觀看著你臉色的變化，照理說，我應該要判定你是病得很重的人，但在專業與謹慎的醫生治療下，痊癒的希望仍然很高。只不過，不曉得該怎麼說，我好像知道你得的是什麼病，可是實際上又不知道。」

「你的話讓我一頭霧水，博學大師。」蒼白的牧師如此回應，視線卻偏出了窗外。

「好吧，說得更坦白一點，」醫生繼續說，「如果我說的話，因為必要的直率而冒犯到你，務必請你見諒。現在讓我以一個藉由上帝的旨意，負責你生命以及身體健康的朋友身分問你，所有可能造成你身體不適的原因，你全都告訴我了、向我坦白了嗎？」

「你怎麼會問出這樣的問題？」牧師反問。「又不是小孩子玩醫生病人的遊戲，把醫生叫來了，又隱藏自己的病情！」

「所以，你是說，我知道的就是一切？」齊靈沃斯醫師刻意緊盯著牧師的臉，專注地看著他，眼裡閃現著高度專注的智慧。「就算是這樣吧！不過，治病的醫生通常只看到攤在眼前的外在病恙以及身體不適，其實這只是一半的病因。我們看到身體疾病，就以為是疾病的全部原因所在，但其實身體疾病，畢竟也有可能是一些心靈的病態徵狀。如果我說的話，讓你覺得有點遭到冒犯，親愛的先生，我要再次請你見諒。你，先生，在我認識的所有人當中，可以說是操縱身體以及靈魂結合度最高、融合性與共鳴度最強的人。」

「如果是這樣，我就不再多問了。」這位神職人員如此說，同時有些倉促地從椅子上起身。「若是靈魂需要醫藥，就不勞煩您處理了，我自己來。」

「這樣的話，一個病痛，」齊靈沃斯繼續用他一成不變的聲調繼續說下去，毫不在意牧師打斷他的話，而且他反而站起來，用自己矮小、黝黑以及變形的身軀，面對消瘦與臉色蒼白的牧師。「讓我換一個方法說吧，就是你的心靈若生了某種病，或有疼痛之處，在軀體的對應之處會立即顯現。在這樣的情況下，難道你只讓醫生醫治自己身體上的病嗎？除非你把心中的傷口或問題先攤在醫生眼前，不然他怎麼可能治好你的病？」

「不，不會攤在你面前！不會攤在世上任何醫師的面前！」戴姆司戴爾激動地大叫，明亮的雙眼睜得大圓並緊緊鎖住老醫師，他的眼中有一種狂暴。「不會攤在你面前！如果是心靈的疾病，我會向那唯一的心靈醫師，坦承自己的問題。如果我的問題，有幸成為祂的消遣，那麼祂可以治癒我，也可以殺了我，就讓祂用祂的審判與智慧，決定對我的處置，祂會看到祂要的結果。但你是什麼人，竟敢插手此事？竟敢介入飽受折磨的人與他的上帝之間？」牧師說完這段話後，擺出了一個瘋狂的手勢就衝出了房間。

「走到這一步也好。」齊靈沃斯自言自語地說，但他的視線跟著牧師而動，臉上露出了陰暗的微笑。「反正也沒有任何損失。我們很快又會成為朋友。可是看看現在，激動是如何掌控了這個人，讓他焦躁地現出了本性。如果這樣的激動可以讓他失去自制，其他的激情必定也會產生相同的效果。這位虔誠的戴姆司戴爾牧師啊，在如此高漲的感情之下，以前一定做過放縱的事情。」

事實證明，這兩個朋友在相同的基礎上，要恢復舊有的深厚情誼，一點都不難。年輕牧師經過幾小時的獨處後，瞭解到自己神經質的失常，讓他焦躁且不得體地陷入了爆發的情緒當中，而且完全找不出任何理由可以歸咎或指責醫師所說的話。他強硬地反駁那位好心老人的暴行，確實連他自己都覺得不可思議，那位老人當時只不過是依照他被委託的責任，提供一些建議；而這些建議，還是牧師自己親口要求對方提出來的。於是年輕的神職人員滿懷懺悔地向他的朋友真心道歉，並懇請對方繼續照顧自己；就算無法成功恢復健康，也希望盡可能延長他在世間苟延殘喘的時間。齊靈沃斯理所當然地接受了道歉，並繼續負責牧師的醫療照護；他抱著樂觀的信念，鞠躬盡瘁。然而每次醫療會面結束要離開病人房間時，他的唇邊總會出現一抹神祕卻困惑的微笑。這種絕對不會在戴姆司戴爾先生面前出現的表情，會隨著他跨過門檻而愈加鮮明。

「真是罕見的病例，」老醫生喃喃低語。「我一定要好好研究。心與身之間奇怪的共鳴，就算是為了醫學研究，我也一定要追根究柢。」

前述衝突事件過後不久的某個正午時分，戴姆司戴爾牧師在毫無自覺的情況下，坐在椅子上就陷入了非常深沉的午睡。他面前的桌子上攤著一本體積龐大的黑字書，這應該是具有強大功效的催眠學派文獻。牧師的熟睡程度更令人驚訝，因為他是那種睡不安穩的淺眠者，即使只是一隻鳥兒跳到小樹枝上，他也會因此驚醒。不論如何，這樣一次罕見到幾乎不可能發生的沉睡，讓他的靈魂完全退避至自己的天地間，以致於當齊靈沃斯並沒有特別放輕腳步就走進他房間時，睡在椅子上的他，連動都沒有動一下。老醫生直接走到病人面前，把手放在他胸前，撥開那件從未在自己面前解開的祭服。這時，戴姆司戴爾先生究竟還是抖了一下，輕輕地動了動。

老醫生短暫地停下了動作後，轉身離開。但是老醫生的雙眼卻出現了一種驚訝、喜悅與恐怖交雜的粗暴眼神。他的雙眼與五官無法獨力承受這帶著令人不寒而慄的狂喜，因此他將雙臂甩向屋頂，用腳大力踩踏地板；如果有人此時看到齊靈沃斯那醜陋的身形迸發而出的誇張動作，不需要詢問，就會知道撒旦是如何將自己的分身，植入一個已遭天堂放棄的珍貴靈魂中，並將這個靈魂納入魔鬼王國的國度內。

不過醫生的狂喜與撒旦的歡樂還是有一點不同，那就是醫生的狂喜中帶有驚訝！

11 內心

之前描述過的衝突事件後，儘管從表面來看，牧師與醫生之間的互動仍和往常一樣，但實際上卻出現了本質的不同。現在，在齊靈沃斯的理智前，出現了一條足夠清楚的路。而這條路與他之前鋪設給自己走的那條路，也確實不盡相同。儘管他依然冷靜、溫和，而且喜怒不形於色，但我們擔心他心中原本隱伏不顯的深沉惡意，即將要在這個不幸的老男人身上活躍起來，並讓他開始想像更周延，而且復仇力道遠超過一般凡人的復仇計畫。他讓自己成為對方信賴的朋友，讓對方向他坦白所有的恐懼、懊惱、痛苦、徒勞的悔悟，以及事後湧至卻無力驅離的罪惡思想；所有那些隱藏起來不讓世界知道，但卻於心有愧的悲痛，那些本來可能得到世界寬闊心胸同情與原諒的悲痛，都將在他這個無情又絕不寬恕的人面前坦白。他如此慷慨地將一切隱暗的寶藏全用在對方的身上，無疑是他報復那個人的最佳方式，而且再也沒有比這種報復更好的方法了！

可惜牧師害羞又敏感的內向個性阻礙了這項計畫的進行，不過齊靈沃斯對於事件的發展，幾乎沒有任何不滿；就算有所不滿，也看不出來。因為上帝——要利用他這個復仇者以及他的受害者，去達到祂的目的。也許祂的目的，就是要寬恕看起來最應該受到懲罰的罪行——代他執行了他的陰暗計畫。老醫生幾乎可以說在上帝的恩賜下，得到了一個啟示。至於這個啟示是來自天國或其他地方，對他的目的並沒有太大影響。因為這個啟示的協助，戴姆司戴爾先生不僅是外在的表現，而是連內心的最深處，也都似乎攤開在他的眼前，好讓他能夠看見並理解牧師的每個行為舉止。自此，他不僅是個觀察者，也成了可憐牧師內心世界的主角。他可以隨自己高興玩弄他的病人。要不要讓他感到痛苦呢？他的受害者永遠都會處於折磨當中；大家只要知道彈簧控制引擎就好了，至於如何應用，醫生知之更詳。要不要用突然出現的恐懼嚇嚇他呢？隨著魔術師的魔杖揮動，一個恐怖的幽靈出現了——一千個幽靈出現了——各有各的樣子，或是死亡的模樣，或是更可怕的羞恥，所有的幽靈全聚在牧師身邊，用手直指著他的前胸。

這一切的計畫都精心完成，而且完美得讓牧師儘管經常隱約感覺到一些邪惡力量在監視他，卻永遠都不知道這些邪惡力量的真實本質。的確，當他看著這位老醫生變形的身軀時，他會感到疑惑、害怕——甚至有時候，還會感受到仇恨的恐懼與苦楚。老醫生的手勢、步伐、灰白的鬍子，連最微不足道與最無關緊要的舉動，以及衣著款式，在牧師眼中都令人厭惡；牧師心中其實隱隱透露出自己對於老醫生有更深一層的嫌惡，但他並不願意承認。因為他找不出不信任或討厭這樣一個人的理由，只好刻意認定自己整顆心，都受到了某個病原的毒素感染，並把所有的預感全歸咎於空穴來風。他因為對齊靈沃斯產生反感而自責，為了竭力連根拔除這些異常感覺，完全無視自己應該從這樣的反感中，汲取教訓的直覺。牧師無法完成自己設定的目標，卻依然秉持原則行事，繼續維繫與這位老先生的社交友好習慣，並因此經常提供許多機會，讓對方完成他目標——那個可憐又孤獨的老傢伙，比他的受害者還要可憐——復仇者已豁出了一切，只為復仇。

儘管外有病體折磨，內有陰暗的苦悶啃蝕著靈魂，再加上現在又落入了最致命敵人的奸謀當中，但戴姆司戴爾先生卻在自己的宗教職場大受歡迎。他的成功，有很大一部分得歸因於他的不幸。他天賦的智能、道德的感知、經歷與溝通情感的能力，都因為日常生活的刺痛與苦悶，而維持不可思議的活躍。雖然他的成就仍在繼續向上躍升，然而他的名聲卻已令許多神職同僚辛苦掙來的聲譽相形失色，其中還不乏眾所周知的神職人員。他的這些同僚中，有些學者費心汲取深奧的學問以及為神聖的專業奉獻的時間，遠比戴姆司戴爾先生的年紀還要長，因此相較於這位年輕的弟兄，照理說他們應該更熟悉紮實與珍貴的高深學識。還有些人的心靈也比戴姆司戴爾先生更堅毅，他們擁有的理解力比他更敏銳、勞固、堅定或可靠，若再適度加上相當程度的教義元素，他們可以成為非常體面、有效率以及難以親近的那種神職人員。另有一些人是真正的神聖教父，他們的能力，因為孜孜不倦地浸淫在書本中以及勤勉不懈的思考而嚴謹，更重要的是，透過與神聖世界的靈性溝通，他們能夠靈化，儘管依舊攀附著凡人的皮囊而活，但在神聖的世界中，生命的純淨卻已幾乎將他們轉為聖人。所有的這些人，唯一缺乏的，只不過是上帝在聖靈降臨節[49]時，賜給中選信徒的那份火舌之禮[50]。而這份禮物的象徵意義，似乎並不僅僅是說外國語或不知名語言的能力，而是用內心原有的語言，向全人類弟兄喊話的能力。這些本應扮演使徒角色的教父，他們的工作中，就是缺少了火舌——這個上帝恩賜的最後以及最罕見的一個資格證明。利用人類熟悉的詞句與圖像，這種最簡陋的媒介，來傳達最高真理的這個恩賜，就算那些教父曾經夢想得到，一切的努力也只是枉然。因為他們的教，全都是從他們習慣駐足的高位，遙遠而模糊地傳下來。

從戴姆司戴爾先生許多個性上的特質來看，應該很自然地將他歸類於前述教父一類的人。若非身上的罪惡與痛苦重擔阻路，他應該會攀上信仰與神聖義務的高峰，但不論那重擔究竟是什麼，他注定要在重擔之下踉蹌蹣跚。然而他這個具有靈化特質，而且連天使都可能傾聽並回答他聲音的人，卻因為這份重擔而將身段放至最低。而且也正是因為這份重擔給予了他憐憫與體諒之心，讓他能夠與有罪的人類弟兄們如此親近；他的心與他們的心共鳴共振，他接收到他們的痛苦，並進入他們的痛苦之中；同時將自己的悸痛，藉由陣陣噴湧的悲傷以及動人的口才，傳遍至千百顆他人的心中。他的口才往往令人折服，但有時卻也顯得可怕，聽他說話的信徒，並不知道他的口才之力對他們竟有如此巨大的影響力。

他們以為這個年輕的牧師，只是個神聖的奇蹟。他們把他想像成上帝智慧、責難與愛憐之語的代言人。在這些信徒的眼中，他所踩過的土地就是聖潔之地。在他的教會裡，圍在他身邊未婚的童貞女子，全都臉色蒼白，因為她們成了混雜著宗教感性的激情受害者；她們幻想著這樣錯綜交織的感情，在她們雪白的胸襟中，純然只是宗教情感，並因此坦然地將這樣的感情奉獻出去，當作送到聖壇前令她們最滿意的奉祭品。至於教眾中因衰老病弱而苦的年邁信徒，在看到了戴姆司戴爾孱弱的身體後，皆相信他將會先他們一步走入天堂，於是叮囑子孫應把自己的老骨頭埋在靠近這位年輕牧師的聖墓之地。或許，每當可憐的戴姆司戴爾先生想到自己的墓地時，他總會自問，青草能否可以在他的墳頭生長，因為某件被詛咒的事情必定也將與他永埋一起。

大眾對年輕牧師的這種崇敬，為他帶來的痛苦以及折磨程度，超乎想像。敬慕真相與真理，並將生命中一切——缺乏另一種具有神性本質的生命，以及全然缺乏重要性或價值的事情，視為陰影，是他真實的衝動。那麼，他成了什麼？一個實體？還是所有陰影中，最陰暗的那個影子？他熱切地想從自己的傳道壇上，以最大的音量告訴所有人，他的真面目。

49. 聖靈降臨節（Pentecost）：又稱為五旬節，為復活節後的第七個安息日的次日。

50. 根據《使徒行傳》第二章第二節，聖靈從天堂以火舌的形象發聲傳教，不論看到火舌並被聖靈充滿的人，說的是哪一種語言，他都能透過火舌聽懂聖靈傳達的教義。

「我，這個在你們眼中穿著教士黑色長袍的人；我，這個登上神聖的傳道台，將自己蒼白的臉朝向天堂，代表你們與最偉大的全能之神交流的這個人；我，這個你們在我的日常生活中看到如以諾[51]般聖潔的人；我，這個你們以為我的腳步所經過之地，會留下微光的人，而在我之後朝聖者，會得到我留下的微光指引，而抵達神聖之處；我，這個將聖洗之手放在你們孩子身上的人；我，這個為你們臨終的朋友低誦離世禱詞，而讓他們覺得這一聲微弱的阿門，來自他們已經告別了的這個世界的人；我，這個你們如此敬愛與信賴的牧師，其實是個徹頭徹尾的墮落之人與騙子！」

不止一次，戴姆司戴爾先生帶著不說出上述那些話，絕不走下階梯的決心，踏上傳道壇。不止一次，他清喉，顫抖地吸進長長的、深深的氣，然後當他再次吐氣時，靈魂中的暗黑祕密就會重壓在他的靈魂之上。不止一次──其實是不下上百次──他其實真的已經說出口了！他說了！但結果呢？他告訴他的聽眾，他是個全然可恥的人，他與最可恥的人為伍，卻比他們還要更可恥，他是個罪惡最重的罪人、是個令人痛恨的人、是個邪惡到令人無法想像的東西；唯一令人驚訝的是，他們竟然看不到他那具無恥的軀體，在他們的眼前因為上帝燃燒的怒火而萎縮。天底下還有比這樣的說詞更直率的語言嗎？這些人不是應該從座位上站起來，順從同時出現的衝動，把他從被他褻瀆的傳道壇上撕扯下來嗎？這些事情竟然連一次都沒有發生。他們聽到了他所講的一切內容，卻比以往更敬重他。他們根本沒有猜到在那些自責的言語中，隱藏了什麼樣的致命意義。

「那個敬神的年輕人啊！」他們眾口同聲地這麼說。「世界上的聖人啊！唉！如果連他都在自己純白的靈魂中看到這樣的罪惡，那麼你跟我的罪惡會深重到怎樣恐怖的程度啊！」

這位牧師非常清楚——自己是真正飽受良心責備但狡猾的偽君子——眾人對他含糊不明的告解，會有什麼樣的看法。他努力用坦承一顆內疚的良心而自欺，卻因此犯下了另外一宗罪行，因此而生的那種羞愧感，致使他連一刻都無法享受到自欺帶來的輕鬆。他說出了真相，卻把真相變成了真正最大的謊言。但他天性的本質熱愛真相、憎厭謊言，這樣的人可謂鳳毛麟角。於是他最憎厭的東西，就成了可悲的自己。

戴姆司戴爾牧師內心的折磨，驅使他的言行更偏向於遵循羅馬腐化的古信仰，而非從他出生到成長都浸淫其中的健全教會智慧。在戴姆司戴爾先生上了鎖的祕密櫥中，有一根沾了血的鞭子。這位新教與清教的神職人員常常一面把鞭子往自己的肩頭甩，一面痛苦地嘲笑自己，而他對自己充滿恨意的嘲弄，讓甩在肩頭的鞭子愈發無情。禁食也是他的習慣，一如許多其他虔誠的清教徒——但其他人的目的在於洗滌身體的罪惡，讓潔淨的身軀成為更適合接收天國啟發的媒介——他的禁食極為嚴苛，猶如贖罪的苦行行

51. 以諾（Enoch）：在《創世紀》第五章第23、24節，以諾在世三百六十五年，與上帝一起行走，並由上帝帶他離開人世（他並沒有死亡）。

為，總是禁食到雙膝顫抖。另外，他夜復一夜地徹夜不眠，有時候就這樣待在完全黑暗的環境中；有時候點上一盞閃著微光的燈；有時候會用最強烈的光投射在鏡子上，然後注視鏡子裡自己的臉。他就這樣將自我折磨當成經常性的自省標準，卻依然無法洗淨自己。在那些不眠的漫漫長夜裡，他通常會出現頭腦暈眩、視力恍惚的情況；眼前鏡子中晃動的影像，藉著它們自身的微光，在昏暗的房間裡，有時候會出現重影，有時候緊靠在他身邊，變得較為清晰。他眼中的影像，不時出現一群惡魔般的形體，一面嘲弄、譏笑著這位蒼白的牧師，一面招手邀他一起離開；不時又是一群朝著天堂飛去的發光天使，像是負載著滿滿的哀愁，卻隨著高飛愈來愈靈妙。不時，年輕時代去世的友人也會出現在視線內，還有他聖人般皺著眉頭的白鬚老父，以及經過他身邊卻將臉轉開的母親。一個母親的鬼魂——一個母親最淡薄的想像力——我想早晚她都會對自己兒子投射憐憫的一瞥吧！又不時地靜靜走過這間因為充斥著光怪陸離的想像，而變得可怕的房間的人，是穿著一身腥紅色長袍，並引領著小珍珠的海絲特，她會先用食指指著自己胸前的紅字，然後再指向牧師的胸口。

所有的這些幻象，都無法迷惑他。他在任何時候都能透過意志力，從模糊且缺乏實質的幻象中，辨識出真正的實體，並說服自己相信這些幻象在本質上就不可信，不像遠處精雕的橡木桌或那本巨大、方正的皮面銅扣神學書。然而儘管如此，從另一個角度來看，這些幻象卻是這位可憐牧師現在必須面對的，最真實也最實在的問題。像他這種無法將折磨說出口的虛假人生，竊取了我們身邊事實的核心與實體，而這兩樣又是上帝定義為精神喜樂與養分的東西。對一個不誠實的人而言，整個世界都是謬誤——都沒有實體——在他的理解中，世界退縮成了什麼都不是。至於截至目前為止，他讓自己呈現出來的虛假形象，成為了一抹陰影，或確實地說，並不存在。持續讓戴姆司戴爾先生在這個世界上，感覺到真實存在的唯一事實，就是他靈魂最深處的極大痛苦，以及臉上流露出無法偽裝的表情。一旦讓他找到了微笑的力量，並戴上一張歡樂的面具，這個人就再也不存在了！

我們之前稍稍提過牧師那些難熬的夜晚，但沒有提供更多的描述，這次，就在某個這樣難熬的夜裡，坐在椅子上的牧師突然驚跳而起，他的腦中閃現了一個新的念頭，這個念頭讓他可能享受到了片刻的平靜。他像參加公開禮拜那樣仔細打點身上的衣著，並懷著與參加公開禮拜相同的態度，悄悄地走下了樓梯，打開門，邁步向前。

12 牧師的不眠夜

就像走在夢境的陰影中，又或許是真的受到了某種夢遊症的影響，戴姆司戴爾先生來到了許久以前海絲特熬過她人生第一次公開受辱的地方。同樣的高台、同樣的斷頭台，台上累積了漫長七個年頭裡的風雨豔陽，所留下來的黯淡與斑駁；除此之外，還有來自繼海絲特之後的許多犯刑者，在登上這座高台後，同樣站在會議廳的樓座之下，所留下的磨損。牧師踏上了高台的階梯。

這是五月初的一個陰暗夜晚，一成不變、有如棺木罩布的雲層，裹住了從天頂到地平線的整塊天空。如果現在把當初目睹海絲特撐過她刑罰的那一大群觀眾召喚至此，在這樣暗灰的半夜中，他們不但認不出高台上的臉，只怕連高台上的人影都看不清楚。但整個鎮都已入睡，不會有任何人發現他的危險。牧師可以隨心所欲地在這裡，一直站到羞赧的晨顏從東邊探出，除了擔心濕冷的夜風會侵入軀體，讓所有關節因風濕而僵硬，並讓感冒與咳嗽阻塞喉嚨外，絕對不會有其他的風險；再說，就算身體出現前述那些症狀，也只能騙騙那些殷殷期盼明天祈禱與佈道的教眾罷了。除了上帝那雙始終清明，並且已經看到他在衣櫥內揮動沾血皮鞭的眼睛外，誰都看不見真正的他。

既然如此，那他來這兒做什麼？僅僅只是對懺悔的嘲弄嗎？確實是嘲弄，但卻是對他自己靈魂的自嘲。他的嘲弄，讓天使哭得脹紅了臉，卻令魔鬼歡欣鼓舞地大笑。如影隨形的悔恨衝動一直在驅策著他，但與這種悔恨同根而生，且緊緊相依的懦弱，卻總是在他因為悔恨而打算揭發一切之際，用強大的力道拉扯他的後腿。可憐的傢伙！像他這樣孱弱的病體，有什麼力量再去背負如此沉重的罪惡負擔？只有麻木不仁的靈魂，才背負得起罪惡重擔，因為那樣的靈魂有他們的選擇，可以選擇扛下去。或者，當壓力實在太過沉重，那些靈魂也可以為了合理的目的，而使出所有強烈的蠻力，把罪惡的擔子丟出去。遺憾的是，這兩種選擇都不是虛弱且極其敏感的靈魂能力所及的選項，所以他只能不斷地在兩個選擇中舉棋不定，陷入因自己的猶豫、天地不容的罪行，以及徒勞的懺悔，所交織糾纏形成的死結當中。

於是，戴姆司戴爾先生站在斷頭台上，沉浸在白費力氣的懺悔演出中，屈服於心中強大的恐懼下，就好像整個宇宙都緊盯著他赤裸的胸前，視線直接鎖住他心臟處的那個腥紅色標記。那個位置是絕對的真相所在，從很久以前到現在，那裡一直承受著毒牙咬齧的疼痛。他的意志放棄了努力、他的控制失去了力量，他大聲尖叫；穿透夜晚的叫聲，被一間間屋子相繼反擊拍出，迴盪在身後的山谷間；猶如一群魔鬼，在感應到了尖叫聲中所富含的哀傷與恐懼後，把叫聲當成了來回丟傳的玩具。

「完了！」牧師如此喃喃自語，並把臉埋在手掌中。「所有鎮民都會被驚醒而趕過來，然後看到我！」

但這樣的事情並沒有發生。也許那聲尖叫聽在牧師容易受驚的耳朵裡，要比實際的威力大得多。鎮民並沒有被驚醒；或者，就算有人因此醒過來，睡得迷迷糊糊的人，也可能以為這聲尖叫是夢境中的可怕場景，或當成是巫婆的聲音；在那個年代的人民，常常聽到巫婆和撒旦一起飛越殖民地或孤伶伶木屋的聲音。沒有聽到任何打擾聲響的牧師，於是拿開了遮在眼睛上的雙手，四下環顧。他看到位於另一條街上，離這兒稍微有點距離的貝靈漢長官官邸，從一間寢室的窗子裡探出了老長官的身影。長官大人拿著一盞燈，身子遮蓋著長長的寢袍，頭上還戴著白色的寢帽，就像無緣無故從墳墓中被召喚而起的鬼魂。顯然那聲尖叫驚動了他。此外，同棟建築中的另一扇窗子，出現了同樣手握一盞燈的行政長官妹妹希賓斯老太太；就算距離如此遠，燈下依然顯現出了她臉上那慍怒與不高興的表情。她把頭從窗格中伸出來，急躁地往天上看。無庸置疑地，這位年高德劭的巫婆老太太必定是聽到了戴姆司戴爾先生的尖叫，並根據這聲尖叫裡猶如魔鬼，以及她在森林遊蕩時熟之甚詳的黑夜女妖騷動般的多重回聲，作了自己的詮釋。

這位老太太在看到了貝靈漢長官手中的燈光後，立即熄滅了自己的燈，並消失在黑夜中。或許她也飛進了雲層中。長官大人沒有發現她進一步的動作，轉而謹慎地觀察著黑暗中的動靜，可惜就像無法看穿石磨般，他也看不透周遭的黑暗；老長官大人退回了窗子裡。

牧師慢慢平靜了下來。然而他的眼睛很快又看到了一小簇閃光，那微小的光，起初在很遠的地方閃現，緩緩朝街道的這邊靠近。這簇光，照亮了許多熟悉的景象，這裡的一個郵筒、那裡的一圈花園圍籬、這邊的一小格窗玻璃，那邊的一個打水器以及滿滿一槽的水，還有一扇嵌著敲門鐵環的橡木拱門，門前擺了一塊原木當成台階。戴姆司戴爾牧師注意到了所有這些微小的細節，甚至堅信自己的末日，就在他當下聽到的腳步聲中，正悄悄接近；那盞燈籠上的光線將在一會兒後籠罩在自己身上，揭露他隱藏許久的祕密。

隨著光線的挪近，他在光圈之中看到了教會的弟兄——或者，更明確地說，他的牧師同僚以及他非常珍惜的朋友——威爾森牧師。根據戴姆司戴爾先生的猜測，威爾森牧師之前應該在為某位鎮民進行臨終禱告。事實也確實如此。這位老好人牧師才剛走出溫索普行政長官辭世的房間。老牧師猶如古代的聖人一樣，身體周遭散發著耀眼的光環，在這個陰暗的罪惡之夜裡，受到了上天賜予的榮耀——就好像剛去世的行政長官把生前的榮耀全留給了他，又像是當他仰望著那位剛辭世的勝利朝聖者，跨過天國之城的大門時，自己也抓住了遙遠天國之城所照耀出來的光芒——簡而言之，好心的威爾森牧師現在正用一盞點亮的燈火，照著前方的路，打算回家。這盞燈的閃光，讓戴姆司戴爾先生有了之前的胡思亂想，他笑了——不，應該說他幾乎是在嘲笑剛才的那些念頭——並質疑自己是不是快瘋了。

當威爾森牧師用一隻手臂撐起自己的暗色大斗蓬，緊緊摀住口鼻，另一隻手把燈舉在胸前走過斷頭台時，戴姆司戴爾牧師幾乎控制不住地想要脫口而出，「祝您有個美好的夜晚，尊敬的威爾森牧師。務必請您上來這裡，和我一起度過開心的時光。」

老天啊！他真的把那些話說出口了嗎？有一瞬間，戴姆司戴爾先生相信那些話已經衝出了雙唇。不過這些終究只是他的想像。威爾森牧師繼續緩慢地往前走，小心翼翼地注意腳前的泥道，一次都沒有把頭轉向那座罪惡之台。當燈籠的閃光愈來愈遠，終至消散時，已經開始暈眩的牧師發現最後那一小段時間裡，其實是他高度焦慮的危險期，儘管他的心因為一種令人毛骨悚然的嬉鬧態度，早已不由自主地放鬆了下來。

沒多久，恐怖的幽默感又偷偷進入了他腦子裡，夾雜在許多嚴肅的幻影之中。他因為不習慣的夜晚寒涼導致四肢僵硬，不確定自己還能不能走下斷頭台的階梯。晨光終將破夜而出，照到在這裡的他吧！最早起的鎮民，會在昏暗的晨曦中走來，看到一個輪廓模糊的身影，孤獨地待在這座恥辱之台上；然後這個鎮民會在恐慌與好奇的半瘋狂狀態，逐一敲開許多人家的門，召喚所有人來看這個鬼魂——那個鎮民必定會這樣認定吧——某個已死的罪人。微暗天色中的喧鬧，將拍動翅膀，家家戶戶地傳過去。然後——當晨光愈烈——每家年長的男主人會匆忙起身，披上自己的法藍絨長袍，已婚婦女則是果斷地褪下睡服；所有平常連一根頭髮都沒有歪過的端莊人物，都會像做了惡夢似的，蓬頭垢面、衣衫不整地出現在眾人眼前。貝靈漢老長官也會邋遢地前來，脖子上歪歪斜斜繫著詹姆斯國王襞襟。除此之外，裙子上沾了幾根森林小樹枝的希賓斯夫人，表情會比以往更加乖戾，因為一夜的閒蕩，讓她幾乎沒有合過眼。還有在臨終者床前熬了大半夜的好心威爾森牧師，從自己被讚揚的聖人美夢中，早早被吵醒，絕對是一肚子的不悅。同樣朝這兒走過來的，還有戴姆司戴爾先生教會裡的長者與執事，以及盲目崇拜牧師，並在自己雪白的胸前為他設立聖壇的未婚少女，這些女孩子因為來得匆忙又困惑，所以來不及用手帕遮住胸前崇拜的印記。一言以蔽之，所有的人都會跌跌撞撞地跨出家門，然後將驚訝與驚嚇的臉轉向斷頭台。當東方豔紅的陽光灑在台上那個人的額頭上時，在大眾眼前出現的人會是誰？在這個海絲特．派恩曾經站立過的位置上，除了被嚇個半死又羞愧至極的亞瑟．戴姆司戴爾牧師外，還會有誰！

這幅畫面的怪異恐怖感佔據了牧師的所有心神，他在極度不安的心緒下，不自覺地爆出一陣大笑。沒想到立刻引來了一陣震撼心靈的孩童輕靈笑聲——只不過他無法釐清這震撼是出自劇烈的疼痛，抑或是源於強度相當的喜悅——他認出來了，那是小珍珠的聲音。

「珍珠！小珍珠！」牧師在一瞬間的沉默後大叫；接著他壓抑自己的聲音——「海絲特！海絲特．派恩！是妳嗎？」

「是，是我，海絲特・派恩。」她驚喜地回覆；然後牧師聽到了她從人行道接近自己的腳步聲。「是我，還有我的小珍珠。」

「妳從哪兒來，海絲特？」牧師這麼問。「妳怎麼會來這兒？」

「我一直守在溫索普行政長官的床前，」海絲特回答，「替他量製壽衣，現在正要回去休息。」

「到這上面來，海絲特，妳和小珍珠一起上來。」戴姆司戴爾牧師如此說道。「妳們母女曾在這兒待過，但那時我沒有站在妳們身邊。再上來一次，這次我們三個人站在一起。」

海絲特默默牽起小珍珠的手，踩著階梯走上去，站在高台上。牧師摸到了孩子的另一隻小手後牽了起來；這一瞬間，有一股不屬於他的新生命狂潮，正如湍流般奔湧入他的心中，並疾速穿過他周身所有血管，就像是這對母女正在將她們溫暖的生命力，注入他已半麻木的軀體之中。三個人形成了一條電網。

「牧師。」小珍珠悄聲道。

「妳想說什麼，小女孩？」戴姆司戴爾先生這麼問。

「你明天中午會跟媽媽和我，一起站在這裡嗎？」珍珠問。

「不會，我不會這麼做。我的小珍珠。」牧師回答。由於這一刻注入的新活力，長久以來始終讓他痛苦不堪的公開露面的所有恐懼，又回到了他的心中；這時的他，因為與這個孩子的連接而顫抖——儘管顫抖中還包含了一種奇怪的歡樂之情——「我不會這麼做，我的孩子。總有一天，我確實應該和妳的母親，以及妳，站在一起，但不是明天。」

珍珠笑了，試著把自己的手從牧師的手中拔開。可是牧師緊緊握著她的手。

「再讓我多牽一會兒，我的孩子！」牧師這麼說。

「那你答應，」珍珠這麼要求，「明天中午牽著我的手，還有我媽媽的手嗎？」

「明天不行，珍珠，」牧師如此回答，「不過將來會這麼做。」

「將來的什麼時候？」孩子堅持要知道答案。

「最終審判的那一天。」牧師輕聲地說。奇怪的是，身為專業真理之師的理性與意識，竟然驅使他如此回答這個孩子的問題。「到那個時候，在審判席前，妳的母親、妳和我，一定會站在一起。但這個世界的陽光，卻永遠看不到我們相聚的景象。」

珍珠又笑了。

在戴姆司戴爾先生結束他的回答之前，一大片來自遠方的光芒，從整個被雲霧遮蔽的天空透了出來。這片光顯然是守夜人經常在空曠地區的空中，所看到猛烈燃燒直至灰燼的流星。正因為流星的光芒過於奪目，這片光竟然澈底照亮了天地之間的厚重雲層。透亮的大穹蒼，成了一面無垠大燈的圓形燈罩，而在這面光明的大燈罩下，熟悉的街景竟然顯露出日正當中的清晰感；但也因為不熟悉的光照，這些熟悉的物品同時也呈現出了一種詭異。一棟棟階梯凸出以及饒富古趣的三角尖頂木屋、青嫩的野草在門口與門檻周邊冒出初芽、一小畦一小畦的園子，全都是剛翻過的黑土，還有並不太深的車轍印痕，連市場那兒的車印兩旁都長出了青草——這些全都清楚可見，但看起來感覺又是那麼奇特，似乎這片明亮賦予了世間萬物另一種從未出現過的精神意義。牧師就站在這片怪異的景象之中，一隻手覆蓋在心口。海絲特也站在兒，胸口那個刺繡的字母閃閃發光。而本身就是個符號的小珍珠，同樣站在這兒，連結著這兩個人。他們站在這片奇怪卻燦爛的強光之下，就像是這片強光即將揭發一切祕密，等白晝來臨，心屬彼此的人終將結合在一起。

小珍珠的眼裡有種魔力，當她仰頭看著牧師時，又擺出了那種經常會讓小臉露出精靈般表情的頑皮微笑。她把自己的手從戴姆司戴爾先生的手中抽了出來，指著街道。而他卻將雙手覆蓋胸膛，眼睛望向了天頂。

在那個年代，每次只要出現流星或其他稍微異於日月升落的自然現象，大家全將之解釋為超自然力所賜予的神諭，是再正常不過的事情了。於是，人們在午夜夜空看到的一把熾熱的矛、一柄火焰的劍、一付弓，或一束箭，都成了與印地安人交戰的先兆。眾所周知，瘟疫也是藉由陣雨般湧至的紅光，而得到了預示。我們不確定從開闢殖民到革命時期，發生在新英格蘭的所有著名事件，是否不論好壞，新英格蘭人民都曾接收過大自然某種異象的示警。只不過這類的預兆與示警的可信度，通常取決於唯一目擊者的信仰。這些人利用自己想像力的色彩、誇飾與扭曲作為媒介，以事後諸葛的思想，為大自然異象的神奇，形塑出更明確的意義。國家命運由天幕上如此難解的符號彰顯的想法，實在令人感佩。上帝在如此廣袤的紙卷上寫下某個族群的命運，或許也不是什麼賠本的生意。我們的祖先特別中意這樣的信仰，因為這表示他們尚在雛形階段的共和國，受到了上帝特別的關愛與特別嚴密的保護。只不過當某人發現在這同一張廣闊的紙卷上，上帝只針對他個人恩賜啟示時，我們又該如何解釋呢？在這種情況下，唯一的解釋只能是一個人經過長久、強烈且祕密的痛苦折磨後，病態反射出自卑的一種高度不安的心理狀態，而當他的反射從自我中心擴及整個自然，以致於整片穹蒼在他眼中僅僅只是一張尺寸適切的紙卷，用來書寫他靈魂的過去與宿命而已。

因此我們可以把這種情況，完全歸因於當事人眼裡與心裡的疾病，而正因為這樣的疾病，牧師在抬眼望向天際的最高點時，他看到天空出現了一個以模糊紅光標示出來的巨大字母——「A」。這並不表示流星並沒有在那個當兒，隱晦地一路燒穿雲霧滿布的天際。但當時並沒有牧師滿腹罪惡所想像出來的那個字母，或者，最起碼，天空出現的紅光圖案，並不是那麼明確，因為在另外一個心中有罪惡感的人看來，他看到的可能是另一幅圖案或另一種符號。

戴姆司戴爾先生當時正處於一種獨特的情況下。在他仰首望向天頂的這段時間，他始終極其清醒地知道，小珍珠正指著離斷頭台不遠處的齊靈沃斯。牧師顯然也看到他了，猶如一眼就辨識出天空那個奇蹟的字母一樣，牧師只看一眼就知道是他。流星拖曳出的光，為老醫生的身形以及所有其他事物，都賦予了一層新的外觀；又或者是在那個當下，當老醫生注視自己的受害者時，可能不像其他時候那麼小心翼翼地隱藏起自己滿腹的怨恨了。當然，如果流星點燃了整個夜空，把整個世界都揭露在人們眼前，並呈現出最終審判日，訓誡海絲特與牧師那樣令人畏懼的景況時，也許齊靈沃斯會代表撒旦，在旁邊怒目但面帶微笑，參與他們所需經歷的審判，並正式提出自己的主張。老醫生臉上的表情如此鮮活，或者該說如此強烈，以至在牧師的感覺中，當流星消失，老醫生的表情似乎仍在黑暗中持續顯現，而且效果強烈到周邊的街道以及其他事物，似乎全都不復存在。

「那個人是誰，海絲特？」戴姆司戴爾先生喘著氣這麼問，恐懼完全征服了他。「我看到他就會發抖。妳認識那個人嗎？我恨他，海絲特！」

海絲特仍記得自己誓言，她一言不發。

「我跟妳說，一看到他，我的靈魂就顫抖不止。」牧師再次喃喃低語。「他是誰？他是誰？妳不能幫幫我嗎？我對這個人有種莫名的恐懼。」

「牧師，」小珍珠說，「我可以告訴你，他是誰！」

「那麼，快告訴我，孩子！」牧師傾身把耳朵貼近珍珠的唇邊。「快告訴我，而且愈小聲愈好。」

珍珠在牧師耳邊低聲咕噥，聽起來的確像是人類的語言，但其實可能只是孩子在一起時用來自娛的童言童語，毫無意義。總之，就算珍珠小聲嘟囔的內容裡真的包含了老羅傑．齊靈沃斯的祕密情報，學識淵博的牧師也聽不懂，反而讓他心裡的困惑愈來愈深。然後這個精靈般的孩子大笑了起來。

「妳現在是在嘲弄我嗎？」牧師這麼問。

「你都不勇敢！——你不是真的！」孩子這麼回答。「你都不答應明天中午牽我的手，還有我媽媽的手。」

「高尚的先生，」已經走到高台邊的醫生開口說道，「虔誠的戴姆司戴爾牧師啊！是你嗎？哇，哇，真的是你啊！像我們這種把頭埋進書堆裡的讀書人，特別需要仔細的照顧，我們醒著會作夢，睡著會夢遊。來吧，善良的先生，也是我親愛的朋友，請讓我帶你回家吧！」

「你怎麼知道我在這裡？」牧師誠惶誠恐地這麼問。

「說實話，」老醫師回答，「我對你在這裡的事情一無所知。今晚大半夜我都在虔誠的溫索普長官床前，盡我有限的能力，讓他能感覺舒服一點。他要回到一個更好的世界去，而當那道光在空中閃耀時，我也一樣在回家的路上。跟我一起走吧，尊敬的牧師，不然你無法善盡明天安息日的義務了。啊，看看這些東西是多麼耗神耗腦啊——這些書——都是這些書的錯！你不應該再那麼用功了，親愛的先生，你得撥出一點休閒的時間，不然這些夜晚的怪異行為會變成習慣。」

「我會跟你一起回家。」戴姆司戴爾先生這麼說。

一陣寒冷澈骨的沮喪襲來，牧師猶如一個全身麻木從惡夢中醒來的人，就這樣順從地跟著醫師離開。

不過在第二天的安息日禮拜上，牧師主持了他有史以來最精彩、最有說服力，也是最有內容的一次布道會，對教友產生了極大的影響。大家都說，在那場講道中，不止一個靈魂，而是許許多多的靈魂，都因牧師的布道內容而震撼，並因此被引導到了真理面前。這些教友對自己起誓，自此爾後，將對戴姆司戴爾永懷聖潔的感激之情。當牧師步下聖壇階梯時，白鬍子的教堂司事迎過來，舉起一隻黑色的手套；牧師認出那是自己的手套。

「這隻手套，」教堂司事解釋，「是今天早上在公開羞辱作惡壞人的斷頭台上發現的。我想應該是撒旦為了要卑劣地取笑牧師先生，而掉落在那兒的東西；不過說實話，撒旦向來都是又瞎又蠢，純潔的手根本不需要用手套去遮掩。」

「謝謝你，親愛的朋友。」牧師臉色嚴肅但心臟狂跳地接口說道。他的記憶凌亂，幾乎以為昨夜的事件不過是一場幻想。「是的，看起來的確像是我的手套。」

「既然撒旦覺得偷您的手套是他該做的事情，牧師先生，您從今以後就必須不用手套、赤手空拳地去對付他。」老教堂司事認真笑著跟牧師這麼說。「不過，牧師先生，您聽說了昨天夜裡大家看到的那個徵兆了嗎？一個大大的紅字出現在天上——一個A字，我們都認為那個字代表的意義是天使。因為我們善心的溫索普長官在昨天晚上變成了天使，所以天生異象也就理所當然了！」

「沒有。」牧師回答，「我沒有聽說過這件事。」

13 海絲特的新形象

海絲特和戴姆司戴爾先生上一次的意外會面時，震驚於牧師的落魄程度。他的精神狀態似乎已完全崩毀，辨別善惡的能力也低下到比孩童的怯懦還要糟糕。即使他的智識能力仍維持在原有的高度，甚至還可能得到了一種只有疾病才能激發的病態亢奮力量，但他整個人卻是毫無力氣地匍匐在地。因為海絲特知道很多大家所不知的事情，所以她很快確認牧師目前的狀態，除了他自己良心的合理反應外，他的健康與平靜還被操控在一種目前仍持續運作的恐怖機制之下。海絲特很清楚這個墮落的可憐人曾經的樣子，因此當他將引發自己渾身戰慄的恐懼，在她這個遭到社會遺棄的女人面前呈現出來，並尋求她的支持，來對抗他直覺感應到的敵人時，她的整個靈魂都因之心痛。於是，海絲特下定決心要給予牧師最大的協助。

由於長久的離群索居，她並不習慣用任何自身以外的其他標準，來判斷自己想法的對錯，但是她看到了——或者說她以為自己看到了——自己對牧師有一種責任，那是她對其他人或整個世界都沒有的感覺。所有將她和她以外的人類世界連結在一起的東西——不論是與花朵、絲綢、金子或任何其他有形物的連結——都已被打破。唯有她與他之間的共同罪行，是他或她，都無法拆毀的鋼鐵般連結，不過也像其他所有的束縛一樣，這樣的連結自有其應存在的責任。

海絲特現在的處境，與我們之前在她受辱階段時看到的處境，並不完全相同。

許多年轉眼消逝，珍珠已然七歲，而紅字依舊以與眾不同的刺繡圖樣，閃爍在胸前的她的母親，鎮民早已習慣她的存在。人群中的特異分子，不論因什麼原因而特異，若未妨礙公眾或個人的利益與便利，最終通常會贏得普遍的敬重，而海絲特正是這樣的例子。這樣的轉變其實根源於人性，除了人性中自私自利的因子主導作祟的時候，相較於仇恨，人性其實更容易去愛。除非原有的敵意不斷受到新的刺激，阻礙了仇恨的轉變，否則在經過緩慢而沉默的過程後，仇恨甚至可以蛻變成愛。以海絲特的情況來說，既沒有刺激的因子，也沒有麻煩的理由。她從未與眾人為敵，反而逆來順受且毫無怨言地接受群眾最不公平的對待；她從未要求社會補償她的委屈，也從未讓大家因為她而感覺內疚有愧。

除此之外，這些年毫無瑕疵的純潔生活，已將她和當年的不名譽事件隔出了一段距離，並贏得了大多數人的善意。在人們的眼裡，海絲特現在不可能再失去任何東西了，她沒有任何希望，似乎也沒有願望想要得到任何東西，讓她唯一真正掛念於心的，只剩下可以讓她這個可憐的迷途羔羊回到正途的美德了。

大家還發現，海絲特除了呼吸所有人共有的空氣，並用她的雙手辛勤工作，賺取自己和小珍珠每日食用的麵包外，她甚至從未要求享受過任何一絲這個世界的特權——但她卻在任何一個可以提供協助的時候，毫不猶豫地承認自己與人類種族之間的同胞關係。她總是隨時準備將自己並不豐腴的一切，贈予給每一個有需要的窮人；儘管這些貧民對她定期送到門口的食物，或用她那雙有資格為君王縫製刺繡皇袍的巧手，所縫製的衣服，都冷心冷腸地透過譏笑以怨報德，她依然故我。每當疫病在鎮上肆虐時，海絲特總是最無私奉獻的那一個。除此之外，任何不幸事件發生時，不論是公共災難或個人意外，她這個遭社會遺棄的人，也總是能立刻找到適當的位置，貢獻所有。對於因為麻煩而愁雲慘霧的家庭，她不像客人，倒像本來就是家中一分子那樣地介入幫忙；這些家庭的悲慘狀態，似乎正是讓她與人類同胞互動的媒介。

她胸前那個刺繡的字母，散發出一種不屬於這個塵世的微弱光芒，而這道光芒中有一種撫慰人心的力量。這個在其他地方代表罪惡的標記，在病房中卻是一道燭光。這個字母所發出的微光，甚至穿越了時間的界線，照亮了受難者艱辛的困境。這抹微光，讓受折磨者在臨終時知道，在這個世界的光即將黯淡轉黑，而未來世界的光尚未迎接到自己時，自己可以在何處落腳。在這些危急的時候，海絲特展現出溫暖而醇厚的天性——那是人類慈悲的泉井，絕不會令真正有需要的人失望，也一定不會在需求量最大的人之前枯竭乾涸。

海絲特那個貼著恥辱標緻的胸懷，其實是需要者最柔軟的枕頭。她要求自己成為慈善會的修女，或者更合適的說法，應該是儘管這個世界或她自己都沒有想過會變成這樣，但這個世界的沉重壓力卻注定她會這麼做。

紅字成了她被召喚的符號。大家從她那兒得到了無數的協助——她有如此多的力量可以付出以及體諒——以致於許多人拒絕再用原有的意義去詮釋她胸前的A字。他們說那個A字代表的是能力，表示海絲特・派恩擁有強大的女人力量。

然而只有陰沉的屋子才容得下她。陽光升起時，她已離開。她的影子會消失在門檻處。伸出援手的家人離開了，即使那些接受到她熱心協助的人們滿懷感激，她也不會回頭收穫他們的感激，一次都不會。街上相遇時，她不會抬頭接收他們的問候；就算對方堅持和她打招呼，她也只是把手指放在紅字上，然後繼續向前走。這樣的舉動也許是驕傲，但更像是謙虛，她因此在大眾的心中產生了一種謙虛的柔化影響。其實群眾的情緒專橫，若當事人沒有奮力不懈地要求行使自己的權利，大眾經常會否定放諸四海皆準的正義；然而當事情的發展投群眾所好時，大家不僅會公正對待，還經常會慷慨給予其他更多的獎酬。如果把海絲特的舉止，定義為這種投群眾所好的行為，那麼大眾可能會給這位曾經的受害人更和善的待遇，而且要比她所樂於接受或應得的對待，更加寬容。

這個社群中的領導者以及有識之士，比一般人用了更長的時間去承認海絲特良好品德的影響力。這些人與一般民眾所共有的成見，在他們自己的圈子裡，另外又加上了一層論據的鐵框架予以強化，因此要卸除這種人的成見，必須多花非常多的力氣。不過日復一日，他們酸腐而不知通融的皺紋，也慢慢在多年後自然地放鬆，或許還可能變成一種幾乎稱得上是和藹的表情。位居社會高位，且在自己高貴身分上背負著護衛大眾道德責任的那些人，也一樣出現轉變。另一方面，一般百姓在私底下也都原諒了海絲特的脆弱；不，更有甚者，他們不再視紅字為她背負已久的罪惡或懺悔的陰沉標誌，而是自此開始將那個字看成是她許多美德的表徵。

「你看到那個帶著刺繡標記的女人了嗎？」他們會這樣對陌生人說。「那是我們的海絲特——她對窮人和善、給予病人協助，並撫慰受苦的人們。」

當然，人性確實慣於傳訴最壞的事情，事不關己的第三方總是會對陌生人提起久遠以前的不名譽醜聞。不過，即使是那些提起過去的人，也不能否認紅字具有和修女胸前十字架相同效果的事實。紅字賦予配戴者一種聖潔性，讓她能夠安全走過所有磨難。即使她在賊人群中摔倒，紅字也會保佑她的平安。據說有個印地安人曾舉箭射向那個標誌，射中了目標的箭卻無故跌落在地，佩帶標誌者毫髮無傷；許多人相信這個傳聞曾真正發生過。

但這個標誌的效果——或者應該說是這個標誌所代表的社會地位——在海絲特的心裡，卻是既強大又特別。她個性中所有光明與優雅的一面，早就因這個灼熱的紅色標記，而全部枯萎，而且很久以前就都已凋零落地，只剩下可能令人覺得厭惡的光禿禿與粗糙外殼，若她還有朋友或伙伴，只怕他們也會因此而排斥她。甚至連她個人的魅力也因這樣的心理變化，而出現了類似的轉變。她的轉變或許有部分要歸因，她在穿著上刻意而不自然的質樸，另有部分則是因為她缺乏感情的行為舉止。她的轉變也是一種可悲的轉變，那頭原本潤澤而光滑的長髮，不是被剪短，就是用一頂帽子遮住，光閃耀人的髮絲從此再也沒有機會沐浴在陽光中。

除了前述的那些原因外，她的轉變還有其他的緣故，那就是，愛再也沒有在海絲特的臉上停駐過；儘管她的身形依舊莊嚴且挺直地像座雕像，卻沒有任何可以吸引激烈的熱情渴望擁抱的地方；海絲特的胸懷之中，不再有任何供情愛安枕之處。她身上某些身為女人所必須具備的特質，已徹底離她而去。當女人必須在生活中，面對並容忍特別苛刻的困苦過程時，這樣的轉變，通常就是她的宿命以及她女性特質，和自身發展，所面對的嚴苛過程。如果柔順是這個女人全部的特質，那麼她只有死路一條。如果這個女人能存活下來，那麼她身上所有的柔順特質，若非全部遭到擊碎消失，就是——她的外表也無法倖免於難——被打擊到內心的極深之處，再也不會出現。將柔順壓制至心靈最深處，或許是最符合事實的說法。曾經是女人的她，已不再是女人。但若出現神奇的感動，引發蛻變，她或許隨時又能再做回一個女人。就讓我們拭目以待，看海絲特之後會不會有這樣的境遇與蛻變吧！

海絲特冰冷如石的感覺，有很大一部分，是因她的生活環境，從熱情與感性轉變成為理性。孤獨活在這個世界上——從她對這個社會的依存需求，以及她對小珍珠的引導與保護責任來看，她確實是孤獨的一個人——儘管她根本不屑於思考可能重拾原來身分，但僅從這種事情絕不可能發生的角度來看，她確實是孤孤獨獨的一個人，因為她連與這個世界連結的鎖鍊碎片，都已全部丟棄。這個世界的律法，不是她心中的律法。

在這個時代，人類的智識才剛解放，相較於數百上千年前，大家對於知識的探索態度更積極，探索的範疇也更寬廣。執劍者推翻了王侯貴冑。比王侯貴冑更勇敢的人，廢除了與古代原則有密切關連的整套古代偏見系統，並加以重新整理——當然並非真正的完全廢除，但王侯貴冑的地位，正是因為古代那套偏見系統的理論，才得以棲身與鞏固。海絲特就具備這樣勇敢的靈魂。她接納了當時在大西洋彼岸極其普遍的自由思想觀念，若是我們祖先知道海絲特的這個特質，只怕她的罪行要比紅字帶來的污名更加致命。海絲特在她海邊那間孤獨的小木屋裡，經常接待不敢造訪其他新英格蘭家庭的思想貴客。若有人看到這些幻影客人敲著她家大門，只怕會為她這位東道主帶來像惡魔一樣的危險。

最善於大膽思考的人，出乎意料地通常總是最安靜順從社會外在規範的一群人。思想能滿足這些人的需要，因此他們無需再將血肉投注於實際的行動上。海絲特似乎就是這樣的人。不過，如果小珍珠未曾從靈性的世界來到她的生活之中，事情很可能會與現況出現極大的差異。小珍珠若從未出現，那麼海絲特留在我們歷史中的紀錄，也許會與安・哈金生攜手建立一個宗教流派，並且有很大的機會在某個階段成為一名女先知。還有，儘管可能性不高，但她還是有可能因為試圖傷害清教體系的基礎，而遭到當時苛刻的法庭判處死刑。不過因為要教育孩子，這位母親狂熱的自由思想，受到了一定程度的壓制。天意透過這個小女孩選定海絲特，在種種艱困的環境下，珍惜並培育女性意識的初芽，並讓初芽開出茂盛的花朵。一切狀況都對她不利；這個世界充滿敵意；這個孩子的天性也有些不對勁，讓她不斷質疑孩子是否先天不良——是否因為她是她母親不符律法的激情後果——這種種的念頭，經常迫使海絲特心中悲苦地自問，這個可憐小傢伙的出生，究竟是禍還是福？

確實，她心中常常冒出這個陰暗的問題，然後連帶想到攸關所有女性的一些疑問。生存，即使是對最快樂的女人而言，是值得接受的事情嗎？若只考慮自己的生存，海絲特早就認定了否定的答案，而且因為絕對不會更改這個答案，所以她拒絕針對這個議題再做討論。不論男女，陷入思考都可以讓人安靜，但思考卻讓她感覺悲哀。她看得出來，她眼前或許是件根本不可能達成的工作。首先，整個社會系統必須完全破壞再重建。接下來，男人的本性，或者該說男人因長久以來世代相傳，進而成為像是天性的習慣，必須從根本改變，女人才能擁有看起來公平合理的地位。最後，當所有其他的困難都已排除，女人還必須經歷自身更重大的改變，否則之前的所有變革都無法為女人所有；但在重大改變的過程中，女人最真實生命中的一些天性，很可能會因改變而灰飛湮滅。女人無法僅依賴思考去解決這些問題。這些問題無法靠一般的處理方式去解決，或者應該說，無法靠某一種單一的方式去解決。如果女人的心靈剛好是主導一切的力量，那麼這些問題便都能迎刃而解。但是海絲特的心靈已經失去原有規律與健康跳動的力量，就只能毫無頭緒地迷失在黑暗的心靈迷宮內；時而因無法跨越的絕壁而變更方向、時而因深淵而向後轉。她的身邊盡是荒野與令人不寒而慄的景象，無處是家，也無處可以尋求慰藉。有時候一種恐怖的疑慮會用力試圖奪取她的靈魂，讓她不知道立刻把珍珠送上天堂，然後讓自己走向永恆審判為她所決定的將來，會不會是較好的選擇。

紅字並未克盡義務。

不過，在戴姆司戴爾牧師不眠的那一夜與他見面，卻讓現在的她有了新的反省主題，也幫助她豎立了一個似乎值得用盡全力並不惜犧牲去達成的新目標。她親眼目睹了牧師的掙扎，或更正確的說法，應該是他不再為了背後的強烈折磨而掙扎。她看到他就算還未成為瘋子，也已站在瘋狂的邊緣。無庸置疑地，不論那久遠以前的祕密毒刺擁有多麼強大的致痛效用，另外一種更致命的毒液，已經藉由那隻減輕他病況的手，注入了那根祕密毒刺中。一個祕密的敵人始終在牧師身邊，披著朋友與救助者的偽裝外衣，掌握所有機會，在牧師本性中的纖弱簧片上動手腳。

海絲特不禁自問，她自己的真理、勇氣與忠心是否本來就有瑕疵，否則怎麼會眼睜睜地看著牧師被推入一個滿是邪惡，且沒有任何良善可以期待的悲慘之境。她唯一自辯的理由，只有自己之前除了默許齊靈沃斯假冒身分的計畫外，找不出任何既可以拯救牧師脫離那更黑暗的毀滅之路，也不讓自己滅頂的方法。她之前就是在那樣的衝動下做出決定，並選擇了現在看起來結果更傷人的作法。現在她決定要盡可能彌補過錯。多年來的艱困與嚴肅試煉，讓她變得更堅強，她覺得自己不再是那天夜裡在牢房中與齊靈沃斯談話時，因為那些至今依然記憶猶新的罪惡感與恥辱，而陷入半瘋狂境界的那個人了，她覺得自己不再是無法應付齊靈沃斯的人了。她已經從當時的低谷，一路爬到了較高的位置。反觀那個老人，因為復仇，而降尊屈膝自貶到與她差不多的高度，或者說不定他的地位還沒有自己高。

總而言之，海絲特決心迎戰她的前夫，並盡自己一切力量，把現在明顯已陷入他掌握中的受害者拯救出來。沒多久，她就找到了這樣的機會。有天下午，當她正和珍珠在半島的一處隱蔽之地散步時，看到了那位一手挽著籃子、一手拄著杖的老醫生，正彎腰沿著一塊土地尋找可以調製成藥方的樹根與藥草。

14 海絲特與醫生

海絲特支開小珍珠到海邊去玩貝殼與糾纏的海草，讓自己有機會和正在不遠處收集藥草的那個人說話。小女孩像鳥兒一樣地飛離，光著兩隻白白嫩嫩的小腳，沿著濕濕的海邊啪嗒啪嗒地跑來跑去。小珍珠不時急停下身，好奇地窺視退潮後所留下的小水塘，並將水塘當成鏡子，看著自己映在其中的臉。她在水塘外看到一個小女孩的影像，滿頭烏黑發亮的捲髮，眼睛裡有精靈般的笑意。由於她沒有其他的玩伴，所以伸手想要牽住水塘中那個女孩的手，和她賽跑。不過水塘裡那個幻影般的小女孩，也同樣在向珍珠招手，似乎在說——「這兒比較好玩，妳到水塘裡來。」於是珍珠踩進了及膝的水中，看著自己白皙的腳踩著水底；同時，在較低處更深的地方，一種破碎的微笑閃現，來回飄盪在浮動不止的水上。

這個時候，小珍珠的母親已經在和醫生說話了。

「我想和你談一下，」她這麼說，「談一談對我們兩個人都很重要的事情。」

「啊哈！海絲特夫人要和老羅傑．齊靈沃斯談一談？」醫生站在原地挺直了腰。「樂意之至。嗯，夫人，到處都是妳的好消息。就在昨天晚上，一位睿智又虔誠的行政長官才提起妳，海絲特夫人，他悄悄地跟我說，委員會對妳有些意見。大家在爭論，若把那個紅字從妳身上取下來，會不會損及公眾利益。我以生命發誓，海絲特，當下我就懇請令人尊敬的行政長官立刻執行這項提議。」

「取下這個標記的決定權，不在於行政長官。」海絲特冷靜地回答。「如果我真有資格移除這個標記，那麼這個標記自然會脫落，或是轉變成傳達另一種意義的東西。」

「好吧，那妳就戴著吧！妳高興就好。」老醫生接口，「女人本來就應該隨著自己的喜好安排自己的裝飾品。那個字繡得很華麗，放在妳的胸前也很漂亮。」

在兩人交談的同時，海絲特專注地看著這個老人，並深深震驚於這個人在過去七年間的巨大改變。所謂的巨大改變，並不是指他變得更老；儘管歲月的痕跡清晰可見，但他保養得當，而且維持著相當剛強的活力與機敏。然而過去好學不倦的知識分子模樣，她記憶中最深刻的平靜與沉默的態度，全都煙消雲散，取而代之的是一種急切、銳利到幾乎兇暴，卻又小心警戒的神情。用微笑遮掩這樣的表情，似乎是他的希望，也是他的目的，然而他的微笑卻讓他顯得更虛偽，且閃現在他臉上的微笑充滿嘲弄之意，以致旁觀者更能看清微笑後面的陰狠。他的眼睛不時還會發出耀眼的紅光，就好像這位老人的靈魂全都浸沉在火中，因此胸膛內全是不斷冒出的陰沉燻煙，直到某次不經意的情緒激動，燻煙才會被煽動成瞬間的火焰。但他總是以最快的速度壓抑竄出的火焰，然後盡力裝作若無其事。

簡言之，齊靈沃斯是證明人只要有意願，經過一段相當的時間，就有能力從人變成魔鬼，並承擔起魔鬼工作的有力證據。這個不快樂的男人，在七年的時間裡，奉獻出自己的一切，只為了去剖析一顆滿是折磨的心，並從中得到樂趣，進而加油添柴增加那些折磨的猛烈程度，同時他持續不斷地分析，並幸災樂禍地竊喜。

海絲特胸膛上的紅字在燃燒，因為這個已成荒蕪一片的靈魂，有她該負擔的部分責任。

「我臉上有什麼東西，」老醫生如此問，「讓妳看得目不轉睛嗎？」

「如果眼淚的苦澀足以表達我的心情，那麼你的臉上確實有讓我難過到想哭的東西。」她這麼回答。「不過不提這個了！我要談的是那個不幸男人的事。」

「他的什麼事情？」齊靈沃斯急迫地大叫，就好像他極為熱愛這個話題，而且非常開心有機會跟唯一一個他可以視為知己的人談論這件事。「別隱藏事實，海絲特夫人，我的思緒剛好也正繞著這位先生轉，所以妳隨便談吧，我都會好好回答。」

「我們上次在一起說話，」海絲特說，「已經是七年前的事了，那時你強行要我承諾，不觸及任何關於你我之間關係的事情。那個男人的生命與聲譽，都握在你的手上，我似乎也沒有其他選擇。可是對這樣的自我約束，我卻不是毫無疑慮，因為儘管我放下了對其他人的所有責任，唯獨對他，我有一份義務；當我發誓守住你的提議時，就一直有個聲音在我耳邊對我說，我違背了對他的這份義務。從那天起，你和他之間的親近距離，無人能及。你在他身後，踏著他走過的每一步。不論睡著或醒著，你都在他身邊。你探索他的思想、鑽進他的心中，讓他心痛。你的爪子緊緊掐著他的命，讓他每天生不如死，但他卻依然不認識真正的你。在這個唯一一個我可以在他面前保持真實面貌的人，默許這種情況發展的我，無疑扮演了錯誤的角色。」

「妳有其他的選擇嗎？」齊靈沃斯這麼問。「我這根指著那個人的手指，隨時可以把他從他的講道壇推進地牢，說不定還可以把他從地牢丟上斷頭台！」

「你最好這樣做！」海絲特說。

「我對這個人做了什麼事？」齊靈沃斯再次提問。「我告訴妳，海絲特，就算是帝王賜予最豐厚的醫療費，也換不到像我這樣衣不解帶、荒廢時間細心照顧這名可悲牧師的醫生。如果不是我的照護，他的生命早就在他和妳犯下罪行最初兩年的痛苦中燃燒殆盡了。因為，海絲特，就跟妳一樣，在類似妳那個紅字的重擔之下，他的靈魂缺少了可以振奮的力量。噢，我大可以揭露一個天大的祕密，不過夠了！我在他身上竭盡了所有醫術之能，他現在可以在這個世界上苟延殘喘，全是我的功勞。」

「沒錯，女人，妳說的一點都沒錯！」老醫師大叫，就這樣在她眼前，他讓心裡的沖天烈焰迸奔而來。「他最好立刻去死！受盡所有折磨的人也沒有他受的多，而且一切、一切的折磨，全都看在他最大的敵人眼中！他一直都意識到我的存在，也始終可以感覺到一股像詛咒般的影響力，停駐在他身邊。他知道，因為某種第六感——造物者從未創造出比他更敏感的生物了——他知道拉扯他心弦的那隻手來者不善，也知道有雙眼睛始終帶著窺探的目的盯著他瞧，這雙眼睛只想尋找罪惡，而且找到了。但他不知道那是我的手、我的眼！他的同伴多半迷信，因此他以為已將自己交付給了魔鬼，可怕的夢境、絕望的思緒、悔恨的刺痛以及絕不可能得到的寬恕，全讓他飽受折磨，也讓他事先品嚐一下死後所要經歷的滋味。而這所有的陰暗，全都源於我這個隨侍在側的人，這個他以卑劣的行為錯待最嚴重那個人，這個後來慢慢僅靠著最渴切復仇的永恆劇毒而生存的人！沒錯，他一點都沒弄錯，他身邊確實有個魔鬼！一個曾經擁有人心的凡夫俗子，為了讓他得到特別的折磨而成為魔鬼！」

當這些話從這個不幸的醫生口中吐出時，他面帶驚恐地舉起雙手，猶如看到了什麼他無法辨識的恐怖影像，正在篡奪鏡中的自己倒影。多年來鮮少出現的瞬間重現，這是一個人的道德面，在自己心靈之眼前忠實地呈現的瞬間。或許他從未像現在這樣正視過自己。

「你折磨他折磨得還不夠嗎？」海絲特這麼問，她也注意到了老人的表情。「他欠你的債，還沒有償清嗎？」

「沒有，當然沒有！他欠我的愈來愈多了！」隨著醫生的回答，他原本狂暴的神情不再，臉上的平靜轉變成了一種陰沉。「妳還記得我嗎，海絲特，九年前的我？即使在那個時候，我都已經是邁入初秋的中年人了。但那個時候的我，生命中只有認知、好學、沉思與安靜的歲月，所有的時間都忠實地用來增加自己的知識，同時也忠實地用來增加人類的福祉，儘管相較於求知，增加人類福祉的這個目的有點漫不經心。天底下沒有比我更平靜與純真的心了；很少有人可以活得這麼富裕，卻又獲益良多。妳還記得我嗎？雖然妳覺得我冷淡，但我難道不是一個體貼別人，卻幾乎別無所求的人？就算沒有熱情，我難道不是一個慈悲、真實、公正，以及從一而終的人？我不是嗎？」

「你是，而且遠比你說的更好。」海絲特回答。

「看看我現在變成了什麼樣子？」他注視著她的臉，如此質問，並放任心中所有的邪惡在五官間流竄。「我已經告訴過妳，我現在是什麼了——我是一個魔鬼！是誰讓我變成這樣的？」

「是我！」海絲特戰慄不止地大叫。「是我，我犯的錯不比他少。你為什麼不報復我？」

「我已經把妳留給紅字了！」齊靈沃斯回答。「如果連紅字都無法幫我報仇，我也想不出其他復仇的方法了！」他笑著把手指放在紅字上。

「這個字幫你報了仇。」海絲特接著說。

「我覺得差不多是這樣，」醫生如此回答。「現在我要動這個男人，妳打算怎麼辦？」

「我必須把祕密說出來。」海絲特堅定地這麼說。「他必須認清你的真正面目。我不知道這樣做會有什麼結果。但長久以來，我欠他一個真相，因為我，而造成他的這些禍事與頹敗，也終於有機會償債了。就目前而言，他的信譽與世俗地位，或者還有他的生命，要毀或留，都掌控在我的手裡。這個紅字磨練我，讓我遵從真相，就算進入心裡的真相有如燒紅的熾鐵，我也要遵從真相。再說，我一點也看不出來，他這樣過著如死人般空虛的日子，能有什麼好處，足以讓我卑屈地哀求你大發慈悲。你想怎麼對付他，都隨你的便！對他、對我、對你都沒有好處，對小珍珠也沒有好處。在這個淒涼的迷宮裡，沒有任何路可以指引我們走出去。」

「妳這個女人，我簡直要可憐妳了！」齊靈沃斯這麼說，幾乎無法自制地要為她所展現出來的莊嚴絕望之情大表讚嘆。「妳有一些了不起的特質。如果妳早點遇到比我更好的愛人，說不定現在這些罪惡都不會出現。妳浪費了本性中的這些美好，我可憐妳。」

「我也一樣可憐你，」海絲特接口說道，「因為仇恨讓你從一個公正的智者，轉變成了一個魔鬼！你會洗淨罪惡，再變回人嗎？不是為了他，更是為了你自己這麼做！寬恕吧，把他未來的報應留給老天去處理！我剛剛說不論是他、你，還是我，都不會有好下場，我們只不過是一起遊蕩在這個邪惡的陰沉迷宮中，每走一步，都會因為自己在路上遍灑的罪惡，而顛躓踉蹌。但其實不是這樣的！只要你有寬恕的意願，前面仍可能有美好的事情等著你，只有你，因為你是被重重辜負的那個人。難道你要放棄這唯一的特權嗎？難道你要拒絕這無價的恩典嗎？」

「冷靜，海絲特——冷靜！」老人用一副黯然的堅決表情如此回應。「上帝沒有賦予我寬恕的能力，我沒有妳所說的那些力量，我早已遺忘的舊有信仰，又回來向我解釋，我們的所作所為，以及我們飽受折磨的一切。從妳踏錯的第一步起，妳就種下了仇恨的種子；而從那一刻起，一切都成了陰暗的必然。除了具象徵意義的幻想層面，辜負了我的妳，並沒有罪；我其實也不是一個像魔鬼般的人，做著從魔鬼手中搶來的工作。這不過是我們的命罷了。就放任黑色的花朵盡情開放吧！現在，妳走妳的路，隨便妳想對那個男人做什麼，去做吧！」

老醫師揮揮手，回頭重新專心忙著收集藥草的工作。

15 海絲特與珍珠

於是這個身形扭曲、面容也令人不安，且無法輕易忘懷的老人，離開了海絲特，繼續彎腰駝背地往前走。他不時摘取一株藥草，或費力搜尋一塊樹根，放進挽在手臂上的籃子裡。當他幾近爬行時，白鬍子幾乎觸及地面。

海絲特注視了他好一會兒後，帶著半異想天開的好奇心，看著初春時分冒出頭的柔嫩青草，想著這些青草不知會不會在他的腳下枯萎？生氣蓬勃的新綠草地上，會不會被他踩出一條枯黃的歪斜足跡？她不知道老人如此細心收集的藥草是什麼種類，這片土地會不會因為與他眼神交會而甦醒，並為邪惡服務？只要經他手指輕輕點彈，至今無人所知的毒性灌木就會被啟動來迎接他？或者，為了滿足他的需求，每一種有益健康的植物，會不會在他的碰觸下，全變成具有毒性的有害植物？明亮而歡快照耀所有地方的太陽，真的也會照耀著他嗎？又或者，會不會有一圈不祥的陰影，總是圍繞著他那扭曲的身體，就像看起來的那樣——不論他轉向哪裡，陰影都如影隨形？他現在要去哪兒？他會不會突然掉入地底，留下一小塊貧瘠的受災區，然後經過一定時間的風霜雨雪後，這一小塊地方就變成致命的魔鬼藥草、山茱萸、莨菪，或各種這裡氣候容許生長的惡毒植物繁盛茂密之處？抑或他終會張開蝙蝠的翅膀，逃離墜落之處，飛得愈高、離天堂愈近，面容就愈醜陋？

「不論有沒有罪，」海絲特的眼睛依然盯著他不放，刻薄地說，「我都痛恨這個人！」

情緒上的變化讓她自責，但她卻無法擺脫或減緩這樣的情緒波動。在試圖平靜情緒的同時，她憶起了在遙遠之地的遙遠過去。他總是在黃昏時分走出隱居的書房，坐在兩個人家裡的爐火邊，沉醉在她已婚婦人的微笑中。他需要沉浸在妻子的微笑裡，他這麼說，才能將好幾個小時埋首書中的冷寂，從那個學者的心中驅離。這樣的畫面，曾經在她腦海中出現過一次，那時帶來的感覺只有幸福。但現在，當她從之後經歷的悲慘生活，再回顧過去時，那些畫面卻被歸類成了記憶中最不堪的情景。她對這些畫面曾經代表的意義，感覺不可思議；自己竟然嫁給了他，也讓她感覺不可思議。她認為自己最該懺悔的罪行，應該是她竟然曾經容忍並回報他冷淡之手的緊握，並默許自己唇邊的微笑與眼神，和他的微笑與眼神交揉、融合。相較於齊靈沃斯婚後的所作所為，她認為他對她更惡劣的侮辱，莫過於他在她的心還懵懂無知之時，說服了她，讓她以為在他身邊是很幸福的。

「沒錯，我恨他！」海絲特比以往更刻薄地這麼說。「他背叛了我！他對不起我的地方，遠比我辜負他的更多！」

除非男人能贏得女人心中最深的激情，否則就讓那些得到女人婚約承諾的男人，心驚膽跳地牽起女人的手吧！沒有感情的婚約承諾，很可能會變成男人悲慘的命運，就像齊靈沃斯那樣；因為當某種比這些男人更強而有力的觸碰出現時，女人所有的感情都可能因此甦醒，那些男人包裹成溫暖現實，並加諸在她身上的平靜生活，以及冰冷的快樂景象，都會被她視為羞辱。不過海絲特應該在很久以前，就不再在乎這種不公平的待遇了。這些不公平代表什麼呢？難道在這長長的七年裡、在紅字的折磨之下、在遭受到如此多痛苦之後，還壓榨不出她的任何悔悟嗎？

當她站在那兒，注視著齊靈沃斯佝僂的身軀時，那短暫的情緒波動，在海絲特的心中投下了一道黯黑的光線，揭露了一些其他時候她不會對自己承認的事情。

他離開了，她得把孩子喚回身邊。

「珍珠！小珍珠！妳在哪兒？」

活動力從不止息的珍珠，在她母親與採藥老人說話的時候，依然自得其樂。一開始，她如之前所描述地發揮想像力，跟自己在水塘裡的倒影嬉戲，招手要水塘裡的幻影走過來，然後——因為幻影拒絕前進——小珍珠就想方設法，試圖找出一條可以通往那個摸不到地，也觸不到天的世界裡的路。不過她很快就發現，自己和幻影之間，有一個是不真實的存在，於是她又把目標轉向其他更好玩的遊戲。她用樺樹樹幹做了幾條小船，並在船上擺放蝸牛殼，然後把小船送進大海中探險，她的船隊規模比任何一個新英格蘭的商人都大；可惜大部分的船隻都在岸邊沉沒。她抓了一隻鱟，提著鱟尾巴，又抓了好幾隻海星當獎品，還把一隻水母攤在溫暖的陽光下，讓牠融化。後來，她捧起疾駛而來的潮水泡沫，迎著微風拋灑，再用生了翅膀的腳步蹦蹦跳跳，在水泡墜落前，捕捉海水變成的雪花。當她發現一群在海岸進食，並聚在一起展翅騷動的海鳥時，這個頑皮的女孩撿了一裙子的小石頭，偷偷摸摸地在石間爬行，並用石頭攻擊這群水鳥，展顯出手指驚人的靈活度。珍珠幾乎確定砸中其中一隻白肚子的小灰鳥，牠拍打著受了傷的翅膀，撲騰飛離。但後來這個精靈般的孩子發出了一聲嘆息，並停止了所有的遊戲，她發現傷害有如海風或像自己一樣狂野的小動物，讓她難過異常。

她的最後一項作品，是收集各式各樣的海草，為自己做了一條類似圍巾或斗蓬的披衣以及一件頭飾，把自己打扮成一條小美人魚。珍珠繼承了母親設計布品與服裝的天分。在裝飾美人魚裝的最後階段，她找來一些大葉藻，盡力在自己的胸前仿造出母親身上那個裝飾。那是一個字母——就是那個A字——只不過這是個鮮綠色的字母，而非腥紅色。這個孩子將下巴貼在胸前，饒富奇怪的興致打量這個設計，就好像她被送到這個世上的唯一目的，就是要弄清楚這個字母隱密的意涵。

「不知道媽媽會不會問我這是什麼意思？」珍珠這麼想。

就在這個時候，她聽到母親的聲音，於是她像小海鳥一樣輕快地飛奔過去，跳著、笑著，並伸出手，指著自己胸前的裝飾，出現在海絲特眼前。

「我的小珍珠，」海絲特在一瞬間的沉默後開口，「這個在妳胸前的綠色字母，沒有任何意義。但妳知道嗎，我的孩子，妳母親注定要配戴的這個字母是什麼意思嗎？」

「知道啊，媽媽，」孩子如此回答。「那是一個大寫的A。妳用認字卡教過我了呀。」

海絲特凝視著她小小的臉蛋，儘管在自己烏黑的眼眸中，珍珠臉上是她極習慣的奇特表情，但她卻無法確定，珍珠是否真的把那個字母與任何意義串在一起。她感覺自己有股病態的慾望想要確認這一點。

「孩子，妳知道媽媽為什麼要配戴這個字母嗎？」

「當然知道啊！」珍珠開心地盯著她母親的臉，如此回答。「就跟牧師把手放在他心上面的理由，一模一樣。」

「那個理由是什麼？」針對這份與孩童極不協調的怪異觀察力，海絲特不確定地笑了笑，但細想之後，她臉色變得蒼白。

「除了我的心以外，這個字母跟其他人的心有什麼關係？」

「我不知道，媽媽，我知道的全都跟妳說了呀！」珍珠回答的神情要比平常說話的樣子更嚴肅。「妳去問那邊那個妳剛剛還在和他說話的老人家——也許他知道。不過現在有更重要的問題，親愛的媽媽，這個紅字是什麼意思？——為什麼妳要在戴在胸前？——還有，為什麼牧師要一直把手放在他的心上？」

小女孩用兩隻手圈著她母親的一隻手，用鮮少出現在她任性而善變個性中的認真，凝視著她母親的眼睛。海絲特想著，也許這孩子真的只是憑著一股孩子氣的信賴，想要接近自己；盡她最大的努力，用她知道最聰明的方式，想和自己建立起一個體諒的交叉點。珍珠展現出了異於平常的一面。以前，身為母親的海絲特，儘管用獨一無二最深的愛，愛著自己的孩子，但她也同樣也教育著自己，對這個孩子，不要期待更多的回報。雖然偶爾從孩子那兒，會得到有如四月微風那樣反覆無常的回應；也就是說，多數時候只是虛無飄渺的戲弄，偶爾出現不可思議的熾烈熱情。再說，這個孩子即使在心情最好的時候，也愛亂使性子，當海絲特擁她入懷時，得到的往往是刺骨寒意，而非暖心的安撫。這孩子為了補償她失序的行為，有時會因為不為人知的目的，帶著一種令人疑惑的溫柔，親吻母親的臉頰、優雅地玩著母親的頭髮，然後又自顧自地忙著她那些沒有意義的事情，在海絲特的心中留下夢幻般的歡愉。

但這些都只是一個母親用來推斷自己孩子氣質的事情，其他的旁觀者或許只看到這孩子身上那毫不溫順的特質，並用更陰暗的色彩詮釋這些特質。然而現在，珍珠那令人訝異的早熟與敏銳，很可能說明，她已經大到足以當海絲特朋友的年紀了。她可以替她的母親分憂解愁，也不會失去母女間彼此的尊重；這樣的想法強烈衝擊著海絲特。

從一開始，或許就可以看到，珍珠那有點小混亂的個性中，具有一種不受動搖且堅定不移的膽量特質——那是一種完全不受控制的意志力，那是在經過鍛鍊後，可以轉變成自尊自重且不屈的驕傲——那也是對許多事情的冷酷嘲弄，而且若細細檢視那些遭受嘲弄的事情，或許還可以在其中找到墮落的虛偽。小珍珠對世間萬物當然也有愛，儘管她的愛至今為止依然像青澀果子那樣——令人難以接受的味道，辛辣且極不友善。海絲特想著，具備這些純粹稟性的精靈般孩子，若無法長成一個高貴的女子，那麼必定是因為她承繼自她母親那兒的罪惡，實在過於重大。

珍珠經常性地追求紅字之謎的興趣，似乎是天性。自她有意識的最初階段，她就把這個問題當成份內的使命。海絲特以前總以為，神是在藉由這個孩子以及她的這種特殊習性，對自己施行處罰與報應，然而直到此刻，她才想自問，神的這種打算，是否同樣也可能帶有恩典與仁慈的目的？如果全心信仰與信任小珍珠，那麼作為一個像現世孩童般的聖靈使者，珍珠的工作清單裡，有沒有可能還包括撫平她母親心中那已經變得冷硬，並化成墓碑的悲傷呢？——有沒有可能還包括協助她母親澈底征服心中那些曾經放縱，後來儘管無法完全滅絕或平息，卻一直困限在同樣死寂如墓穴之心的激情？

這些想法以及其他的念頭，不斷在海絲特的腦子裡攪動，影響之鮮明，簡直就像是有人真的在她耳邊低語。而這段期間內，小珍珠一直用雙手握著她母親的手，小臉也始終抬望著母親，直到她第三次問出了同樣的問題。

「那個字是什麼意思？媽媽？妳為什麼要戴著這個字？還有，牧師為什麼要把手放在他的心上？」

「我該怎麼回答呢？」海絲特自問。「不行！如果必須要付出這樣的代價，才能讓孩子體諒我，我不要。」

所以她大聲地說——

「傻珍珠，」她這麼開口，「這都是什麼問題？世界上有很多事情，是小孩子不可以問的。我怎麼知道牧師的心是怎麼回事？至於這個紅字，我會戴著，是因為紅字上的金線啊！」

過去整整七年當中，海絲特從未對自己胸前的這個符號說過謊。這個印記，也許是苛刻與嚴格的符咒，卻也是一個守護之靈，但從此刻起，這個記號捨棄了她；她認知到了這一點，而且儘管上天仍嚴密監視著她的心，但一些新的惡靈已經悄悄侵入，又或許是某些舊的罪惡其實從未被逐出她的心。至於小珍珠，她臉上認真的表情很快就消失不見了。

不過這個孩子並不準備放過這個話題。在回家的路上，她三番兩次提起這個問題，甚至在晚餐以及海絲特哄她睡覺時，也屢屢提出疑問；還有一次，在她似乎已經完全入睡時，她突然張開了眼睛，烏黑的雙瞳裡，閃現著惡作劇的光芒。

「媽媽，」她說，「那個紅字是什麼意思？」

第二天早上，孩子清醒的第一個徵兆，她把小腦袋從枕頭上伸出去，丟出了另外一個問題，但因為無人理解的原因，珍珠已經把這個問題和她探究紅字的問題，連結在一起了——

「媽媽——媽媽——牧師為什麼要把手放在他的心上？」

「不准再問了，頑皮的ㄚ頭！」她母親以一種從未允許自己表露的嚴厲口吻回應。

「不要再煩我，不然我要把妳關進黑漆漆的櫥子裡！」

16 林間漫步

海絲特依舊堅持自己的決定，不論會衍生出什麼樣的痛苦，抑或未來會遭遇什麼樣的後果，她都決定不計後果地向戴姆司戴爾先生揭露，那個偷偷接近他的人真正的面目。她知道戴姆司戴爾先生有長時間散步冥思的習慣，有時他會沿著半島的海岸走，有時在附近鄉間森林滿布的山丘上晃，不過連著好幾天，她都找不到機會，和散步時的他說話。如果逕自去他書房找他，當然不會產生任何負面結果，對他如日中天的聖潔聲望，也不會造成任何傷害，因為至今為止，仍有許多人到他的書房中向他告解；其中不乏罪行惡劣的程度，遠遠超過紅字所代表的過錯。然而除了在開闊的天空之下，她從未想過要在任何狹窄的私密空間與他會面，原因之一是，她害怕齊靈沃斯的祕密，或他公然阻礙；原因之二是，儘管旁人一無所知，但她那顆意識強烈的心卻覺得這樣可能會啟人疑竇；而原因之三，則是牧師與她都需要寬廣的世界，才能集中精神聆聽對方的話。

最後，當海絲特在照顧一位牧師之前也曾獲邀祈禱的病人時，聽說牧師在前一天去了印地安教友那兒拜訪使徒艾略特[52]，大概會在第二天午後某個時間點前回來。因此第二天臨近那個時間點前，海絲特就帶著珍珠出門了。不論珍珠的存在會造成海絲特多大的不便，她都是她母親每次探險的伙伴。

母女兩人安步當車地穿過半島，走向大陸，腳下那條歪七扭八伸往神祕原始森林的路，頂多只能被稱做小徑。高聳的森林又暗又密，從兩側緊緊貼圍著小徑，讓人抬頭只能瞥見破碎的天空。在海絲特的心裡，這幅景象簡直就是她長時間以來在道德荒原中徘徊的寫照。這一天寒涼陰沉，頭上是大片大片因微風而輕輕翻攪的灰雲，因此偶爾可以看到一抹閃爍的陽光，在小徑上孤獨地晃動；但這種稍縱即逝的愉悅，總是出現在森林遙遠另一端的盡頭。嬉鬧的陽光——在這天濃重的陰沉氣氛之下，應該說微弱但嬉鬧的陽光——在這對母女接近的時候消失不見，使得陽光原來舞動之處更顯陰沉，因為她們兩人都期待能在路上找到明亮的陽光。

「媽媽，」小珍珠說，「陽光不愛妳。它跑去躲起來了，因為妳胸前有什麼東西讓它害怕。妳看！很遠的前面，它在那邊玩耍。妳站在這裡不要動，我跑過去把它抓起來。我只是個小孩，它不會躲我——因為我胸前還沒有配戴東西。」

「妳胸前永遠也不會配戴任何東西，我的孩子，我希望是這樣。」海絲特說。

「為什麼？媽媽。」正準備開始快跑的珍珠猛然停住腳步。「等我長大以後，那個字不會自動跑出來嗎？」

「快跑，小傢伙，」她母親如此回應，「去抓住陽光，它很快就會不見了。」

於是珍珠放開大步狂奔，海絲特面帶微笑看著她確實抓住了陽光，並站在陽光中開心大笑，整個人都因為燦爛的陽光而明亮，且因為快速活動而活力四溢。陽光像是很高興有了這樣一個玩伴般，徘徊在這個孤單的孩子身邊，直到她母親接近，幾乎也要踏入這個魔力圈中。

「它現在要走了。」珍珠邊說邊搖頭。

「妳看！」海絲特笑著回應，「我現在把手伸出去，也可以抓住一點陽光。」

然而就在她打算這個做時，陽光消失了；或者該說，從閃現在珍珠臉上的明亮表情來判斷，她的母親可能會以為這孩子把所有的陽光都吸收光了，然後等她們走到更黑暗的陰影下時，她再把光芒釋放出來，為自己腳下的路，提供微光。海絲特印象最深的，是珍珠本性中有種似乎永不枯竭的蓬勃心靈朝氣，那是一種嶄新卻無法傳染給其他人的活力。珍珠從未罹患過令人覺得悲哀的疾病，在那個年代，幾乎所有的孩子都從他們先祖那兒遺傳到了瘰癧[53]這種疾病。不過，蓬勃的活力或許也是一種病，只是海絲特早在

52. 約翰．艾略特（John Eliot）：約一六〇四～一六九〇，美國麻薩諸塞族印地安人的清教傳教士，有些人稱他為「印地安人的使徒」或「使徒艾略特」，他將聖經翻譯為麻薩諸塞族印地安人的語言，並於一六四五年在麻薩諸塞灣殖民地設立羅塞伯利拉丁學校（Roxbury Latin School）。

珍珠出生之前，就利用了這種狂野精力所反射出來的力量，抵抗自己悲傷的心態。這種蓬勃的活力無疑也是一種無從捉摸的魅力，在珍珠的個性上投注了一種堅硬的金屬光澤。小珍珠想要的——一如某些人終其一生所希冀的——是可以深深感動到她的一種悲傷，讓她能夠變得人性化，並擁有憐憫的能力。不急，小珍珠有足夠的時間可以開發出這樣的能力。

「過來，我的女兒！」海絲特四下環顧珍珠之前站立在陽光下的那個位置，「我們在森林裡坐一會兒，休息一下。」

「我不累，媽媽，」小女孩如此回答。「不過如果妳說故事給我聽，妳就可以坐下。」

「那就說個故事吧，小傢伙！」海絲特接口。「妳想聽什麼故事？」

「嗯，說那個黑人的故事。」珍珠拉住了母親的長袍，並抬頭望著她，臉上是半誠懇半惡作劇的表情。

「說說他怎麼樣帶著一本很大、很厚、上面還有鐵扣的書，在這個森林裡出沒；說說這個醜醜的黑人怎麼樣把他的書跟一隻鐵做的筆，給他在森林裡遇到的每一個人；說說那些人怎麼樣用自己的血在書上寫下自己的名字，然後他們的胸膛上就會留下這個黑人的記號。妳遇過這個黑人嗎，媽媽？」

「誰告訴妳這個故事的，珍珠？」她母親這麼問，她從女兒的描述中，聽出了當時普遍流傳的一種迷信。

「就是那個在煙囪角落的老婆婆啊，在妳昨天晚上看護的那個家裡說的。」孩子如此回答。「不過她說這個故事的時候，以為我睡著了。她說好多人都在這裡遇過那個黑人，而且都在他的書上寫了名字，讓他把記號留在他們的胸膛上。那個壞脾氣的醜八怪老太太，就是希賓斯老太太，也是其中一個喔。還有，媽媽，老婆婆說這個紅字是黑人留在妳身上的記號，她說，妳半夜在這個黑黑的森林裡遇到他時，紅字就會像紅色火焰一樣發光。是真的嗎？媽媽，妳晚上要去跟黑人見面嗎？」

「每次妳醒過來的時候，有發現媽媽不在嗎？」海絲特問。

「我不記得了，」孩子回答。「如果妳怕把我留在我們的小屋裡，妳可以帶我一起去。我會很高興跟妳一起去。不過，媽媽，妳現在就跟我說嘛！真的有這個黑人嗎？妳見過他嗎？這個是他的記號嗎？」

「如果我告訴了妳，妳會讓我清靜一下嗎？」她母親這麼問。

「好啊，如果妳全部都告訴我。」珍珠如此回答。

「這輩子我曾經見過黑人一次。」她母親這麼說。「這個紅字的確是他留下的記號。」

母女兩人就這樣一路走一路聊，走進了森林深處，也避開了其他突然出現在森林小

53. 又稱腺腫或淋巴節腫大。

徑上的路人。她們坐在一塊突起的濃密苔蘚堆上，前一個世紀的某個重要時點，曾有一棵巨松在此挺立。那時，這顆大樹的樹根與樹幹全躲在濃蔭之下，高高的樹頂則是聳入雲空。母女坐下歇息的地方是片小山谷，兩邊是緩緩起伏的斜坡，綠葉如茵，有條小溪從中流過，溪床上鋪著一層溺水的落葉。懸在溪上的樹，不時向下張開粗壯的枝幹塞阻水流，迫使溪水在某些地方硬是擠出了一圈圈的漩渦，以及黑色的深坑；而水流較湍急的熱鬧溪段，水道裡的小石與發亮的棕沙，清晰可見。若讓視線順著水流沿著溪道前行，可以在森林裡不遠之處，看到水面反射出的光線，不過這些光線很快就消失在迷亂的樹幹、灌木叢以及偶爾出現覆滿灰色地衣的大石之間。所有的這些參天大樹以及花崗巨岩，似乎全都有意讓這條小溪的流向變得神祕；也許是怕小溪停不下來的碎嘴天性會在流動時，輕聲說出源於古森林心臟深處的故事，或在平滑的溪面上反射出古森林中心點的祕密。溪水繼續靜靜地向前流動，潺潺不止的聲音既溫柔、安靜、撫慰人心，又帶著憂傷，猶如一個從未在襁褓階段嬉鬧過的小寶寶，身邊圍繞著悲傷的同伴以及帶著陰暗色彩的事件，不知道該如何歡笑。

「噢，小溪！噢，又笨又無聊的小溪！」珍珠聆聽小溪低語好一會兒後，這麼叫著，「你為什麼這麼悲傷？打起精神，不要老是唉聲嘆氣嘛！」

可是循著森林群樹間水道前進的短命小溪，在走過了如此莊嚴的歷練之後，不可能不去談論親身經歷的故事，再說除此之外，小溪似乎也沒有其他的話題好說。珍珠和這條小溪極其相似，因為兩者的生命同樣都來自神祕的泉源，而且也都流經陰暗覆罩的暗影之地。但珍珠與小溪也有迥異之處，那就是她沿著自己的生命河道舞動、發光，並且輕靈地喋喋不休。

「這條悲傷的小溪在說些什麼，媽媽？」她這麼問。

「如果妳有屬於妳自己的悲傷，那麼小溪可能就可以跟妳聊聊妳的悲傷了，」她母親這麼回答，「就像它正在跟我訴說我的悲傷一樣。不過，珍珠，我聽到有腳步聲正沿著小徑而來，還有撥開樹枝的聲音。妳自己先去玩一會兒，讓我跟朝這兒來的人談一下。」

「是那個黑人嗎？」珍珠問。

「妳自己去玩一會兒，好嗎？孩子。」她母親再次提出要求。「不過別走進森林深處，會迷路；還有，一聽到我叫妳，就要過來。」

「知道了，媽媽。」珍珠回答，「不過如果是那個黑人，妳會讓我待一下子，看一下那個人，還有他手臂下夾著的那本很厚的書嗎？」

「去玩吧，傻孩子！」她母親不耐煩地這麼說。「不是那個黑人。妳現在可以看到那個人，正從森林之間走過來，是牧師。」

「真的耶！」小女孩這麼說。「媽媽，他又把手放在他的心口上了！那是因為當牧師把他的名字寫在那本書上時，黑人在他的心口留下記號嗎？可是他為什麼不跟妳一樣，把記號戴在胸前呢，媽媽？」

「去玩吧，孩子，下次再取笑我。」海絲特大聲地說。「不過別走遠，待在聽得到溪水流動的地方。」

於是珍珠唱著歌，沿著小溪的水流方向走開，她試著將更輕快的節奏混入溪水憂鬱的聲音中。遺憾的是，她的努力無法撫慰到小溪，因此溪水繼續在這個陰鬱的森林邊緣，潺潺說著曾經發生過的悲哀事件中無人能懂的祕密——或者它是在預先為即將發生的事情哀嘆。至於短短生命中，已出現足夠多陰影的小珍珠，選擇擺脫這條喃喃哀怨不停的小溪，不再與之深交。她專心摘著花，包括紫羅蘭、銀蓮花，以及她發現長在高石狹縫中的紅色耬斗菜。

等那個精靈般的孩子離開後，海絲特朝著往森林的小徑踏出一、兩步，但身子依然遮掩在厚厚的樹影下。她看到牧師孤獨一人，他用從路邊砍下來的木棍，撐著走在小徑上。他看起來憔悴而虛弱，整個人流露出毫無活力的消沉。當他在殖民區內活動時，或在任何他覺得可能有人注意的場合上，從未流露出這樣鮮明的消沉模樣。然而，此時，在這座原本就讓人感覺猶如嚴苛試煉的森林僻靜之處，他的這種神情明顯得令人難過。

牧師的步伐帶著濃濃的冷漠，就好像他既無理由，也無意願，再往前踏出一步；如果世上還有令他開心的事情，那麼就這樣隨便倒在附近某棵樹的樹根上，然後一動不動地躺到天荒地老，應該會令他很開心。屆時，不論他體內是否還殘存任何生命力，樹葉都會散落在他身上，塵土也會慢慢隨著他的身形堆起一個小小土丘。死亡這個目標實在太過明確了，他既無力希冀，也無法逃避。

在海絲特的眼裡，牧師除了像小珍珠所說的那樣把手放在胸口上，並沒有表現出任何明確的痛苦，或正在飽受折磨的跡象。

17 牧師和他的教民

牧師雖然走得很慢，但在海絲特揚聲引起他的注意前，他差一點就這麼視而不見她地走過去。最後，她終於出聲。

「戴姆司戴爾牧師！」海絲特的呼喚一開始有些微弱，後來音量大了些，但聲音有些嘶啞。「戴姆司戴爾牧師！」

「誰？」牧師回應，並迅速打起精神，身子也挺直了些，猶如一個不願他人看見自己正陷入某種情緒中的人，突然受到了驚嚇。他的視線焦急地投向聲音源頭，隱約看到樹下站著一個裹在暗色長袍裡的人，與雲層遮蔽的天空以及因濃密樹葉而顯得陰沉的正午，所包覆出來的一大片灰色晦暗；人與景幾乎分不出彼此，因此他完全無法分辨那裡確實站著一個女人，或只是一道幻影。或許在他生命的小路上，總是會有這樣從他思緒中偷偷溜出的幽靈作祟。

牧師又走近了一步，然後發現了那個紅字。

「海絲特！海絲特・派恩！」牧師說，「是妳嗎？是活生生的妳嗎？」

「是我。」海絲特回答。「我已經這樣生活了七個年頭了！你呢？亞瑟・戴姆司戴爾，你還活著嗎？」

兩人互相詢問彼此確切的實質存在，甚至懷疑對方是否真的在此，一點都不足為奇。他們能在這座光線不佳的森林中碰面，令人不可思議，就像前輩子曾親密結合的兩個靈魂，在墓穴以外的這個世界，初次邂逅，懷著共有的恐懼，站在那兒冷得發抖；兩個靈魂似乎都還沒弄清楚自己當下的景況，也不習慣讓脫離軀體的靈魂為伴。兩個鬼魂，對彼此都存著敬畏。他們同樣也對自己懷有敬畏之情，因為除了眼前這令人透不過氣的關鍵時刻外，生命從未顯示過如此的能力，不但讓他們恢復了清明的意識，也將過去發生的事情以及經歷，全部揭露在這兩顆心之前。靈魂從逝去過往的明鏡中，看著了自己的面容。懷著恐懼，實際上是無邊的恐懼，以及一種緩慢卻不情願的必然，戴姆司戴爾伸出了冰冷如死屍的手，碰觸海絲特冰冷的手；兩隻手緊握在一起，雖然冰冷，卻驅走了這次會面中最淒涼的成分。這一刻，他們至少感覺到自己和對方都活在同一個世界裡。

兩人沒有再多說一個字——不論是他或她，都沒有開啟話題，但兩人有一種不需言喻的共識——他們無聲地走進森林樹影之中，坐在海絲特與珍珠之前曾經坐著的那塊覆蓋著苔蘚的突起處。當兩人終於找到說話的聲音時，一開始只是像朋友那樣談著陰沉的天氣、險惡的風暴，接著他們說起了彼此的健康狀況。兩個人就這樣聊著，內容並不大膽，但漸漸地談到了兩人心靈最深處——那個始終徘徊不去的話題。許久以來，命運與處境一直沒有站在他們這一邊，兩人需要先進行一段言不及義以及隨興的談話之後，才能打開真正的心靈交流之門，引領彼此真實的想法跨過那道門檻。

好一會兒後，牧師的目光盯住了海絲特的視線。

「海絲特，」他說，「妳找到平靜了嗎？」

她淒涼地笑了，視線往下移，看著自己的胸前。

「你呢？」她問。

「沒有——除了絕望，什麼都沒有！」他回答。「我這樣的人，過著我這樣的生活，還能期待什麼？如果我是無神論者——一個沒有良心的人——一個下流又粗暴的可憐蟲，也許早就找到平靜了。不，我永遠都不應該失去我的信仰。但是我的靈魂中橫亙著那些事，不論原來的我擁有多麼良善的能力，上帝賦予我所有可以選擇的天賦，全都成了精神折磨的工具。海絲特，我痛苦死了！」

「大家都敬愛你。」海絲特這麼說。「而且你在群眾之間，確實帶來了良善的影響。這些都不能為你帶來安慰嗎？」

「更多的痛苦，海絲特。只帶來了更多的痛苦！」這位神職人員露出了一絲苦笑，這麼回答。「至於那些我似乎成就了什麼善行的說法，我卻是一點信心也沒有。那必定都是妄想。我這個墮落的靈魂，怎麼可能對救贖其他靈魂有任何幫助？我這個敗壞的靈魂，怎麼可能對淨化其他靈魂有絲毫助益？至於大家的敬愛，真希望全都能化成譴責與憎恨。海絲特，難道妳以為，當我必須站在自己的講壇上，迎視著那麼多雙仰望我的眼睛，讓他們以為我的臉會發出天堂的光芒，是一種慰藉嗎？妳以為，當我必須看著那群渴望獲得真理的教眾，猶如聆聽著聖靈降臨節的火舌那般，聆聽著我的一字一句時，是一種寬慰嗎？妳以為，當我自省吾心，看到教友崇拜背後的惡劣事實時，是一種安慰嗎？在痛苦與心靈最苦悶之際，我曾大聲嘲笑自己在人前人後的差異，連撒旦都在嘲笑！」

「在這件事情上，你錯怪自己了。」海絲特溫柔地回應。「你已經深刻且痛苦地懺悔過了，因此早該走出自己的罪惡。事實上，你目前生活的聖潔程度，絕不低於大家親眼看到的。難道存封在各種善行中的懺悔，還有大眾目睹的善行，都沒有真實性嗎？為什麼還不能帶給你平靜呢？」

「不，海絲特——不！」這位神職人員如此回應。「這些全沒有實質意義！這些全都是冰冷而沒有生命的東西，對我沒有任何幫助。至於懺悔，我受夠了！懺悔，我根本沒有懺悔。如果我有懺悔，那麼我早就應該丟棄這些虛偽的神聖外衣，把自己未來在審判台前的樣子，展示於眾人眼前。妳很幸福，海絲特，因為妳公開把紅字戴在胸前！我的紅字卻在人後燃燒！妳根本就不知道，經過了七年自欺欺人的折磨，若能與一雙知道我真正本質的眼睛對視，會是多麼大的解脫。如果我有一個朋友──就算是最大的敵人也好──當我厭倦了其他人的一切讚美，我可以每天到他那兒去，只要有人知道我是所有罪人當中最卑劣的一個，我想，我的靈魂或許才可以繼續苟延殘喘下去。就算是如此微不足道的事實，都可以讓我得到拯救。可是現在，一切都是假的，一切都是空的，一切都是死的！」

海絲特凝視著他的臉，遲遲沒有開口。但是當他激動地將這些長期壓抑的情緒全發洩出來後，恰好提供了她適當的時機，讓她可以說出接下來要講的事情。於是，她在克服了自己的恐懼後，這麼說：「現在，你渴望擁有一個朋友，一個可以在他面前哀嘆自己罪惡的朋友，你可以相信我啊，我這個和你一起犯下罪惡的同伴啊！」她又退縮了，但也再次努力說出那些話──「其實長久以來，你一直有這樣一個敵人，他和你住在同一個屋簷下。」

牧師猛地起身，大口喘氣，手緊緊抓著心口，好像要將心臟扯離自己。「什麼？妳在說什麼？」他大叫。「一個敵人，和我住在同一個屋簷下！妳是什麼意思？」

海絲特這時才充分意識到，這個不幸男人所受到的深刻傷害，她必須要負起多少責任。她容許那個男人欺騙他這麼多年，或者，事實上有那麼一瞬間，她放任他受到那個只有惡意、沒有一絲善心的人擺佈。不論那個人用什麼樣的面具隱藏自己，僅僅只是他的接近，就足以擾亂像戴姆司戴爾這個高度敏感者的磁場。有相當一段時間，海絲特根本沒有周全地考慮過這一點；抑或該說，當她被麻煩纏身，並陷入自己憤世嫉俗的情緒中時，她放任牧師去背負那份她以為會比較輕鬆的命運。但從他不眠的那一夜起，她對他的所有憐憫全甦醒了過來，並變得柔軟。她現在已經能夠更正確地理解他的心。她不再質疑齊靈沃斯持續在牧師身旁，用他險惡的企圖偷偷讓周遭的氣氛全染上了劇毒，以及他以醫師身分取得了侵擾牧師生理與心理病弱之處的權利，全讓不利於牧師的機會，成了達到他殘酷目的的工具。藉由這些機會，受害者的良心始終處在焦躁狀態，而這樣的狀態，不但無法讓他的病體因為熬過痛苦而痊癒，反而擾亂、敗壞了他的精神層面。在這個世界上，這種狀態持續到最後，大概逃不出精神異常的結果，至於到了來世，也會永遠悖離良善與真理，或許到時候，那樣的結果也會讓他跟在這個俗世中一樣發瘋吧！

這就是她帶給這個男人的毀滅，而他們曾經——算了，有什麼不能說的呢——如此熱烈相愛，如果決定權在她，海絲特寧願牧師犧牲聲譽，甚至死亡，一如她之前對齊靈沃斯所說，那絕對是比較好的選擇。但是現在，她寧願這樣開開心心地躺在這片森林的落葉之上，並死在戴姆司戴爾的腳邊，也不願意承認這個令人難以原諒的嚴重過錯。

「噢，亞瑟！」她大聲地說，「原諒我吧！不論做什麼，我始終都努力當個真誠的人。真誠，也許是我始終堅持的美德，而我在所有極度艱困的環境中，也一直堅守著真誠的原則；唯一的例外，就是當你的善良、你的生命，以及你的名聲岌岌可危之時，我同意欺騙了。然而，其實就算生命威脅就在眼前，也永遠不應該說謊。你還不知道我要說什麼嗎？那個年邁的男人！那個醫生——那個他們稱為羅傑・齊靈沃斯的人——他曾是我的丈夫！」

有那麼一瞬間，牧師看著海絲特的眼神中充滿了激動的憤怒——而混和了這種激動情緒的他，遠比他本性中更高尚、更純淨、更溫柔的特質，所交揉出來的氣質更為多樣化——事實上，魔鬼要的就是他這個部分，也正是從這個部分起，魔鬼希望能得到牧師的全部。海絲特從未見過如此惡毒與狂暴的表情。在他蹙眉的短短時間內，牧師出現了一次邪惡的變身。幸好他的本性因為苦難折磨已變得極其虛弱，低貧的精力甚至無法支撐住一次短暫的掙扎。他整個人倒在地上，雙手蓋住了臉。

「我早該知道的，」他喃喃自語，「其實我早就知道了！第一次看到他，我的心就本能地退縮，之後每次看到他，我的心都出現相同的情況，難道不是那個祕密在告訴我，這件事實嗎？我為什麼沒有理解呢？噢，海絲特，妳根本不知道這件事有多麼恐怖，妳一點都不知道！恥辱！卑劣！在一雙幸災樂禍的眼前，揭開一顆自責又病弱的心，簡直醜陋得令人覺得可怕！女人啊，女人，妳要為此負上所有責任！我無法原諒妳！」

「你一定要原諒我！」海絲特一面大叫，一面撲到在他身邊的落葉上。「就讓上帝懲罰我吧！你一定要原諒我！」

海絲特帶著突然以及絕望的溫柔，伸出雙手抱住了他，並將他的頭壓在自己的胸前，完全沒有想到他的臉頰剛好貼在紅字上。他應該可以掙脫開的，然而盡力後卻徒勞無功。海絲特也不肯鬆手，就怕他繼續冷酷地盯著自己的臉。整個世界都在對她蹙眉——整整七個冗長的年頭，這個世界一直在對這個孤獨的女人蹙眉——但是她平靜地承擔下來了，一次都沒有讓自己堅定但悲傷的視線避開。老天也同樣對著她蹙眉，但她沒有死。然而這個蒼白、虛弱、罪惡，以及受到悲傷嚴重打擊的男人，對她的蹙眉，卻令她無法承受，再也活不下去了！

「你會原諒我吧？」海絲特一再重複著這個問題。「不要對我皺眉頭，好嗎？你會原諒我吧？」

「我原諒妳，海絲特。」牧師終於這樣回答，深沉的聲音並非出自憤怒，而是源於一個無底的悲哀之洞。「我現在慷慨地原諒妳。希望上帝能原諒我們兩個人。海絲特，我們並不是世上最罪無可逭的罪人。有一個罪人犯下的罪，甚至比墮落的牧師還要嚴重——那個老人的復仇，遠比我的罪惡更邪惡。他冷血地違背了人心的神聖與尊嚴。而妳和我，海絲特，從未跨越那條界線。」

「沒有，從來沒有！」海絲特如此低語。「我們過去的行為，自有屬於那個行為的神聖，我們都曾感受到，我們還對彼此這麼說過。你忘了嗎？」

「別說了，海絲特！」戴姆司戴爾從地上起身。「沒忘，我沒忘！」

他們重新並肩坐在綠苔覆蓋的傾倒大樹的樹幹上，兩人的手交握著。在他們的生命歷程中，沒有比此時更灰暗的時刻了；長久以來，兩人的生命路徑一直朝著這一刻而來，然而兩條路徑悄悄延伸的同時，卻讓他們的生命更加黯淡——不過這樣的命運走向，卻也打開了一個可以瞬間、瞬間又瞬間，不斷延長的魔法世界，讓兩人徘徊其中。包圍著兩人的這座森林偏僻而朦朧，一陣穿越而過的急風發出吱吱聲響。粗壯的樹枝在他們頭頂劇烈晃動；莊嚴的老樹陰鬱地向另一棵老樹哀訴，就像在敘說坐在樹下這對男女的悲傷故事，又像是被迫預告著邪惡的降臨。

但是兩人依舊駐足不去。通往殖民區的森林小路看起來極其陰沉，再次踏上這條路的海絲特，必須重新背負起恥辱的重擔，而牧師則需要扛起自己聲譽空洞的嘲弄。於是兩人又多待了一會兒。正因為這座森林的陰暗，金黃色的陽光顯得無比珍貴。在這裡，紅字只有他看得到，不需要燒焊入這個墮落女子的胸膛之中。在這裡，欺騙上帝與眾人的亞瑟．戴姆司戴爾，只有她看得到，或許也只有在這一刻的他，才是真實的他。

突然間的一個念頭驚嚇到了他。

「海絲特！」戴姆司戴爾大叫，「另外有一件事令人戰慄！齊靈沃斯知道妳要揭發他真正身分的目的。那麼，他還會繼續對我們的祕密三緘其口嗎？他現在的復仇方式會是什麼？」

「他天生就有一種保守祕密的怪異能力，」海絲特一面深思一面這麼回答，「而這樣的能力，因為他蔽人耳目所進行的復仇行動，已經成了他的習慣。我覺得他不太可能揭開這個祕密，他應該會尋找其他的方法，滿足那陰暗的憤怒。」

「那我呢？我該怎麼跟這個致命的敵人一起繼續生活、呼吸相同的空氣？」戴姆司戴爾激動地揚聲這麼說，同時蜷縮起身子，神經質地將手壓在自己的胸口上——這個動作已經成為他不自覺的習慣了。「幫我想想我該怎麼辦，海絲特！妳是個堅強的人，幫我想想辦法。」

「你絕對不能再跟這個人住在一起了。」海絲特緩慢卻堅定地說。「你的心絕對不能再暴露在他邪惡的注視之下了！」

「那樣遠比死還糟糕。」牧師也接口道。「但要如何避免？我還有什麼選擇？難道我要像剛剛那樣再讓自己跌躺在這些枯萎的落葉上嗎？難道我一定要在這裡沉淪等死嗎？」

「天啊！這樣毀滅性的災難，怎麼會降臨在你的身上！」淚水從海絲特的眼中奔湧而出。「你難道真的會因為怯懦而死嗎？不會再有其他的原因了！」

「上帝已經判了我的刑罰，」飽受良心譴責的牧師說，「力量實在太大，我掙脫不開！」

「老天一定會垂憐你的，」海絲特如此回應，「只要你有足夠的力量善用老天的憐憫。」

「幫助我堅強起來，」他接口。「告訴我，該怎麼做？」

「難道這個世界真的這麼狹小嗎？」海絲特大叫，她深邃的雙眸緊緊盯著牧師的眼睛，並本能地將她的磁力，施加在一個嚴重破損與壓抑到幾乎無法挺直的靈魂上。「那邊那個小鎮，不久前還只是一片覆著落葉的沙漠，立在那個小鎮羅盤上的宇宙，是不是跟圍繞著我們的這個宇宙一樣寂寞？那邊那條森林小徑要通往哪兒？你說的，回頭就是殖民區，的確如此，然而前進也是殖民區，愈往森林深處走，愈往荒野深處走，每走一步，殖民區就愈看不清楚；直到離這些黃葉幾哩之外，再也看不到白人的蹤跡。只有在那裡，你才能得到自由。距離如此短的行程，卻能把你帶離那個讓你變得萬分不幸的世界，讓你走進一個或許還能得到快樂的世界。在這個無涯的森林裡，難道沒有足夠的陰影保護你避開齊靈沃斯的注視嗎？」

「妳說的沒錯，海絲特，但是我也只能待在落葉之下。」牧師面帶悽苦的微笑這麼說。

「那麼，還有寬廣的大海啊！」海絲特再接再厲地說。「海洋把你帶到這兒來。如果你願意，海也可以再把你送回去。若在我們的家鄉，不論是遙遠的鄉村，還是幅員廣大的倫敦——當然，或者是德國、法國，甚至怡人的義大利——你都可以擺脫他的掌握與監控。再說，你跟這些心如鐵石的人以及他們的想法，又有什麼關係？這些人把你最好的部分禁錮起來，已經禁錮得夠久了！」

「不可能！」牧師如此回答，聽起來好像有人要幫他實現夢想似的。「我沒有離開的力量。卑劣又滿身罪惡的我，除了在這個上帝安置我的地方苟延殘喘外，別無他想。儘管有個迷失的靈魂，但我會繼續盡一己之能，為其他人的靈魂做我所能做的事情。就算我是上帝不忠實的哨兵，而且死亡與恥辱是我必然的報酬，但在祂陰沉的監督結束前，我沒有勇氣拋下自己的職責。」

「七年沉重的折磨已經把你擊垮了。」海絲特激動地下定決心，她要用自己的精力鼓勵牧師。「你應該把一切都拋在腦後，既然這些折磨沒有阻礙你在森林小路上前進的腳步，那麼你若選擇飄洋過海，這些折磨也阻止不了坐船離開的你，繼續自己的使命。離開這個挫折與毀滅的地方吧！不要再管這裡的人事物了！一切重新開始。難道這個試煉就耗盡了你所有的可能性嗎？不是這樣的，未來依然充滿了考驗與成功，未來還有你可以體驗的快樂，還有很多該做的善事，就用這個虛假的生活去換一個真實的生命吧！如果你的心靈召喚你承擔這樣的使命，那就去當印地安人的導師與先知。不然，若想更貼近你的天性，你可以到高雅世界中最睿智與最知名的圈子裡，當個學者與智者。傳道、寫作、起而行，只要不是躺下來等死，隨便你去做什麼！丟掉亞瑟．戴姆司戴爾這個名字，給自己另外取一個名字，取一個高貴的名字，這樣你就可以不再背負任何恐懼或恥辱。你為什麼一定要日復一日地滯留在如此深沉的折磨當中，讓痛苦咬齧侵蝕生命呢？你為什麼要讓自己無力去希望、去行動？你為什麼要讓自己甚至沒有力氣去懺悔？站起來，離開這裡！」

「噢，海絲特！」戴姆司戴爾這樣喊著，眼中因為她的鼓舞而點燃的絲絲光芒，卻一閃即逝。「妳現在簡直就像在跟一個膝蓋無力的人談論賽跑，我必須葬身於此，我已經沒有力量或勇氣，再一個人去廣闊、陌生與艱困的世界探險了！」

這就是一個破碎心靈最後表達出的消沉想法。他已經沒有精力去抓住那似乎垂手可得的好運了。

然後，他又重複說了這些話——「一個人，海絲特！」

「你不會一個人去的。」海絲特用一種深沉的聲音低語。

至此，一切都已說清楚了。

18

一抹暖陽

戴姆司戴爾凝視著海絲特的臉，他臉上確確實實閃耀著希望與歡樂的表情，只不過其中仍夾雜著恐懼，以及因為她的大膽而產生的戰慄，她其實說出了他隱約暗示卻始終沒有勇氣說出來的話。

海絲特天生就具備勇氣與行動力，而且在一段很長的時間裡，不僅與社會疏離，更是遭到了社會的遺棄，她早已習慣了這種牧師難以想像的思考高度。之前，在沒有任何規矩或引導可依循的情況下，她在廣袤、複雜與陰暗有如未開化原始森林的道德荒野中流浪；而現在，他們兩個人又在這座未開化的原始森林中，討論著即將決定命運的話題。即使身處荒漠之地，海絲特的智慧與心靈都有歸屬，她在這些荒涼之處遊蕩，就像未開化的印地安人在他們的森林裡那樣自由。過去的那些年，她就是從這個疏離的角度，看著人類的運作機制，以及神職人員和立法者建立起來的制度；她對於教會給予神職人員的束縛、司法人員、夾枷示眾、斷頭台，圍爐生活或教會等這些事情的批判，從崇敬的態度上來說，並沒有比印地安人好到哪裡去。她的宿命與運氣走向，讓她獲得了自由。紅字成了她的通行證，讓她能走入其他女子不敢踏入的領域。恥辱、絕望、孤獨，全都成了她嚴苛卻任性的恩師，這幾位老師的教法儘管並不適當，卻讓她變得堅強。

反觀牧師，雖然在某一件事情上，他曾嚴重逾越了人世間最不該違法的律法，卻從未有過任何刻意脫離普世價值的經歷。他犯下了情感的罪行，但沒有犯下任何違背原則，或甚至懷有惡意動機的罪。自從發生那件不幸的事件後，儘管他維持行為的正常，因為行為是很容易處理的事情，但也一直以病態的意興闌珊和謹慎的態度，省思自己每次的情感波動與每一個想法。當時的神職人員是社會系統中的領導階層。他身處社會系統的領導地位，受到社會規範、原則，甚至成見的桎梏，只會比其他人更嚴重。再說，作為神職人員，教會體制無可避免地將他封閉了起來。而身為犯下罪行，但良心卻始終因為未痊癒的傷口而保持活躍，且敏感得令人痛苦的男人，在他的認知中，更是認為守在美德的界限內，要比希望自己從未犯過錯要來得安全。

因此，在我們的眼中，海絲特整整七年的放逐與屈辱，似乎就只是為了這一刻做準備。但戴姆司戴爾呢？他將再次墮落，而面對這樣的情況，他還能找出什麼樣的藉口，來懇求上蒼減輕自己的罪？一個都找不出來；除非長久以來劇烈的折磨，終於讓他崩潰，或許還有助於乞求寬恕；自責始終在蹂躪著他，讓他的心變得陰沉而困惑；他的良心，在公開認罪後逃跑的罪犯以及留下的偽君子，這兩個抉擇間，來回擺盪，難以找到平衡點；避開死亡威脅、恥辱以及敵人謎樣的奸計，是人性；對這個可憐的朝聖者而言，他在沉寂與荒涼旅途上，經歷過昏厥、病痛以及不堪的痛苦，而最後，他似乎隱約察覺到了人類的愛戀與憐憫、一種新的生活，以及一個真實的自己，可以取代他當前正處於贖罪過程中的沉重命運。這個艱難而悲哀的事實，說穿了，就是罪惡在靈魂上所割出來的那道裂縫；在道德層面，永遠也無法癒合。當事人或許可以留心並呵護著這道裂縫，不讓敵人越雷池一步，甚至可以抵抗住敵人，讓他們放棄再次進攻這個曾經成功造成破壞之處，而改攻擊其他地點。然而即使如此，斷壁殘垣仍在，而且附近會出現敵軍隱密行動的蹤跡，因為敵人們企圖再享受一次還未被遺忘的勝利感。如果牧師心裡真的存在這樣的掙扎，也不必明說，因為他必會因此而下定決心逃離，並且絕對不會一個人離開。

「如果過去那整整的七年當中，」牧師這麼想，「我可以想起任何一刻的平靜或希望，即使為了上蒼施捨的恩惠，我都能繼續忍耐。但現在——我已注定毀滅的命運不可能再有改變——我為什麼不可以抓住上帝行刑前，恩准給已定讞囚犯的慰藉機會？又或者，如果這條路，真的像海絲特試圖說服我的那樣，可以通往一個比較好的生活，那麼為了追求更好的生活，我需要放棄的，只不過是原本就一點都不光明的前途。再說，沒有她陪伴的日子，我已經過不下去了；她的支撐力量是如此強大——撫慰的力量又是如此溫柔。噢，祢會原諒無顏在祢面前抬眼的我嗎？」

「你一定要離開。」當海絲特的視線與他的目光接觸時，她鎮靜地這麼說。

一旦做出決定，一絲奇怪的喜悅就在他胸膛的疼痛上投下了閃爍的光芒。那是心情愉悅的結果——一個剛逃出心牢的囚犯——在一塊未獲救贖、非基督教、無法無天的地區，呼吸到了狂野與自由的氣息。他的精神振奮，心情雀躍，相較於之前被悲慘日子壓制到低頭的生活，他現在可以更近距離地看清楚整個天空。已深入他骨髓的厚重宗教氣質，讓他的情緒無可避免地染上了一抹虔誠。

「我真的再次感受到歡樂了嗎？」牧師自我質疑地大叫。「我以為身上的歡樂因子早已死絕殆盡。噢，海絲特，妳是我的天使，比天使更好的天使！我好像已經把自己——病痛、罪惡的污點，還有陰沉的悲傷——全都丟在這些森林的落葉上了，並從中出現了一個新的我，擁有榮耀上帝恩典的新力量。這已經是一個更好的生活了！我們怎麼不早點發現呢？」

「我們別再回頭了！」海絲特接話。「過去已逝，我們現在為什麼還要與過去糾纏？你看！拿下了這個標記，一切就像從未發生過。」海絲特邊說邊解開固定紅字的扣環，並將紅字從胸前取下，丟到遠處的枯葉當中。

這個神祕的標記落在了小溪邊。如果紅字飛躍的距離再多一隻手的寬度，就會掉入水中，那麼小溪除了原來就一直低聲傳送的不為人知的故事外，還會再增加一個能夠繼續傳述的悲哀故事。刺繡精美的紅字就這樣躺在溪邊，像個遺失的珠寶般閃閃發亮，或許某個倒楣的流浪者會把它撿起來，從此遭到奇怪的罪惡感、消沉的心靈，以及說不清道不明的厄運幽靈糾纏。

取下恥辱後，海絲特大大地嘆了一口氣，而羞恥與苦悶就這樣隨著嘆息離開了她的靈魂。噢，輕鬆極了！她一直都不知道肩上的擔子有多重，直到感覺到自由的此刻。在另一波的心血來潮下，她取下了一直拘禁著自己頭髮的呆板帽子，烏黑絲滑的長髮隨之自然垂落在肩上，濃密秀髮製造出來的光影立現，為她的面容增添了溫柔的魅力。一抹耀眼與纖弱的微笑似乎從她的女人心正中央湧現，並在她唇邊閃動，以及從她的雙眼中散發而出。她長久以來始終蒼白的臉頰，也泛起了紅暈。她的性別、青春，以及整個人所散發出來的炫目美麗，從大家都說是不可逆轉的過去，回到了當下。

除此之外，隨著美麗一併聚匯而歸的，還有她少女時代的希冀，以及在這神奇一刻以前完全陌生的快樂。就好像這個世界與穹蒼，原本除了他們兩顆凡人之心的燦爛外，全是一片幽暗，但這一刻，所有的幽暗都隨著他們的悲哀一起消失。猶如天堂突然露出的微笑，陽光出乎意料之外地破雲而出，在灰暗森林中傾入了滿溢的光明，讓每片綠葉都欣喜雀躍、黃色的落葉幻變成一片金黃，而莊嚴大樹灰撲撲的樹幹則因為灑下的陽光而閃爍。迄今一直是陰影源頭的物體，此刻也全從內裡發出光亮。在小溪河道中跳躍的快樂光亮，一直溯入森林中現在已經變成快樂之謎的神祕深處。

這就是大自然的悲憫之情——森林中狂野而未開化的大自然，從未屈服於人類的律法之下，也從未受到真理啟發——賜予這兩個靈魂最大的祝福。不論是新生的愛，抑或從狀似死亡的蟄伏中甦醒的愛，永遠都需要創造出一縷陽光，讓心充滿了光亮，再滿溢而出，流淌並照亮整個外在的世界。即使這座森林其實依舊如以往般幽暗，在海絲特以及戴姆司戴爾的眼中，也是光亮耀眼。

海絲特凝視著他，眼裡閃過一陣另類的喜悅。

「你一定要認識珍珠。」海絲特這麼說，「我們的小珍珠！你已經見過她了——對，我知道——可是你現在要用另一種視角去看她。她是個奇怪的孩子，我幾乎不瞭解她。可是你一定會由衷地愛她，像我一樣。你還可以教我，怎麼去管教這個孩子。」

「妳覺得讓孩子來認識我，她會不會開心？」牧師有點不安地這麼問。「長久以來，我對待孩子的態度都很退縮，因為他們通常都會露出不信賴——一種不願意和我親近的感覺。我一直都有點怕小珍珠。」

「啊，那真糟糕！」這位母親這麼回答。「不過她一定會深深地愛你，你也一樣會愛她。她就在不遠的地方，我叫她過來，珍珠！珍珠！」

「我看到那孩子了。」牧師說。「她在那兒，站在一束陽光之中，離這兒有點距離，就在溪水的另一邊。妳覺得孩子會愛我嗎？」

海絲特笑了，然後她再次呼喚距離不近，但卻在視力所及範圍之內的珍珠。小女孩一如牧師所述，猶如一個明亮的幻影，穿戴著一身從拱弓樹幹間篩落而下的陽光。光線來回抖動，她的身影也因此在模糊與清晰間變幻，而且隨著光彩的來去，她也一會兒像個真實的孩子，一會兒像個幽靈孩子。她聽到了母親的聲音後，開始慢慢穿過森林，朝著母親靠近。

珍珠並沒有發現，當她母親與牧師坐在那兒談話時，時間就這樣乏味地流逝。暗黑的大森林——在那些將俗世的罪惡與麻煩帶入森林深處的人眼中，嚴肅冷酷的森林——成了這個寂寞小傢伙的玩伴，而且森林也知道如何陪著她玩耍。儘管依然嚴肅冷酷，森林卻展現出最溫柔的一面來歡迎這個孩子。它將前一年秋天生長，來年春天慢慢成熟，到現在才在枯萎的葉子上結出鮮潤欲滴、顏色有如鮮血的蔓虎刺，提供給她把玩。珍珠摘著這些莓果，她很喜歡這些果子野生的味道。至於林子裡的小小居民，根本沒有費心去避開她經過的路。嗯，有隻後面跟了十隻小雛鳥的鷓鴣，以恐嚇的姿態向前衝，不過這位鷓鴣媽媽很快就對自己的凶猛行為感到悔意，並對著雛鳥咕咕叫著，要牠們別害怕。一隻孤伶伶待在低枝上的鴿子，就這樣放任珍珠走到自己身子下方，發出了既像歡迎又像示警的叫聲。一隻松鼠從牠據以為家的高高大樹深處，不知道是出於憤怒還是開心地在那兒吱吱亂叫——由於松鼠是脾氣暴躁卻又幽默的小東西，所以實在難以清楚分辨牠的情緒；牠先是對著這孩子喋喋不休，接著又朝她的頭丟了一顆堅果——那是去年的堅果，上面已經有被牠尖牙利齒咬齧的痕跡。一隻狐狸因為她踩在葉子上的輕巧步伐而驚醒後，探究地打量著，不知道應該悄悄離開，還是在原地繼續被打斷的午覺。據說，還有一頭狼——嗯，走筆至此，故事顯然進入了誇張的情節——上前嗅了嗅珍珠的袍子，然後把自己未被馴服的頭靠過去，讓小珍珠拍撫。不管怎麼說，事實似乎是，森林母親和它孕育的這些野生動物，全看到了這個人類孩子身上，所顯露出與他們相同的野性。

身處森林中的珍珠，要比她在殖民區以綠草築邊的街道上，或母親小屋中的時候溫柔得多。林間的花朵似乎也知道這一點，於是一朵朵都在她經過時，向她低語，「用我來打扮妳吧，漂亮的孩子，用我來打扮妳！」珍珠為了讓這些花兒高興，摘下了紫羅蘭、銀蓮花、耬斗菜，也折了一些老樹伸到她眼前綴著新綠的枝芽。她用這些花與枝葉，裝扮頭髮與稚嫩的腰身，變身成了小仙女、小樹精，或任何一種這座古老森林心中最柔軟的生物。當珍珠正打扮自己的時候，聽到了母親的聲音，於是她慢慢地往回走。

很慢很慢地走——因為她看到了牧師。

19 溪邊的孩子

「你一定會很愛她，」海絲特和牧師坐在那兒看著小珍珠時，她不斷重複著這句話。「你不覺得她很美麗嗎？你看，她用簡單的花朵裝扮自己，這份天賦多麼神奇。就算她身上戴著珍珠、鑽石和各種寶石，在森林裡，也不可能比現在更美！她真是個棒極了的孩子！可是我知道她的額頭像誰。」

「海絲特！」戴姆司戴爾接著說，臉上是一抹不自在的笑容。「妳知道這個總是在妳身邊蹦蹦跳跳、如珍寶般的孩子，一直讓我非常不安嗎？我覺得——噢，海絲特，我怎麼會這樣想呢！更糟的是，我很怕這樣的想法——我覺得孩子的部分五官簡直和我是同一個模子打造出來的，全世界都可能看出我們兩個很相像，不過，她還是比較像妳。」

「不，不是這樣！她沒有比較像我！」海絲特帶著溫柔的笑。「再等一陣子，你就不需要擔心她到底像誰了。不過，現在她頭上戴了那些野花，看起來真是出奇地美麗，就好像我們留在摯愛英格蘭老家的小仙女，特地盛裝打扮，來和我們見面。」

就在他們坐在那兒看著珍珠緩緩接近時，兩人都有種前所未有的感覺。珍珠身上，明白昭顯著串起兩人的羈絆關係。這個孩子，有如活生生的紅字，存在這個世界已整整七年了，兩人私下盡一切力量想要掩埋的祕密，全都被她揭開了——所有的祕密，都鮮明地寫在這個活生生的符號上；所有的祕密，全坦率地昭顯在這個孩子身上——只缺一個能讀懂這個火焰字母的先知或巫師！珍珠是他們兩人存在的融合。不論過去犯下多麼罪大惡極的錯誤，當兩人看到珍珠這個彼此實質結合的結果時，他們就不可能再去質疑自己，當下的命與未來的運，根本不可能分割。而且，從精神層面看，兩人的特質在珍珠身上交揉，也將永遠共容；類似這樣的想法——或許還有兩人這時並沒有發現或表明的其他念頭——都在珍珠身上投射出令人敬畏的感覺。

「不要讓她看出任何不尋常的地方，也不要表現出太多的感情或急切，就用你自己的方法和她打招呼。」海絲特壓低聲音說。「我們的珍珠有時候是一個情緒不太穩定的古怪小精靈，特別是在她不瞭解為什麼或搞不清楚事情的來龍去脈時，通常都沒什麼耐性。不過這孩子有強烈的感情，她愛我，也會愛你。」

「妳不能這麼想，」牧師的視線斜向海絲特，「對於這次的會面，我的心有多麼恐懼，就有多麼渴望。不過，事實上，就像我跟妳說過的，孩子通常都不會主動親近我，他們不會爬上我的膝蓋，不會在我的耳邊童言童語，也不會回應我展露的微笑；他們只會遠遠站著，用奇怪的眼神看著我。連小嬰兒都不例外，當我抱起他們時，他們總是嚎啕大哭。然而珍珠在她短短的生命中，卻有兩次和我親近。第一次——妳應該很清楚。而上一次，則是在那位嚴肅的老行政長官家裡，妳帶著她一起前去的。」

「我記得很清楚，那次你曾勇敢的站在她和我這一邊，替我們說話。」海絲特說。「小珍珠也應該記得。別害怕，一開始她也許會有些生疏與害羞，但她很快就會學會如何去愛你。」

珍珠這時已經來到了溪邊，但她站在較遠的那一邊，沉默地盯著依然一起坐在覆蓋著青苔的樹幹上，並等著迎接自己的海絲特與牧師。小溪恰巧在她停下腳步之處，形成了一塊平靜且安靜的小水池。池水反射出珍珠小巧但完美的五官，在花朵與簇葉編成的花冠裝飾下，珍珠美麗容顏的明亮與生動，清晰可見，而且比真實的人更加精緻、靈化。池裡這個與真實的珍珠幾乎一模一樣的影像，似乎用它特有的隱晦與人類無法理解的特質，在和這個孩子溝通。珍珠站立的樣子很奇怪，至於她的視線，則是穿透過朦朧幽暗森林，堅定不變地盯著海絲特與牧師；同時，因為她這時正被籠罩在一束陽光之中——這光似乎是因為憐憫而朝她照過來的——珍珠顯得更加美麗；這一切都顯得那麼奇怪。站在小溪中的另外一個孩子——和她長得一模一樣的孩子——同樣也被籠罩在金色的陽光之中。

海絲特在模糊而煎熬的情緒下，感受到了與珍珠的疏離，就好像這孩子在獨自漫步穿越森林的途中迷了路，走出了她與母親共同居住的世界，而現在儘管她努力想要找到回家的路，卻徒勞無功。

這樣模糊的情緒，其實既真實又謬誤；這孩子確實與她的母親疏離了，但那全歸咎於海絲特，而非珍珠的錯。從珍珠這次漫步離開她母親身邊的那刻起，這位母親就允許了另一個家人走進自己的感情世界，澈底改變了三個人相處的局面，也因此讓珍珠有如返家流浪兒，找不到原來的位置，不知道自己身在何處。

「我有種奇怪的念頭，」敏感的牧師說，「這條小溪會成為兩個世界的分界線，而妳再也無法接觸到妳的珍珠了。又或者，她就像我們童年傳奇裡的精靈，被禁止跨越那條流動的溪流？拜託妳催一催她吧，這樣的拖延，讓我渾身汗毛直豎。」

「快過來，乖孩子！」海絲特伸出了雙手，鼓勵著珍珠。「妳真慢！什麼時候變得這樣拖拖拉拉？這裡這位是我的朋友，他一定也會成為妳的朋友。從現在開始，妳會得到比媽媽給妳的，還要多一倍的愛。快跨過小溪，走過來，妳明明可以跳得像隻小鹿。」

珍珠並沒有對這些甜言蜜語做出任何反應，她依舊停留在小溪的另一邊。她那明亮而放肆的雙眼，一會兒盯在她母親的身上，一會兒定在牧師身上，一會兒又同時看著他們兩人，像在探查，又像在對自己解釋，他們兩人的關係。基於某種說不清道不明的原因，當戴姆司戴爾感覺孩子的視線投向自己時，他的手——隨著那個早已成為自然的習慣手勢——偷偷地貼上了自己的心口。終於，珍珠顯露出了一種罕見的威嚴姿態，她伸出一個拳頭，但將小小的食指伸出去，明確指向她母親的胸前。在她腳底的溪水之鏡中，那個頭纏鮮花、渾身陽光的小珍珠影像，也同樣伸出了她小小的食指。

「妳這個彆扭的孩子，為什麼還不過來？」海絲特高聲地問。

珍珠依然用食指指著她母親，然後她蹙起了眉頭——這些表情出現在一張幾乎還流露著嬰兒樣貌的五官上，更讓人無法忘懷。當海絲特繼續召喚著她，甚至擺出了假日在外面的樣子，掛上了異於平常的微笑時，這孩子開始跺腳，臉上的表情與身體表露的態度愈加蠻橫。小溪中，那個美麗的怪異影像，再次忠實反映出蹙起的眉、伸出的手指以及蠻橫姿態，而這次小珍珠五官的神態成了清楚的焦點。

「快一點，珍珠，不然我要生氣了！」海絲特大聲地說，她其實已經習慣了這精靈般孩子的類似行為，但此時此刻，她卻很自然地希望孩子能更有禮貌。「快跳過小溪，妳這個頑皮的孩子，然後跑過來，不然我要過去了！」

但珍珠沒有因母親的威脅而害怕，也沒因母親的懇求而軟化，她突然大發雷霆，身體暴烈扭動，五官也嚴重扭曲；隨著這情緒狂野大爆發而來的，是一聲聲撼動森林每個角落的刺耳尖叫。儘管珍珠只是爆發了幼稚又無理取鬧的脾氣，但她背後卻似乎藏著一群與她同仇敵慨、給予她鼓勵的身影。小溪中仍然可以看到珍珠的倒影——那不甚清楚的憤怒表情，她的頭上戴著花冠與花圈，卻一直在踱著腳，發狂似地扭動著身軀；而且這個影子始終用她的小手，指著海絲特的胸前！

「我知道這孩子在鬧些什麼了！」海絲特低聲地對牧師說，她雖然極力掩藏自己的困擾與煩怒，臉色卻變得慘白。「孩子們都不習慣看到每天在他們眼前的事物出現任何改變，再小的改變也不行。珍珠發現——她總是看到——我配戴的東西不見了！」

「求求妳！」牧師回應，「如果妳有任何方法可以安撫這個孩子，拜託趕快讓她平靜下來。除了像希賓斯老夫人那種老巫婆的暴怒外，」他試著面帶微笑，補充說明，「短期內，我希望不要再碰到小孩子如此激烈的情緒反應了。不論是像珍珠般稚嫩美麗的孩子，還是滿臉皺紋的巫婆，這樣的憤怒都展現出了超自然的效力。如果妳愛我，就讓她安靜吧！」

海絲特雙頰通紅地再次轉向了珍珠，同時卻又刻意地斜掃了一眼牧師後，深深嘆了口氣。在她開口前，臉上的紅暈退去，換上了一片死白。

「珍珠！」海絲特悲哀地開口，「看看妳的腳下，就在那兒，在妳前面，在溪的那一邊。」

珍珠把視線轉向她母親所指之處，紅字正躺在那兒，緊緊地貼著溪邊，距離之近，連金色的刺繡都在溪中出現了倒影。

「把紅字拿過來。」海絲特說。

「妳自己過來撿。」珍珠回嘴。

「怎麼會有她這樣的小孩！」海絲特向旁邊的牧師說。「噢，我有好多她的事情要告訴你，不過，老實說，她對這個可恨符號的堅持倒沒有錯。我必須再多背負這個痛苦一陣子——只要再過幾天就好了——直到我們離開這個地方；到時候再回頭，這裡就只是一塊曾出現在我們夢境中的土地。森林藏不住這個紅字，但廣闊的海洋會把這個字從我的手中拿走，永遠的吞沒。」

海絲特一面說著這些話，一面走向溪邊，她撿起了紅字，重新配戴在胸前。就在前一刻，海絲特還滿懷希望地說，將紅字淹沒在深海中，但當她重新從命運手中拿回這個要命的符號時，卻感覺到一種無可避免的劫數將落在自己身上。她之前明明已經把這個紅字丟入無垠的空間中，她呼吸到了一個小時的自由！但現在，這個腥紅色的折磨，又重新在它原來的位置上，閃閃發亮。事實就是這樣，不論有沒有表徵或符號，邪惡的行為總是會賦予自己厄運的特質。接著，海絲特又圈緊了自己那頭濃密的秀髮，將髮絲全部禁錮在帽子底下。這個陰鬱的紅字，似乎擁有摧枯拉朽的魔力，讓海絲特的美麗以及身為女子的溫柔和馥郁，猶如落下的陽光般離去，灰色的陰影取而代之地籠罩了她全身。當海絲特整個人再度變得陰沉黯淡後，她將手伸向了珍珠。

「現在妳認得自己的媽媽嗎？小丫頭？」海絲特的語氣帶著壓抑的責備。「現在妳媽媽又把恥辱戴起來了——她又變得悲哀了，現在妳該跨過小溪，來認她了吧？」

「嗯，我現在要過去了！」珍珠一面回答，一面跳過小溪，緊緊抓住了海絲特的雙臂。「現在妳才真的是我媽媽，而我是妳的小珍珠。」

然後珍珠用異於平常的溫柔，拉下海絲特的頭，親吻她的額頭與雙頰。接著——這個孩子在發過脾氣後，抓住所有機會給予母親安慰的必要性——珍珠噘起嘴，也親吻了那個紅字。

「妳這樣不太好哦！」海絲特說。「每次給我一點點愛的表示時，都要嘲弄我。」

「牧師在那邊做什麼？」珍珠問。

「他在等著迎接妳！」海絲特回答。「過來，讓他賜給妳祝福！他愛妳，我的小珍珠，也愛妳的媽媽。妳不愛他嗎？來吧，他一直都想向妳問好。」

「他愛我們嗎？」珍珠抬眼直視著海絲特的臉，眼中滿是敏銳的智慧。「他會跟我們一起，三個人手牽手地回到鎮上嗎？」

「現在不會。我的孩子，」海絲特回答。「可是再過幾天，他就會跟我們手牽手地走在一起了。我們將來會有自己的家跟爐火；妳會坐在他的膝蓋上；他會教妳很多事情，也會深深地愛妳。妳也會愛他的，對嗎？」

「那他會一直把手放在心口上嗎？」珍珠又問。

「傻丫頭，這是什麼問題！」海絲特高聲而帶著責備語氣回應。「過來，請他賜給妳祝福。」

然而，不論是因為每個受寵的孩子對威脅到自己的對手，都有出於直覺的嫉妒心態，抑或是因為珍珠天生就反覆無常，她並未對牧師展現任何親切之意。即使海絲特用力將珍珠拉到牧師面前，她還是賴在後面，用各種愁眉苦臉來透露自己的不情願；珍珠從襁褓時期開始，就自有一套做鬼臉功夫，她可以把表情豐富的臉，轉變成各式各樣的鬼臉，而每一副鬼臉都帶有惡作劇的性質。牧師雖然尷尬得有些痛苦，仍希望能藉由一個親吻的力量來獲得孩子較友善的回應；於是他向前彎下腰，親吻了珍珠的額頭。結果珍珠立刻從海絲特手中掙脫，衝向溪邊，彎身清洗自己的額頭，直到那個不受歡迎的吻被澈底洗淨，並在流動的溪水中完全沖走為止。那之後，珍珠就一直待在離他們遠遠的地方，沉默看著海絲特與牧師一起商量和計畫之前所提到的新未來，以及很快就會實現的目標。

這場宿命的會面，至此已接近尾聲。這片小山谷又將孤獨地被留在陰暗的環境與多嘴饒舌的古樹之間。古樹會長長久久地低訴曾經在這兒發生過的事情，評論著人類永遠也學不乖。至於憂鬱的溪水，則會把這一則故事繼續堆積在它已經負荷過重的心臟上，再用它那——跟幾個世紀以前一樣，沒有一絲開心氣氛——潺潺低聲，持續抱怨。

20 迷宮中的牧師

牧師比海絲特與小珍珠早一步離開，但在離開時，他帶著幾分期待回頭看了一眼，希望能看到那對母女模糊的面容或緩緩消失在森林微光中的身影。生命出現了如此巨大的變化，讓他一時無法消化，也無法把變化當作事實來接受。但是全身裹在灰暗長袍中的海絲特，依然站在那折斷的樹幹旁。那根久遠前曾遭受慘重災害的斷木，如今已覆滿綠苔，或許就是為了要讓這兩個背負著世上最沉重重擔，且逃不開命運操弄的兩個人，能坐在一起，擁有一小時的喘息和慰藉時光。珍珠也仍然在溪邊輕快舞動——那個擅自闖入的第三者現在終於離開了——她重新奪回了自己在母親身邊原有的位置。這麼說來，剛剛的一切，並不是牧師睡著後的一場夢。

為了擺脫一直煩擾著他、讓他心靈不平靜的那模糊而虛偽的感覺，他開始回想，並更仔細地勾勒剛剛和海絲特的離開計畫。兩人都認定，與新世界的荒野乃至整個美國，甚至印地安小屋的另類生活，或零星散落在海岸的少數歐洲殖民區相比，他們的舊世界、人群和城市，更能提供一個較理想的庇護與隱居之所。遑論事關牧師的健康狀況，他的身體不能再過艱困的森林生活了，他的天賦、修養和整體發展，都只能在有文化的優雅環境中，才能確保他有家的安定感；在愈高度發展的國家，敏感而脆弱的他愈容易適應。

碼頭邊那艘剛停靠好的船，讓兩人更堅定自己的決定。那艘船無疑是當時相當普遍的汽艇，儘管廣義的解釋上，這汽艇並非海上的非法船隻，但穿梭於海浪的大海航行，卻是極其不負責任的行為。這艘船剛從南美洲北岸抵達此處，三天後要再航往布里斯托。海絲特兼任仁愛修女會義工，因此她認識船上的船長與船員，也可負責兩個大人和一個小孩的艙位，更重要的是一切都能祕密進行，以當下的環境來看，這一切簡直理想極了。

牧師曾興致勃勃地詢問海絲特，船期的確切時間；那應該是從當時算起的第四天。「運氣真好！」牧師當時這麼自言自語。至於受人敬重的牧師為什麼會這樣覺得，我們本來並不打算交代得太清楚——然而對讀者不應有任何保留——那是因為從那時算起的第三天，他將要在新的行政長官的就職布道大會講道；這份工作對新英格蘭的神職人員來說，是人生值得紀念的光榮大事；而對牧師來說，更是告別自己職涯的更佳形式與時機。

「至少，他們提到我的時候，」這位人民楷模這麼想，「不會說我尸位素餐或不盡責。」像可憐牧師一樣強烈且深刻自省的人，竟然自欺欺人到這個境界，真令人難過。我們曾經提過他的許多缺點，儘管仍有遺漏，但大家也很清楚，他從來沒有像現在這麼軟弱到令人覺得可悲；也從來沒有任何像現在這樣微不足道，卻令人無法反駁的證據，證明他這個人的真實個性早已受到一種神祕的疾病蠶食。長時間人前人後扮演兩種完全不同角色，到最後，必然會陷落在不知什麼才是真實的困惑深淵中。

與海絲特見面後的興奮感，讓戴姆司戴爾在回家的途中，感受到一種自己所不熟悉的體力，他可以踩著快步趕回鎮上。野生野長的自然障礙物，似乎讓森林小道變得更荒涼、更不友善，而且在他的記憶裡，相較於他這次出門之時，人煙似乎更稀少。儘管如此，他可以輕巧躍過積水的地方，也能硬生生地擠過糾結的灌木叢，他爬坡、鑽洞，簡言之，他克服了路上的一切障礙，毫無倦怠感的活力，連他自己都驚訝不已。他不由自主地想起，僅在短短的兩天前，他是如何走幾步就得停下來喘口氣，艱辛地走過這片土地。等到他接近鎮上時，眼前一連串無比熟悉的景物，給了他完全不一樣的感覺。

他離開這裡的時間，好像不是昨天，也不是一、兩天前，而是許多天，甚至許多年前。街上每條舊車痕，確實仍如記憶中一樣；鎮上屋舍的所有特異之處，以及配合房子砌起的那些三角牆尖，和站立在牆尖的風信雞，也和記憶中的景象重疊；然而那種猛然闖入的迥異感，卻沒有絲毫動搖，繼續糾纏著他。他遇到的熟人、所有知之甚詳的生活型態、小鎮的一切，同樣讓他有這種不一樣的感覺——鎮上的人看起來既沒有增長年歲，也沒有顯得更年輕；老人臉上的白鬍沒有變得更蒼白，昨天還在爬行的小寶寶，也未能踏著穩穩的步子走路；每一位鎮民與他不久前離開時看到的樣子，究竟有什麼不一樣，牧師根本釐不清；但他的意識最深處，卻似乎在對他說，這些人變了！當他經過自己教堂的外牆時，這股異於以往的感覺給了他最震驚的打擊。教堂的外觀變得陌生卻又如此熟悉，以致於牧師的心靈在這兩種衝突的感覺中，擺動震盪。他覺得自己若不是只在夢中見過這個教堂，就是他現在仍處在夢境中。

這種以各式不同型態呈現的現象，代表的不是外在世界的變化，而是指出一個人在面對熟悉場景時，內心突然產生的重要改變，以致於在他的意識中，出現了數年眨眼即過的效果。是牧師與海絲特的決心，加上兩人之間命運的發展，造成了這樣的變化。這座小鎮，仍是以往的小鎮，但從森林歸來的牧師，卻已經不是從前那位牧師了。

也許牧師會對和他打招呼的朋友說，「我現在已經不是那個你眼中的我了！我把那個我留在那邊的森林中，那個我已退避的祕密山谷中，待在一條靠近憂鬱小溪的綠苔樹幹旁邊。去吧！去找你的牧師，去看看他消瘦的軀體、單薄的臉頰，還有他那蒼白、毫無生氣以及因為痛苦而皺紋滿布的額頭，是否像件外衣般被丟棄。」

他的朋友無疑會繼續向他堅持——「你還是原來的你！」不過這次，錯的是他們，不是他。

牧師內心世界裡的那個人，在他抵達家門前，還給了他其他的證據，證明他思想與感情世界的劇烈變化。事實上，在他內心的王國中，那波——正在與這位受驚的可憐牧師溝通——衝動，以及那波衝動所帶來的全面性變化，完全不亞於改朝換代或道德原則改弦易轍的程度。他腳下的每一步，全讓他有一種不情願卻又故意的感覺，驅使著他去做些怪異、狂野的壞事；但是除了他本身，似乎還生出了一個更深沉的自己，在抵抗著這波衝動。舉例來說，他在路上遇到教會中的一位執事。這位老好人用符合他年紀、高貴又聖潔的個性，以及他在教會中的地位、父執輩慈愛與族長般的姿態，向牧師打招呼；相對的，牧師應該用符合自己職業與個人身分的態度，帶著由衷且崇拜的敬意回禮。這個場景應該最佳詮釋了一名社會地位較低、天賦較差的人，在面對地位較高的英才時，如何同時展現出年紀與智慧的尊嚴，卻又兼顧尊崇與敬重的態度。可是就在戴姆司戴爾牧師與這位優秀的白鬍老執事對話的時候，有兩、三次，牧師必須付出全部的心力自我控制，才能壓抑住那發自內心、即將脫口而出的褻瀆聖餐之語。牧師嚇得全身發抖，臉色慘白如灰，他擔心這些可怕的言詞，不經意就會脫口傾洩而出。儘管心中懼怕不已，但只要一想到，若他口出不敬，這位如父親般的老執事會僵化如石，他就忍不住想大笑。

另外一件本質相同的例子，是當牧師在街上疾行時，遇到教會年紀最長的女教友。這位虔誠且堪稱楷模的老太太，窮困、寡居、孤獨一人，生活猶如一座墳場——裡面排滿了訴說著故事的墓碑，對離世許久的丈夫、孩子與朋友，念念不忘。這載滿沉重悲痛的一切，因為宗教的慰藉與聖經的真言，成了她虔誠靈魂的莊嚴喜悅，她就這樣生活了三十多年。自從戴姆司戴爾先生接納她成為他教會的教友後，除了不可能在這個世界尋到的天堂慰藉外，這位好心老婆婆最重要的世俗安慰，就是遇到戴姆司戴爾牧師；不論是不經意的巧遇，還是刻意的安排，從牧師那令人鍾愛的口中，說出有如天堂微風般的溫暖福音真理，即使是不完整的隻字片語，只要能進入她那遲鈍卻狂喜專注的耳中，她就會覺得神清氣爽。

然而這一次，就像是靈魂最大的敵人終於心想事成般，牧師直到貼近老婦人耳邊時，都想不起來任何一句聖經的話或其他內容，唯一記得的，只有簡潔有力且自己當下覺得完全無法辯駁的反人類靈魂永恆的主張。若將這套理論緩緩灌進這位年邁姊妹的心中，說不定會因為注入的毒素過於強烈，而造成她立即暴斃。他在她耳邊低語的話，事後他一點都不記得真正內容。或許他當時的語無倫次是幸運的，因為這樣，他就無法把任何清楚的意念傳達給她，並讓她理解；又或者是上帝用了祂自己的方式，為老姊妹做了解讀。確定的是，當牧師回過頭時，他看到老太太那張皺紋滿布、蒼白如灰的臉上，顯露著聖潔的感激與狂喜之情，就像是沐浴在天國的光芒中。

還有第三個例子。牧師與年邁的教友分開後，又遇到教會最年輕的姊妹。她是新近加入戴姆司戴爾的教會的教友——牧師在那個不眠夜的安息日布道後，贏得了她的信仰與加入——她願意用世俗無常的歡愉去交換天國賜予的希望，確保在生命慢慢將她周遭的一切變成漆黑一片時，會有更明亮的實體出現；而極致的黑暗，也會因為最終的榮耀，而變得光彩奪目。這位年輕的女教友，美麗、清純得有如天堂中綻放的百合。牧師很清楚自己在這位女教友的心中，佔據了一塊無瑕的神聖殿堂；而圍在殿堂雪白帷帳內的，是在宗教情操中注入了愛情溫暖的他的畫像。

那天下午，一定是撒旦領著那個年輕女孩離開她母親的身邊，並將她丟在這個受到嚴厲考驗的男人經過的路上，或者——我們應該用另外一種說法？——這個茫然又絕望的男人。當她走近時，撒旦低聲要求牧師縮小形體，在年輕女教友溫柔的胸膛中，投下一顆確保可以在很短時間就祕密開花，並結出黑色果實的邪惡種子。以她如此信任牧師的程度，他有把握，自己只要拋出一個不道德的眼神，就能讓一片無辜的心田全部荒廢；只要一個字，就能讓一切發展與純潔背道而馳；他非常清楚自己對這個尚未經事的靈魂，有絕對的影響力。結果——這次牧師經歷了前所未有的激烈掙扎——他拉起黑色牧師長袍斗篷遮住臉，就像沒有遇到熟人般匆匆離開，放任這位年經的姊妹去消化他的無禮。她一再反省——只不過她的心就如同她的皮包或針線袋，裡面裝的全都是無關緊要的雞毛蒜皮——並且因為成千個想像中的錯誤而自責，真是可憐的孩子！直到第二天早上，她腫著兩顆核桃大的眼睛，做著份內的家事，才放下自責。

牧師還來不及慶祝自己戰勝這次誘惑的勝利，就又感覺到了另一波——跟之前幾次一樣，但更可笑的——可怕衝動。那個衝動——我們真是不好意思說出來——讓他想立刻停下來，對街上一群正在嬉戲的清教徒孩子，說些不三不四的話，而且這些話已經衝到嘴邊了。壓制住這個有辱身上神職服裝的詭異想法後，他又遇到一名酩酊大醉的船員，他是那艘從南美洲北岸駛過來的船的一員。可憐的牧師，因為一路走來已英勇抑制了所有惡意的衝動，所以他想著至少可以和這位滿身焦油的無賴握握手，再跟對方胡說八道、開些沒大沒小的玩笑，放鬆一下自己的心情。放縱的水手們滿肚子都是這類的笑話，而那些順耳、活潑、連珠砲般令聽者心滿意足的藐視上帝的謾罵惡言，他們更是一開口就成串地不會中斷。牧師再次成功化解了遭遇水手的危機，但並不是因為他天生高格調、高品味的更高原則，而是因為早已滲透進入他骨髓中，根深柢固的神職人員禮儀。

「究竟是什麼讓我鬼迷心竅？」終於，牧師在街上停下腳步，一面對著自己吼，一面捶著前額。「我瘋了嗎？還是完全受到了魔鬼的控制？難道我在森林裡用自己的血與魔鬼簽訂了契約？難道他現在是藉著他最噁心的想像力，可以想到的各種惡行，來召喚我履約？」

就在戴姆司戴爾牧師這樣一面自我溝通，一面捶額的當兒，那位被眾人認定為巫婆的希賓斯老太太正好經過。她盛裝打扮，高聳的髮型、奢華的絲絨長袍，搭配著名的黃色上漿襞襟；那上漿的過程，可是她的手帕交安・透納[54]在因為湯瑪斯・歐佛伯瑞爵士的謀殺案而遭絞刑處決前，私下傳授給她的手法。不論這位巫婆是否真的看穿了牧師的想法，她都停下了腳步，敏銳地打量著他的臉，且露出了狡猾的微笑，然後這位鮮少與神職人員交談的老太太，開始和牧師攀談。

「唉呀，令人尊敬的先生，你去過森林了！」這位巫婆老太太束著高聳髮型的頭不斷對著牧師點著。「下次事先跟我說一聲，若能陪你一起去，我會感到無比榮幸。不是我往自己臉上貼金，不過我的一句好話，可以讓任何一位不熟悉這些事情的先生，得到森林裡那位權威人士的熱情款待與另眼看待。」

「我承認，夫人，」牧師以符合希賓斯夫人的社會階級，和他自己血統所嚴格要求的禮節，對她深深一鞠躬。「我承認，並且以良心與性格擔保，妳言語中的主張，確實讓我感到極度迷惘。然而我去森林，既不是去尋找權威人士，也不會在未來任何時間為了贏得任何人的歡心，而去森林裡拜訪任何人。我去森林的唯一目的，就只是去問候虔誠的朋友使徒艾略特，並和他一起慶祝，他在異教國度所贏得的許多寶貴靈魂。」

「哈哈哈！」這名老巫婆突然咯咯大笑，頭依然點個不停。「好了，好了！我們一定要在白天找個時間好好聊一聊，你應付我的樣子，簡直就像個老手。不過在半夜的森林裡，我們應該可以一起談談別的事。」然後她就這麼端著她年邁的莊嚴，繼續往前走，但時不時回頭對他微笑，就像是開心承認兩人之間不為人知的親密關係似的。

「我當時，」牧師心裡這麼想，「真的把自己賣給那個大家謠傳的，戴著黃漿領、穿著絲絨袍的老巫婆，所尊為君王與主人的魔鬼了嗎？」

可憐的牧師！其實他所做的交易，和將自己賣給魔鬼十分相似！一場快樂之夢的引誘，就讓他做出了從未做過的事情，刻意選擇放棄了自己，朝著明知會墜入地獄的罪惡邁進。這種罪惡具傳染性的毒液，早已快速滲進了他整個道德系統。這種毒素，不但麻痺了他所有受到祝福的天賦，也喚醒並活化了他全部的惡劣因子。蔑視、諷刺、無緣無故的敵意、毫無根據就想傷害他人的渴望，還有對所有善良與神聖事物的嘲弄，在甦醒後全都向他伸出誘惑之手，讓他恐懼不已。而這次與希賓斯老太太的碰面，即使真的只是巧合，也顯露了他內心與邪惡的人以及邪靈世界之間的共鳴與伙伴關係。

這個時候，戴姆司戴爾已接近自己位於墓地邊的住處了。他疾步上樓，躲進自己的書房中。牧師很高興回到這個庇護所，不用再擔心自己會在世人面前，無意地暴露出前述那些陌生又邪惡的奇言怪行。他走進這個自己已非常習慣的房間，看看屋子裡圍繞在他身邊的書，又看看窗子、壁爐，以及感受牆上壁氈提供的舒適感，然而從森林小山谷走回鎮上那一路，所感受到的怪異感覺，依然存在。他曾在這間屋子裡研讀、撰著；他

54.安妮·透納（Anne Turner）：一五七六～一六一五，倫敦一位著名醫師的遺孀，她因涉入湯瑪斯·歐佛伯瑞爵士因反對其保護主羅切斯特子爵（Viscount Rochester）迎娶愛塞克斯伯爵夫人，而遭人毒殺案件，於一六一五年遭絞刑處決。她發明用澱粉為襞襟上漿，蔚為流行。而判刑法官命令她於受刑時，配戴她自己發明的流行上漿襞襟，此舉也讓這種襞襟在恥辱和厭惡中，結束了流行。

曾在這兒度過禁食與徹夜不眠的時光，並把自己折騰成半死不活的樣子；他曾在此祈禱；他曾在此承受過成千上萬的痛苦。房間裡還有一本用詞彙豐富的古希伯來文寫成的《聖經》，裡面有摩西與先知對他說過的話，整本聖經都充斥著上帝的聲音。

桌上是尚未完成的布道稿，旁邊擺著墨水筆，稿子中斷在一個句子的正中間；兩天前，他的思緒就是從這一頁開始，停止湧現。他很清楚，完成這些東西、忍受這些東西，並把一切的一切全部寫入這份慶祝就任布道稿裡的人，是他，是他這個臉頰蒼白又削瘦的牧師！然而此時的他，卻像個旁觀者，用輕視可憐的眼神，又半帶著嫉妒的好奇態度，看著以前的自己。以前的那個自己，已消失不見。另一個從森林走出來的人，回來了——這個人更聰明——這個人擁有之前那個單純的自己，永遠也無法觸及的神祕知識，一種令人痛苦的知識。正當牧師腦子裡全都是這些反省時，書房的門響了！

「請進！」牧師說，完全沒有排除自己會看到那個邪靈的可能性。結果，他也確實看到了。走進房間的人，正是齊靈沃斯。牧師一言不發、臉色蒼白地站在那兒，一手放在希伯來文的聖經上，另一隻手攤在自己胸前。

「歡迎回家，敬愛的先生。」這位醫師開場，「虔誠的使徒艾略特好嗎？不過我覺得，親愛的先生，你看起來很蒼白，就像是穿越荒野讓你筋疲力盡。我的協助應該可以幫你安心並恢復力氣，好應付慶祝就任的布道大會？」

「不，我想不用了。」牧師回答。「侷限在自己書房中這麼久之後，這趟旅程、與遠方的聖徒見面，以及呼吸到的自由空氣，對我都有莫大好處。儘管你是一片好心，而且用友善的手調製藥品，但我想我不再需要你的藥了，親愛的醫生。」

短暫交談的這段時間，齊靈沃斯一直盯著牧師看，臉上是一副醫師對待自己病人的嚴肅與專注。然而，不論外在的表現如何，牧師幾乎可以確定這個老人知道——或者，至少他高度懷疑——自己和海絲特見面的事情。而這位醫生這時也理解到，從牧師的角度來看，自己不但已不再是他信任的朋友，更成了對方仇苦的敵人。既然彼此都知道了這麼多，那麼顯露出一些適當的情緒，就該是非常自然的事。只不過令人覺得好奇的是，需要多少時間和言詞，才能具體表達事實，而兩個選擇閃避特定議題的人，需要多少的安全距離，才能靠近彼此的底線，卻又能在不驚擾現況的情形下撤回試探？牧師一點都不擔心齊靈沃斯會開誠布公地論及兩人對立的立場，但是醫生以他那見不得人的手段，必然已經慢慢接近了祕密的真相，令人恐懼。

醫生這麼說：「今天晚上你再試試看我欠佳的醫術，好嗎？當然，親愛的先生，要讓你擁有足夠的力氣與活力，完成這篇慶祝就任的布道稿，我們還是必須經過一些辛苦的過程。大家都對你有很高的期待，因為他們都清楚，明年可能就看不到他們的牧師了。」

「是啊！到時候我就去了另外一個世界。」牧師帶著虔誠的認命態度回答。「老天保佑，希望那個世界比這裡更好；老實說，我也不認為自己能再留下來，和教眾度過另一個春夏秋冬的循環。不過說到你的藥，親愛的先生，就我現在的身體狀況，我並不需要。」

「真高興聽到你這麼說。」醫師說，「我所調製的那些藥，長久以來一直沒什麼效用，也許現在終於開始有療效。如果真的可以治好你的病，那我會非常快樂，而且整個新英格蘭都得向我說聲謝謝。」

「是我要衷心地謝謝你，最機警的朋友，」牧師露出了嚴肅的微笑。「謝謝你，我只能用祈禱來感謝你的這些善心行為。」

「一個好人的祈禱，其價值和酬謝的黃金一樣寶貴。」齊靈沃斯邊說邊離開了牧師的書房。「的確，這些祈禱就是新耶路撒冷目前流通的金幣，上面鑄刻著上帝的戳記。」

獨自留在書房的牧師，喚來了僕人準備餐點。餐點備妥後，他狼吞虎嚥地吃著。之後他將已經寫完的慶祝就任布道稿丟入火裡，重新撰寫。撰寫新布道稿時，他文思泉湧、感情豐沛，自認受到了神的啟發；他疑惑地想著，上帝為什麼會覺得如此重要而嚴肅的音樂，適合透過他這樣一個已經污濁的音管傳達出去；不論如何，他並未執著於解開這個謎題，也不在乎這個問題是否永遠都無法解答，他誠懇且狂喜忘形地投入在撰寫布道稿的工作中。

這個晚上，牧師如同騎在長了翅膀的千里駒上飛逝而過；晨光透過窗簾偷窺而羞紅了臉，最後，太陽終於將金色的光線撒入書房中，直接投射在牧師那雙困惑的雙眼上。牧師就在這間房間裡，他手中依然抓著筆，身後的一大片空間，擺滿了數不清頁數的文稿。

21 新英格蘭的假日

那天早上，就在新任行政長官從人民手中正式接下職務與重任後不久，海絲特就帶著小珍珠來到了市場。市場裡已經擠滿了工匠與小鎮的平民百姓，中間夾雜了一些粗野的身影，這些人的鹿皮服飾，昭顯出他們來自於這個重要小殖民鎮周邊的森林村落。

一如過去七年的所有其他節日，海絲特在這個國定假日也同樣包裹在一襲灰色的粗布衣長袍中。這件袍子的顏色以及款式上一些無法描述的特色，都有讓她的身形淡出大家視線與注意之外的效果；然而她胸前的紅字，又會因為道德面的光芒，而將她從那隱晦不明的模糊中，重新拉回人們眼前。長久以來，鎮民早已熟悉也習慣她那張總是平靜如磐石的臉，猶如一張面具；或者，更像一個已亡婦人臉上冰冷的寧靜；這種與亡者相似的陰沉，出於海絲特其實早已死亡，不論獲得了多少同情與憐憫，她其實早已離開了這個她依然與之糾纏不清的世界。

然而在這一天，她的臉上出現一種或許前所未見的表情，只不過除非出現一位極具天賦的觀察者，從一開始就讀懂她的心，之後再從她的臉容與行動，搜尋相對應的表情與姿態；否則她這個異於平常的表情，並沒有生動到能引人注意的程度。若真有這樣一個靈力超強的觀察者，他或許可以想像，海絲特在熬過了好幾年悲慘歲月中，那些人們投注過來的異樣眼光，以及將這樣的眼光當成一種贖罪行為，和她必須承受的嚴峻信仰後，她現在終於可以用自由且自願的態度，最後一次面對這些目光；因為這樣，她才能將長久以來承受的痛苦，全轉化成勝利。

「你們最後一次再看看這個紅字和配戴紅字的人吧！」這個大眾造成的受害者與一輩子都受到制約的奴隸，或許會對大家這樣說。「再過一會兒，她就要脫離你們的掌控了！再過幾個小時，那深深的神祕大海，就會將你們用來燒灼她胸膛的那個符號，永遠熄滅、永遠埋藏起來。」

如果海絲特很快就能擺脫那始終與她的生存深深結合在一起的痛苦，終於贏得自由，那麼我們認為在此刻，她心中會產生一份遺憾，並非不可能，也沒有抵觸人類天性的自然反應。在她成年後，在以成熟女人生活的歲月裡，品嚐到的幾乎全是苦艾與蘆薈調配的永恆苦澀之味，現在面對最後一杯苦艾與蘆薈，難道她不會有無法抗拒的渴望，想要一口氣全部喝下嗎？從今往後，送到她唇邊的生命之酒，將盛裝在雕刻精美的金杯玉盞中，風味也必定醇厚、可口，又令人開心；不然在她嚐遍了強效的苦澀辛酸之後，她的生命中，只會剩下躲也躲不掉的疲憊與沉悶。

海絲特把小珍珠打扮得優雅華麗。大家絕對猜不到這個陽光般開朗的幽靈，竟出自海絲特這個陰暗灰澀的幽靈之手，大家也一定想不到，那份曾經一定要為這孩子設計出絢爛精美服飾的創造力，同樣也為海絲特這身儉樸的長袍注入了鮮明的獨特性；而相較於前者，獨特的儉樸長袍或許是更不容易完成的工作。為珍珠量身打造且契合她氣質的服飾，似乎是她個性的流淌，或者應該說是她個性無法避免的揭露與外顯，她的衣服無法和她的人分開，猶如同蝴蝶的翅膀不能與翅膀上明亮多彩的色調各自獨立，或一朵鮮豔花朵的襯葉無法抽離色彩鮮明的美麗一樣。這孩子也一樣，她的裝扮與她的本性完全融合。更有甚者，在這個重要的日子裡，珍珠的情緒交雜著特殊的平靜與興奮，最佳詮釋應該是鑽石的閃耀，因為鑽石展示出來的每一個切面，都跳動著不同的光芒與華麗。

孩子總能感受到與自己相關的人心情動盪不安，也能產生共鳴，尤其這不安的心情源於麻煩、即將發生的巨大變動，或家中環境任何一個層面的改變；珍珠身為母親不平靜心中的珍貴寶石，藉由靈魂的悸動，無意中暴露了表現在海絲特有如磐石般冷硬的額間，那瞞過了所有人的激動情緒。那份興奮的情緒讓珍珠像隻小鳥般跳躍，而不是乖乖走在母親身邊。她的口中不斷繃出放肆而無人能懂的大吼大叫，有時候還會狂吼著刺耳的樂曲。等這對母女走到市場時，珍珠感受到讓市場變活躍的熙嚷與喧鬧，也因此變得更加浮躁。平常時候，市場多半像是鎮民會議廳前寬廣而寂寞的綠地，而非鎮上的商業活動中心。

「怎麼了，這裡發生了什麼事，媽媽？」珍珠大聲地詢問。「為什麼所有的人今天都沒有去工作？今天是全世界的玩耍日嗎？妳看，鐵匠在那邊！他把黑漆漆的臉都洗乾淨了，還穿上了安息日的衣服，就好像只要有人教他怎麼開心，他就願意高高興興地學習怎麼開心一樣！還有老獄卒，他在對我點頭微笑。布萊基特先生為什麼要對我點頭微笑，媽媽？」

「他還記得妳小寶寶的樣子，乖女兒。」海絲特回答。

「他才不會因為那樣就對我點頭微笑，他是黑黑的、眼睛醜醜的、讓人討厭的老頭子！」珍珠這麼說。「不過如果他願意的話，他會對妳點頭；因為妳穿著灰色的衣服，還戴著紅字。可是，妳看，媽媽，有好多不認識的人，裡面還有印地安人跟水手，他們全都來市場這裡做什麼？」

「他們在等著看遊行的隊伍經過，」海絲特回答。「各級的行政長官都會經過這裡，還會有很多牧師，所有的大官和好人也會一起經過；士兵會配合著音樂走在他們前面。」

「那個牧師也會來嗎？」珍珠問。「他會向我伸出兩隻手嗎？就像妳在河邊把我帶到他面前那樣。」

「他也會來，小丫頭。」海絲特這麼回答，「但他今天不會跟妳打招呼，妳也不可以跟他打招呼。」

「他真是奇怪又可憐的人！」這個孩子像是自言自語地說。「他在黑漆漆的半夜三更把我們叫到他身邊，還握住妳和我的手。那時我們就在那邊的絞刑台上，跟他站在一起。還有在深深的森林裡，在只有老樹聽得到、只有天空看得到的窄窄一條縫的地方，他坐在一團青苔上跟妳說話。他還親我的額頭，連小溪都差點洗不乾淨那個吻。可是現在，在太陽底下，在所有人都在的時候，他又不認識我們了，然後我們也不可以認識他！他真是奇怪又可憐的人，而且他的手總是放在他的心上！」

「不要再說了！珍珠，妳不瞭解這些事。」海絲特說。「現在別想牧師的事了，看看妳的身邊，看看今天每個人臉上都是多麼開心的表情。小朋友全從學校過來了，大人也從工作的地方、田裡過來了，大家都想開心一下。因為，今天，有一個新的人要開始領導他們了！從人類創立第一個國家開始，這個習慣就存在了，所有人都會歡欣鼓舞地開心慶祝：就好像一個豐收的黃金年，終於要降臨在這個可憐的舊世界了！」

確實如海絲特所言，群眾臉上全閃現著明亮欣喜的罕見歡樂。清教徒把他們認為人類弱點可以允許的各種開心與公眾歡樂，全部壓縮到每年的這個慶祝季節——從以前就是這樣，而且此後的兩百年間，大部分時間也一直維持著這樣的傳統；因此，到目前為止，他們都是藉由這樣的場合來驅散風俗慣例帶來的陰影，因為只有在這段獨一無二的節慶時間，他們臉上的表情，才不會比大多數其他生活普遍艱困的人更陰沉。

不過，我們或許也過度強調了灰、黑色調，儘管這兩種色調無疑確實凸顯了當代氣氛與態度的特質。這時出現在波士頓市場的人，均非一出生就繼承了清教徒的陰鬱悶。

他們全是出生於英國的英國人，先祖曾生活在陽光普照又富裕的伊麗莎白時代；在大家的眼中，那個年代的英國，不但是偉大的國家，其華貴、堂皇與歡樂的程度，似乎更是前所未見。如果英國殖民承接了他們先祖傳下來的品味，那麼新英格蘭的殖民者，應該會用篝火、盛宴、慶祝活動以及遊行，彰顯所有具有公共重要性的活動。他們也不會在盛大典禮的儀式上，不切實際地將嬉鬧的娛樂性活動與嚴肅的正式活動，結合在一起；猶如在國家慶典上，穿上一件繡著怪誕卻顯眼圖案的正式服裝。

其實在殖民區開始慶祝政治年度的這個節日時，複製故鄉的意圖，就一直籠罩在相關的慶典與活動上。記憶中的輝煌，在這裡黯淡投射；曾在驕傲的老倫敦目睹過的一切，以毫無特色且多次失真後的印象複製——我們不提皇家的加冕典禮，就說說倫敦市長的就職大典吧——從行政長官一年一度的上任慶典，這類我們先祖建立起的慣例中，就可以找到倫敦市長就職大典的複製痕跡。共和國的先祖與創建者——包括政治人物、牧師、軍人——都認為呈現出外在的體面與莊嚴，是份內的職責；而根據古風，這種體面與莊嚴，要由足以彰顯公眾與社會顯赫地位的裝束來呈現。於是所有的人都列隊走在人們眼前，藉此為新成立的簡陋政府架構添加必要的尊嚴。

再說，即使政府並未鼓勵人民在各自不同型態的艱困工作崗位放鬆一下，不要時時刻刻律己以嚴地恪守所有已與宗教態度合而為一的規定，政府也默許他們這樣做。確實，伊麗莎白女王或詹姆斯國王，那個時候各種受歡迎的歡樂活動，現在都看不到了——沒有內容粗野的誇張戲劇表演、沒有彈著豎琴吟唱傳奇民謠的歌者、沒有吟遊詩人和他身邊會隨音樂起舞的猴子、沒有模仿巫術把戲的雜耍藝人，更沒有善用各種資源散播歡樂氣氛的小丑，說著大概已經流傳了一百年但效力完全不減的各種笑話，炒熱場子。這些詼諧滑稽界的各種專業人士，都受到了嚴厲的打壓，打壓他們的不僅是僵硬的法律條文，還有輿論所賦予法律的強勢。不過，大眾臉上的微笑依然明顯而誠摯，或許有些僵硬，但大家的嘴角都上揚得很高。殖民者曾在英格蘭鄉間市集或村莊綠地上見識過，或很久前親身參與過的競技活動，在這兒倒不缺乏；為了保留殖民者本質中的勇氣與剛毅，大家都覺得這類競技活動，應該可以在這片新土地上維持下去。因此，以有別於英格蘭康瓦耳郡與得文郡方式進行的角力比賽，在市場裡處處可見；其中一個角落就正在進行一場鐵頭木棍的友誼賽。不過最吸引人的，莫過於兩名大師在之前提過置放示眾枷的台子上，用圓盾和寬刃大刀演繹示範的防衛術。遺憾的是，因為鎮上差役的干涉，防衛表演被迫中斷，讓觀眾覺得大殺風景。這位差役從沒想過，批准這種亂七八糟的活動在神聖之地進行，嚴重危害法律威嚴。

雖然無法絕對肯定，但整體而言，（這些人都是生活中沒有喜樂的第一代，但他們的祖先在當年，卻全是吃喝玩樂的高手）在慶祝節日方面，他們那一代，要比他們的後代，甚至相隔久遠之後的我們這一代，要開心多了。他們的下一代，也就是早期移民的第二代，不僅是清教徒中色彩最黯淡黑沉的一群，他們也讓整個國家都染上陰沉之色。

歷經了好多年，後人仍無法將他們留下的黯淡完全清除。若想重新學會已遺忘的歡樂，我們還有相當長的一段路要走。

市場上鎮民的生活景象，儘管普遍散發著英國移民那哀傷的灰、棕或黑色基調，但仍夾雜著讓整幅畫面顯得生動的其他色彩。譬如一群印地安人——穿著他們未開化但做工精細，且刺繡圖案新穎的鹿皮袍子，腰繫串珠帶、臉上塗著紅色與黃色的赭土，頭上還插根羽毛；他們的手裡握著弓箭和石尖矛等防身武器，遠遠站著旁觀，臉上堅毅不屈的嚴肅，連清教徒都自嘆弗如。不過即使是這些色彩鮮明的野蠻民族，也不是現場最狂野的特點。

最吸睛的焦點，由一群當之無愧的水手拔得頭籌——他們都是船員，在那艘來自南美北岸的船上工作，上岸來觀看就職日的熱鬧。這些船員看起來都像是粗魯的亡命之徒，因為陽光曝曬而黝黑的臉，配上濃密繁盛的大鬍子，用皮帶固定寬褲，而皮帶扣通常是一塊粗磨的扁平金塊，隨身配戴長刀或長劍。在棕櫚葉編織而成的寬緣帽下，這些水手的眼睛閃爍著動物般的殘暴眼神，即使天性溫和、心情歡樂，他們的眼神也不會改變。這些人毫無畏懼或猶豫，就違反制約所有其他人行為的規定，譬如大剌剌地在差役眼前吞雲吐霧；如果吸煙草的人換成了鎮民，每一口菸都得付出一先令的代價；又譬如，隨興大口牛飲酒桶裡的紅酒或隨身酒罐中的烈酒，再慷慨地將酒罐遞給身邊瞠目結舌的圍觀群眾。儘管我們認為當時的品德標準相當嚴苛，但這些水手的行徑，卻格外凸顯了當時不完備的品德要求。因為那個年代賦予了海員階級背德亂行的許可證，當時的體制不僅放任他們在岸上行為失序，更縱容他們戕害自己真正的天性。那個時代的水手，若以我們這個年代的標準衡量，與被提審的海盜也沒有太大差別。就拿當年那艘船的水手來說，他們就算不是航海界罪大惡極的壞蛋，用我們熟悉的話來說，也必定打劫過西班牙商界，這幾乎是無須質疑的事。如果在現代的司法法院受審，這些人犯下的罪行，大概足以讓他們丟了項上人頭。

可是話說回來，那個年代的大海總是隨心所欲地起伏、翻湧、狂躁，只有暴風才能令之屈服，完全無視人類律法的規定。在海浪上討生活的海盜如果願意，隨時可以立地成佛，成為陸地上堂堂正正、虔誠敬神的君子。不過即使他們無法無天的事業如日中天，與這些人打交道建立起泛泛之交，也不會被視為是有損名譽的事情。因此穿著黑斗蓬、圍著上漿領環、頭戴尖頂高帽的年長清教徒，面對這群歡樂的海上子民喧鬧又粗野的舉止時，回應的是親切的微笑。而當大家看到令人敬重的市民老羅傑・齊靈沃斯醫生走進市場，與那艘可疑大船的船長親密而熟悉地交談時，也引不起訝異或非議。

到目前為止，若從服飾上判斷，這位船長無疑是最引人注目的華麗人物。他的外衣繫滿彩帶；帽子上有條黃金飾帶，還圈了一條黃金鍊子，上面插著一根羽毛。船長身側配戴長劍，額頭有道劍疤，依髮型判斷他應該是迫不及待想誇耀那道劍疤，而不是加以遮掩。生活在陸地上的人不可能打扮成這個樣子，也不會把布著疤痕的臉露出來，更不會精神抖擻地穿著這樣的服飾、露出這樣的尊容；若真的這樣做，也必定會受到行政長官當面的嚴厲質問，以及判處罰金或監禁，或許還會被綁上絞刑台上枷示眾。然而同樣的裝扮與行為，出現在船長身上，一切的一切，就成了大魚身上閃耀的鱗片，切合身分。

即將開船前往英國布里斯托的船長在與醫師分手後，就漫不經心地在市場裡閒步穿梭，直到恰巧走到海絲特站立的地方。他似乎認出了她，然後毫不猶豫地上前打招呼。海絲特站立之處，一如既往，在周遭形成一小圈空地——有點像是魔法圈——儘管稍遠一點的地方，大家都摩肩接踵，也沒有人願意或想要冒險闖入圈子裡。這就是紅字為注定配戴它的人，所圈限出來的一種強制性精神孤立；部分原因出於她自身的拘謹，部分原因則是因為海絲特儘管對外人已不再絕對的冷漠，但本能反應仍讓她與她的同胞間，保持著一定的距離。這樣的距離，在以前或許沒有任何好處，但這次卻給了海絲特能和船長交談，卻不需擔心有人聽到的便利；再說，海絲特在大眾心中的形象已有很大的轉變，她現在所要溝通的內容，即使是由鎮上最澈底嚴守道德標準的已婚女子嘴中說出來，也會引起不小於她的醜聞風暴。

「這下好了，夫人，」船長這麼說，「除了跟妳談好的艙位，我還得交代船上的傢伙，再多準備一個艙位。這趟航程不用怕敗血症或傷寒了。有了船醫和另一位醫生，我們唯一的風險只剩下藥物的不足了。不過也不用擔心，因為我船上有很多從藥商手裡弄來的東西，都是我跟一艘西班牙大船換來的。」

「什麼意思？」海絲特有些無法自制地露出了驚愕的表情。「你還有其他的乘客？」

「怎麼，妳不知道嗎？」船長高聲回應，「這裡的那位醫生——他自稱齊靈沃斯——有意跟妳一起嚐嚐我們船上的飯菜。啊！沒錯，妳一定知道這件事，因為他說，他跟妳是一起的，還是妳說的那位先生的好朋友——就是那位因為這些煩死人的老清教徒官老爺而有生命危險的那位先生。」

「他們的確彼此熟識，」海絲特儘管心中驚恐至極，臉上卻是一派平靜。「他們住在一起很久了。」

船長與海絲特的交談已然結束。但就在這一刻，她看到齊靈沃斯站在市場最遠的那個角落，對自己微笑；儘管隔著寬闊喧鬧的廣場，交雜著人群的各種談話聲、笑聲、思緒、情緒與興趣，那個微笑，仍然傳送出了神祕而令人害怕的意義。

22
遊行

海絲特還來不及整理自己的思緒以及找出實用的作法，對應這個令人驚恐的突發事件，就聽到來自鄰近街道愈來愈近的軍樂聲。這代表行政長官與鎮民的遊行隊伍，已經開始朝著會議廳而來。根據早期建立後就一直傳承下來的慣例，令人敬重的戴姆司戴爾牧師將在會議廳進行慶祝就任的布道大會。

遊行隊伍沒多久就出現了，緩慢而威嚴的隊伍，轉個彎就朝著市場而去。率先進入視線的是樂隊，樂手以各種樂器合奏著音樂。樂器之間或許無法完美融合，吹奏者的技術也不甚高明，但是和諧的鼓聲與小號聲卻達到了向廣大群眾宣告，前導任務的偉大目的——他們的作用就是要為眼前經過的生命場景，注入更高尚、更雄壯的氣氛。

珍珠一開始還拍手附和，但轉眼間，讓她一整個早上都興奮浮躁的動力就洩了氣；她沉默地看著這一切，像隻乘著喧鬧聲浪洶湧起伏，進而扶搖直上的海鳥。但很快地，因為陽光在遊行士兵手上的武器與身上晶亮的盔甲上舞動，珍珠重新回到之前的興奮情緒中。這群隨著音樂行進的士兵，是遊行隊伍最體面的護衛。這群依然維持完整體制，且沒有任何雇傭兵的軍隊，肩負著古老的榮耀聲名，從過去一直行軍到了現在。隊列中不乏感受到軍武脈動衝擊的紳士，他們想要建立一所軍事學院，效法聖殿騎士，在學院中學習科學、在和平時代學習戰時的本領。從每名士兵的高傲態度，可以看出當年大家對於軍人的高度敬重。而事實上，確實有些人因為在低地國家以及歐洲各大小戰役的戰場上，執行軍事任務，而得到了名符其實的彪炳聲望，以及足以誇耀的軍界地位。更值得一提的是，整個部隊都裹在擦得發亮的鐵甲中，晶閃的高頭盔上插著翎毛，其展現的輝煌顯赫效果，令現代的閱兵活動難以望其項背。

緊跟在兵士護衛後的是民政大官，他們更值得有心的觀眾關注。這群人的表現，透露出高貴尊嚴的特質。相較之下，戰士們高傲的昂首闊步就顯得低俗粗鄙，甚至荒謬了。那個年代，我們所謂的英才，並不如現代這麼引人重視，然而當年菁英在性格上的沉穩端莊等重要特質，卻比現代菁英濃厚多了。那些人所擁有的受人敬重特質，都是代代相傳，但在他們的後代身上，這些特質即使仍有殘存，比例上也比他們的父執先祖少了很多。再者，因為公務人員的選拔與評核制度，他們的勢力更是大幅縮減。這樣的改變也許是好，也許是壞，也許好壞參半。早期，這些蠻荒海岸上的英國殖民者，將君王、貴族以及各種令人敬畏階級的大人物，拋在身後；然而尊崇那些人的本能與必要性，仍威力強大地留在了骨子裡。為了保留這份崇敬，這群人白了頭、在莊嚴的額頭上刻畫出歲月，他們高度仰賴長久以來從經驗換來的正直、紮實的智慧、帶有悲傷色彩的體驗，以及讓他們相信永恆的嚴肅與沉重體制，而這一切的廣義定義，就是高尚的體面。也因此，在殖民初期，人民選出來的政治人物，如布萊德史崔特、安迪考特、杜德利、貝靈漢[55]以及他們的同儕，似乎通常都不是才華橫溢、智識超群之輩，但全都穩重幹練。他們剛毅且自立自強，在艱困或危險的時刻，會如抵擋狂浪暴潮的絕崖那樣，站出來為國家戰鬥。而這些我們所談的特質，就充分展現在新任行政長官方正的五官與高大的體型上。這群真正因國會參議院採納民主制度而上任，或設立獨立樞密院的重要官員表現，應該不會讓他們的祖國蒙羞。

接在行政長官後面的是極富盛名的年輕牧師，大家都期待能從他口中聽到期待已久的年度布道。在那個年代，他這個職業的智識能力展現空間，遠比政界大得多，姑且不論動機是否更高尚，就神職人員可以贏得社會類似崇拜的敬重態度這一點，就提供了足夠的誘因，吸引具鴻鵠大志的人加入教會。遑論像英達斯．馬瑟爾[56]那樣政治、宗教勢力一把抓的成功範例。

在現場注視的群眾眼裡，戴姆司戴爾先生從踏足新英格蘭海岸的那一刻起，就從未展現過如此旺盛的精力。他腳步輕盈、態度輕鬆，跟著遊行隊伍的速度向前邁進。他的腳步不似其他時候那樣虛弱、體型不再佝僂，手也沒有覆在自己的胸前。然而如果大家仔細看，會發現這位牧師的力量似乎並不是源於自體。或許是上天指派給他的工作，讓他獲得了精神的力量；也或許是他內心極具感染力的誠摯心意，在經過了認真嚴肅且長時間，不斷思考的煉獄之光洗禮後，所提煉出來的興奮之情；又或許是響徹天國的震耳音樂，活化了他敏感的性情，而上升的音波也振奮了他的精神。儘管如此，他的表情有些茫然，不免讓有些人懷疑他究竟有沒有聽到音樂。他的身體不斷向前移動，體內有一股他所不習慣的力量。那麼他的心呢？他的心正埋在又深又遠的王國中，不可開交地忙著整理很快就將訴諸於口的莊嚴思想，因此他視而不見、聽而不聞，對周遭的一切毫無所知，但是他的精神層面卻撐起了這副虛弱的身體框架，並帶著它往前走，不僅渾然不覺身上的重擔，還將重擔也轉化為精氣。智力超群卻變得體弱多病的人，都擁有這種費盡力氣後偶然出現的力量，他們會把好幾天的生命全投入這股力量中，然後承受接下來更多天的奄奄一息。

海絲特堅定不移的視線始終鎖住牧師，她感覺到一種陰沉的影響，籠罩了自己的全

55. 布萊德史崔特（Simon Bradstreet，一六〇三～一六九七）、安迪考特（John Edicott，一五八八～一六六五）、杜德利（Thomas Dudley，一五七六～一六五三），都和貝靈漢（Richard Bellingham）一樣，曾任早期新英格蘭的行政長官。

56. 英達斯・馬瑟爾（Increase Mather）：一六三九～一七二三，麻塞諸塞灣殖民區的清教神職人員，將政教勢力結合，權力比他的父親（Richard Mather）還大。在美國第一所高等學校哈佛學院（Harvard College）擔任了二十年的校長，對當時殖民地的行政制度有極大的影響。據說也是撒冷獵巫的執行者。但整體而言，特別是在擔任哈佛學院校長期間，一般認為他是一位相當具有創意的領導者。

身，卻不知道這種影響從何而來、為何而來；也許是因為他和她的世界，距離似乎如此遙遠，根本無法出現交集之故。她曾幻想像過，兩人必定會在遊行時交換相知相惜的一眼。她想起了黯淡的森林、森林裡遺世獨立的小山谷，她還憶及了愛、無比的苦悶，以及那段覆滿青苔的樹幹——他們曾手牽手地坐在上面，在小溪憂鬱的低語聲中，悲傷而深情地交談。那時的他們，對彼此是多麼知之甚深。這個男人真的是當時的那個人嗎？她現在幾乎不認識他了！眼前的他，好像被包裹在音樂當中，隨著威嚴與備受敬重的牧師們，驕傲地從自己面前走過；眼前的他，在這個紅塵俗世當中，已經如此難以靠近。而透過現在看到的他，她知道在未來冷漠無情的思想領域，他對自己將更遙不可及。她的心情因為這些只應該是妄想的念頭而低落，而且生動如夢的是，牧師和他之間其實根本沒有真正的羈絆。因此海絲特身上所殘留的女性本質，讓她幾乎無法原諒他——尤其是現在，當兩人命運的沉重腳步聲幾乎已經清晰可聞，而且愈來愈近、愈來愈近、愈來愈近的時候——他竟然能夠澈底從他們共同的世界中抽離，留她一人在黑暗中伸出冰冷的雙手摸索，卻怎麼也找不到他。

珍珠應該是看出她母親的情緒波動而有所回應，不然就是她也感覺到了牧師周遭所散發出來的冷漠和難以理解。在遊行隊伍經過時，這個孩子變得焦躁不安，像隻準備起飛翱翔的小鳥不停地上下跳動。一直到整個隊伍都走過去後，她抬起頭注視著海絲特的臉。

「媽媽，」珍珠說，「那個人跟在小溪邊親我的牧師，是同一個人嗎？」

「別說話，親愛的小珍珠。」海絲特小聲地告誡她。「絕對不可以在市場提到我們在森林裡發生的事。」

「我不確定那個人是不是他，他看起來好奇怪。」珍珠繼續說著。「不然我就會跑過去，要他現在在所有人的面前親我，就像他在森林老樹間做的事情。若真的那樣，牧師會說些什麼，媽媽？他會把手蓋在他的胸口，然後瞪著我，要我走開嗎？」

「他還會說什麼呢，珍珠？」海絲特回答，「他只會說現在不是親妳的時候，而且也不應該在市場上親吻啊。傻丫頭，妳沒有跟他說話是對的。」

另外還有一個人在看到戴姆司戴爾先生後，情緒同樣產生了波動，而且這個人還透過自己怪異的行徑——其實應該稱之為瘋狂的行為——將這種情緒顯露了出來。她的瘋狂讓她做了一件鎮民幾乎不會冒險去做的事情——她在這個公眾場合與紅字的配戴者開始攀談。這個人就是希賓斯老太太。她打扮得極為隆重來看遊行，脖子上是三層襞襟、刺繡的胸衣、奢華的絲絨長袍，手中還有一根黃金包頭的拐杖。這位年邁老太太最廣為人知的，就是她與現在所有仍在繼續進行的巫術行為，都有極深的牽扯，因此群眾自動為她讓路，似乎很怕碰到她的衣袍，就好像那華麗衣袍的縐折中藏著疫病。儘管現在許多人都對海絲特很友善，但看到希賓斯太太和她走到了一起，他們對於希賓斯太太的恐懼加倍，也因此市場裡的群眾全舉步，與這兩個女人站立的地方，拉開了距離。

「唉呀，凡人得有多麼異於常人的想像力，才能想出這種事情啊！」老太太偷偷地在海絲特耳邊低語。「那邊那個神聖的男人！那個世界上的聖人，大家眼裡看到的他，還有——我必須這麼說——他看起來的樣子，都是世界上的聖人。每個人看到遊行隊伍中的他，都不會想到他離開他的書房之後——我敢保證他在書房裡，一定都是在喃喃自語地不斷咀嚼一本希伯來文的聖經——竟然去森林裡散步。啊哈！我們都知道那是什麼意思，海絲特！不過說實話，我的確很難相信，他跟眼前這個人是同一個人。我看到很多教會的人，他們都走在音樂演奏者後面，只要有人拉小提琴，這些人也都跟我一樣，用相同的旋律跳舞，說不定中間還有印地安的巫師或拉布蘭[57]巫師跟我們交換舞伴呢！等一個女人瞭解這個世界後，她就會知道，那些都是小事。回頭說說這個牧師。海絲特，妳可以確定他跟妳在森林小道上遇到的那個人，是同一個人嗎？」

「夫人，我不知道妳在說些什麼，」海絲特在感覺到希賓斯老太太不太健全的心智狀態後如此回應，不過對方竟然透露如此多人（包括她自己在內）都與惡靈有關的祕密，實在讓她又驚又怕。「我沒有資格隨便談論像戴姆司戴爾這樣一位對聖經有精闢瞭解，以及虔誠信仰的牧師。」

「呸，妳這個女人——呸！」老太太如此大叫，同時對海絲特搖著手指。「妳以為我進森林這麼多次，還沒有能力判斷誰曾經去過森林嗎？就算他們在跳舞時，頭上戴的野花花圈沒有在他們頭髮上留下一片葉子，我也知道！我知道妳，海絲特，因為我注意到了那個記號。在陽光下，我們或許都看得到那個記號；在黑暗中，它會像紅色火焰般發光發亮。妳因為公開戴著那個符號，所以沒有人需要質疑。不過那個牧師，我偷偷地對妳一個人說吧！當那個黑人看到像戴姆司戴爾牧師這種已經畫押封印，並成為那個黑人的僕人，卻羞於承認與他之間的關係時，他總有辦法控制事情的發展，讓那個記號在青天白晝下，揭露在全世界眼前。那個牧師總是用手覆著心口，努力藏匿的祕密是什麼？妳說啊，海絲特．派恩？」

「什麼符號？善心的希賓斯夫人。」珍珠迫不及待的詢問。「妳看過嗎？」

「妳別管這個，親愛的！」希賓斯老太太對珍珠的態度出奇地恭敬。「總有一天，妳會親眼看到。孩子，他們說妳是天上王子的後人。妳願意找個天氣晴朗的晚上，和我一起飛上天，去找妳父親嗎？那時候，妳就會知道那個牧師為什麼把手放在他的心口了！」這位怪異的老夫人邊尖聲大笑，邊走離她們母女，但她笑聲的音量之大，足以讓市場裡的所有人都聽到。

這個時候，初禱已經在會議廳正式開始，大家聽到戴姆司戴爾牧師用他獨特的語調，開始他的布道。一種無法抵抗的感覺，讓海絲特下意識地靠近會議廳。由於這座神

57. 拉布蘭（Lapland）：芬蘭最大也是最北邊的一個省，傳說中是聖誕老人（Father Christmas）的家鄉。

聖的建築物已經湧進太多人，再也無法多擠下一個聽眾，因此她在緊靠著上枷示眾的絞刑台邊，找了一個位置。這個位置足以讓她聽到所有的布道內容，雖然有些模糊，但可以清楚聽到牧師那非常獨特的聲音所發出的抑揚頓挫。

牧師的發音機制本身就是一筆豐厚的資本，即使完全不知道傳道者在說些什麼，但緊跟著他聲音的音調與節奏，聽眾仍然專注得渾然忘我。如同所有的音樂作品，他的聲音吸吐著熱情與悲痛、高昂或溫柔的感情，而且不論聽眾在何處受教育，他的言語力量都能熨貼人心。儘管牧師的聲音穿過權充教堂的會議廳厚牆後，並不是那麼清楚，但海絲特依然全神貫注地聆聽，並由衷產生了共鳴。

整場布道對她有種特殊的意義，但這層意義與聽不太清楚的布道內容，完全無關。或許即使布道內容可以更清楚地傳入她的耳朵，也不過是一個大而無當的媒介，阻礙精神意識的運作。她不時捕捉到低沉的音調，猶如清風因為得到了平靜而沉潛，然後又隨著講道的聲音上升；聽者在過程中，也像經歷了不同層次的甘甜美與力量，直到布道者的音量，用令人敬畏又莊嚴的偉大氣氛，將她緊緊裹住。然而，儘管布道者的音調有時變得威嚴無比，但聲音中始終帶有哀傷這個重要的特質。表達痛苦的高低聲調，不論是如同布道者原來設想得那般低語，抑或是因為受到折磨的人性而尖聲喊叫，都深深觸動每一顆人心。有時候，她只能聽到這種表達悲傷的深沉嘶吼，幾乎不聞一片寂靜中那輕輕的嘆息。即使牧師的音調威風凜凜地高揚，聲音再也束縛不住地向上噴湧而出，且將音量和力量發揮到極致，讓聲音不但充滿了整個教堂，而且還像是即將湧破厚實的牆壁，擴散到外面自由的空氣中——然而，如果聽者僅單純地用心聆聽，他可能會發現這樣的聲音中，同樣存在著一種為了痛苦而發出的吶喊。那是什麼樣的吶喊？那是一顆載滿了悲傷，或許還夾雜些罪惡感的人，心在憤恨不平，但不論是罪惡感還是悲傷，這顆心在每一刻、每一個音調起伏時，都在向人類的寬容訴說著自己的祕密、懇求得到憐憫或諒解，而這些努力永遠不會徒勞無用。就是這種發自內心且連續不斷的低語，賦予了牧師最適合他的力量。

在整場布道過程中，海絲特始終像雕像般站在絞刑台下。即使不是牧師的聲音將她留在這裡，這個她人生中恥辱的濫觴位置，也有一種她掙脫不了的磁力。她有種感覺——雖然有些模糊，無法讓她理清頭緒，卻沉重地壓在她的心上——她感覺自己的生命軌道，不論之前或往後，都將與這個位置緊緊連接，因為這個地方，正是讓她的生命不至於分崩離析的理由。

同時間，小珍珠已經離開了母親身邊，自顧自地在市場閒逛自娛。她那古怪卻明亮的光芒，為市場上嚴肅的群眾帶來了愉悅，好像一隻羽毛色彩鮮豔的鳥兒，飛竄在一簇簇濃密葉片遮擋的陰暗間，時隱時現地照亮了整顆大樹。她的行蹤不定，而且常常出現突然且意外的舉動，代表她的靈魂中滿是毫無止息的充沛活力。今天因為海絲特不平靜心緒的作用與影響，珍珠更加活躍、興奮。每當她看到令自己那無比敏捷卻又毫無目標的好奇心蠢蠢而動的人、事、物時，她都會飛奔過去。而且我們可以說，只要她願意，她都會抓著那個人或東西不放，活像這個人或東西是她的財產，絲毫沒有控制自己下意識行為的想法。旁觀的清教徒若露出了微笑，就代表儘管他們都傾向認定這個孩子是魔鬼的後代，卻也無法抵擋她小小身軀以及行為活力，所散發出來的美麗與古怪魅力。她跑到未開化的印地安人那兒，緊盯著對方的臉瞧，讓印地安人愈來愈明顯地意識到，珍珠身上存在著比自己還狂野的本性。之後，珍珠憑藉著天生冷漠特質的大膽，她竄進了一群面頰黝黑的水手當中。他們都是海上的野人，一如印地安人是陸地上的野人。這群水手詫異又讚賞地注視著珍珠，就像看到了由海水泡沫變身的小美人魚，被賦予了海洋發光生物的靈魂，在夜間的船頭下閃閃發亮。

沒錯，曾經與海絲特交談的船長也在水手群中，珍珠美麗的容貌迷惑著他，於是他試著將手放在她身上一親芳澤。不過他發現這個孩子簡直就像飛在空中的蜂鳥般無法捕獲，於是他將自己帽子上盤著的金鍊解下來，丟給她。珍珠立即用輕巧的身手，將金鍊子纏在自己的脖子上與腰間；而且鍊子一上身，就融合成了珍珠的一部分，令人難以想像沒有戴金鍊的珍珠是什麼樣子。

「妳媽媽是那邊戴著紅字的女人啊？」船長對珍珠說，「妳可以幫我帶句話給她嗎？」

「如果你要我帶的話讓我高興，我就幫你帶。」珍珠回答。

「那麼告訴她，」船長接著說，「我又跟那位黑臉駝背的老醫生談過了，他多訂了一個艙位，要帶他的朋友一起上船，妳媽媽也認識那位先生。所以除了照顧她自己跟妳外，讓妳媽媽不要操心其他的事了。可以幫我跟她說嗎？小巫婆。」

「希賓斯太太說我爸爸是天上的王子。」珍珠帶著頑皮的笑容大喊。「如果你再用亂七八糟的名字叫我，我會向他告你的狀，然後他會帶著暴風雨去追你的船。」

珍珠循著一條橫過市場的彎曲小路，回到了她母親身邊，並轉告了船長的話。海絲特原本看到在牧師與自己面前似乎出現了一條活路，可以讓兩人走出痛苦迷宮，但躲不開的宿命，這時竟然祕密而殘酷地默許了不一樣的發展，在他們逃離的路上，帶著毫不寬容的微笑現身，讓她一向堅強而冷靜自持的心，終於幾乎陷入絕望。

船長傳來跟她有關的訊息，讓她的心飽受折磨，完全不知所措。同時，她還陷入了另一個考驗。附近鄉間有許多人來此參與慶典，他們之前常聽人談起紅字，也耳聞了上百個有關紅字的謬誤傳說或誇大謠言，以致他們覺得紅字就是了不起的存在，可惜從未親眼見過。這些人在市場上玩膩、逛膩之後，現在又粗魯無禮地湧至海絲特身邊，對她造成了嚴重的侵擾。然而這些人的行為儘管肆無忌憚，卻都與海絲特保持了幾碼的距離，而且絕不會逾越地跨進距離內的圈子。這些鄉巴佬就這樣全被那個神祕符號，所引發的厭棄離心力，釘在那個距離之外。

水手們同樣注意了到這群觀眾，也瞭解了紅字的意義，於是跟著上前湊熱鬧，把他們那一張張被太陽曬黑，而且看起來像亡命之徒的臉，戳進圍觀圈中。甚至連印地安人都受到白人好奇心所掀起的輕微氣氛影響，悄悄穿過群眾，把他們如蛇般的黑眼睛，盯著海絲特的胸前，或許在思索著這個美麗刺繡的徽章配戴者，必定是她同胞中地位相當尊貴的人吧。最後，鎮上的居民（當他們看到其他人的反應後，出於同理心，他們對這個老掉牙事件的興趣，又有些欲振乏力地復活了一些），也無所事事地閒晃過去，折磨海絲特；而鎮民注視著她恥辱的那冷漠與異常熟悉的眼神，帶給她的痛苦或許更甚於其他人。海絲特這次又看到了七年相同的一批臉孔，她們是那時等待自己出獄的一群太太、夫人。這批人，除了後來海絲特縫製壽衣，送她離開人世的那唯一一位懷有憐憫之心的最年輕夫人外，當初的成員全都到齊了。就在她即將甩開這個灼人字母的最後時刻，紅字竟然奇怪地成了更多話題與刺激的焦點，並因此將她的胸口燒灼得更疼，比她第一天戴上這個符號後的任何一個時候都疼。

正當這個狡獪的刑罰似乎永遠將海絲特釘在恥辱的魔法圈中時，令人景仰的講道牧師正從神聖的講壇，看著壇下如癡如醉的觀眾，他們隱藏在內心最深處的靈魂已全部落入他掌控中。一個是教堂中有如聖人的牧師，一個是市場上的紅字女子，再天馬行空的想像力，也猜不到兩人身上存在著完全相同的恥辱烙印！

23 紅字顯現

帶著所有聽眾的靈魂飛往高處，猶如騎乘著海上高浪的動人聲音，終於結束。現場有一瞬間深沉的靜默，就好像全部的人都在等著神諭的揭示，接著冒出了竊竊私語與半壓抑的騷動。這群心靈世界異位的聽眾，似乎終於掙脫了強大的魔咒，做回了自己，然而敬畏與驚奇仍重重地壓在心上。又過了一會兒，群眾開始從會議廳的各個出入口向外推湧。布道已結束，大家都需要呼吸更多適合支撐他們重拾粗鄙世俗生活的空氣，而不是繼續浸淫在牧師化為火焰之語，並用自己思想的濃烈香氣，讓一切都變得沉重的氣氛之中。

這些聽眾一踏出教堂，狂喜的心情立即爆發成言語。街上、市場，從這頭到那頭，人聲鼎沸，全都在稱讚牧師。戴姆司戴爾牧師的聽眾一點都無法平靜下來，他們交換彼此的體驗，說著自己如何從未談論或聽過更好的布道內容。根據他們異口同聲的證詞，歷來的講道者，從來沒有人能如牧師今天講得這麼睿智、這麼崇高，心界又這麼聖潔；

從來沒有任何凡人的口舌可以如此牧師今日這樣，讓所有人都看到了如此顯而易見的啟示。大家都知道，這些啟示的影響降臨到了牧師的心裡，佔據了他的身心，並不斷地將他從擺在眼前的布道稿中，拉升出來；在他腦子裡，裝滿了對自己以及對聽眾，都同樣神奇的想法。牧師這天的布道主題，是神與人類社會之間的關係，其中又著重於他們正在努力拓荒的新英格蘭區。

當講道即將結束時，一個有如先知的聖靈降臨在牧師身上，並像勉強以色列老先知那樣強而有力地迫使他服從，唯一的差別，只在於猶太先知宣告了自己國家的審判與毀滅，而牧師的任務，卻是向新聚集在一起的上帝子民，預告一個遠大而燦爛的命運。然而在整個布道過程，以及所有布道內容中，又始終籠罩著某種深沉而悲傷的感傷基調。在所有人的解讀中，這樣的感傷必然是一個即將離世的人，所自然表露的遺憾，不可能有其他的原因。的確，他們如此深愛的牧師，已經預知了自己的早逝，知道自己很快就會在大家的淚水中離開，而牧師因為同樣也深愛著他們，因此即使他離開人世、進入天堂，也必然會發出遺憾的嘆息。牧師將不久於世的想法，為他的布道效果，又添上了一筆最後的重彩；就好像一個天使在飛往天堂的途中，在大家頭上揮動了一下燦爛的翅膀——在那一瞬間，陰影與彩光同時顯現——然後向大家灑下了黃金般的真理。

於是戴姆司戴爾先生走到了前無古人、後無來者的人生高峰，至於大多數的人，在他們各自的領域也都會出現這樣的事業高峰，但通常都是很久之後才幡然意識到。在最早期的新英格蘭，當神職工作本身就是一個高高在上的基台，而天賦或智識、豐厚的學識、具說服力的動人口才，以及最純淨神聖的聲譽，都能進一步提升神職人員地位。這一刻，在那個時代，我們的牧師站上了神職人員最驕傲、優越的崇高位置。這就是當他在慶祝就任布道大會結束之際，把頭垂下去靠著講壇軟墊時，所身處的位置。同一個時間，紅字依然在胸口燃燒的海絲特．派恩，卻站在上枷示眾的絞刑台邊。

此時，大家又聽到從教堂門口傳來的音樂喧鬧聲，以及護衛士兵發出的規律腳步聲。遊行隊伍準備要從教堂前進，到舉辦正式宴會的市政廳了。等正式宴會結束，這一天的儀式才算真正完成。

於是，大家看到由備受敬重的威嚴先祖們所組成的隊伍再次移動，滿街的人民，在行政長官、睿智的長者、神聖的牧師，以及所有尊貴或顯赫的大人物經過時，都會態度恭敬地自動退向兩邊，讓隊伍從群眾當中穿過。等他們進入市場後，民眾更是報以熱烈的歡呼。在那個年代，統治者所收穫的這種孩子似地忠誠，無疑更加壯大了遊行隊伍的聲勢；然而大家卻覺得這次的歡呼，是因為剛才被高度緊繃的動人布道內容，所震撼的觀眾，心中的興奮終於被點燃，而造成無法壓抑的情緒爆發，每個人都可以感覺到，自己以及身旁民眾相同的激動。其實之前在教堂裡，這種激動就已經難以克制了，現在在廣闊的天際之下，這樣的激動更是轟隆隆地衝向天際。市場上的人數眾多，高亢激昂的情緒也足以製造出比樂器的演奏、天上的雷鳴，甚至海上的浪嘯，更為震撼人心的呼喊；何況，儘管眾聲喧嘩，但宇宙的脈動卻將之調和成單一的巨音，猶如眾人共同擁有一個寬廣的心胸。新英格蘭的土地上，從未出現過這樣響徹雲霄的歡呼！新英格蘭的土地上，也從未站立過像戴姆司戴爾牧師這樣受到大眾如此尊崇的人物！

那麼牧師自己的感覺，又是如何呢？他的頭上難道沒有環繞著由明亮光點織成的光圈？他本人是如此空靈，崇拜他的欽慕者又是如此將他高度神聖化，他夾在遊行隊伍中的腳步，真的是踏在俗世上嗎？

當士兵與民政先輩的橫列向前移動時，所有群眾的目光都轉到在隊伍中，朝他們慢慢走過來的戴姆司戴爾牧師身上。隨著看到他的群眾愈來愈多，歡呼聲逐漸降為竊竊私語。儘管得到了這麼多成功與成就，但牧師看起來卻是如此虛弱與蒼白。他的精力——噢，或許應該說，那一直支撐他善盡職責，傳達了賦予他力量，以及上帝的神聖訊息的神靈感召——在他忠實地完成了自己被賦予的任務後，已被收回。群眾之前看到牧師臉上燃燒的光輝，現在卻猶如絕望衰退的火焰，變成了最後階段的灰燼，終至熄滅。他的臉罩上了一層猶如亡者的死氣，一點都不像個活人；然而這個身上幾乎已經沒有任何生命力的男人，卻依舊緊張地蹣跚踏步前行，而且再怎麼步伐不穩，卻始終沒有跌倒。

戴姆司戴爾的神職弟兄威爾森牧師，注意到了他在智識與感情波濤退潮後的情況，於是快速向前，想給予他協助；然而顫抖的牧師卻堅決辭謝了這位老者的手臂。戴姆司戴爾繼續邁步向前，其實他踉蹌不穩的腳步幾乎已不能稱為邁步了，而更像是小嬰童奔向前方伸出雙手引誘他前進的母親懷抱。這時的他，就像感受不到自己前進的腳步一樣，幾乎茫然無所覺地走到，因風吹雨淋而變得暗黑但記憶始終清晰的絞刑台對面。

就是在這裡，在隔了一段淒涼歲月的很久以前，海絲特．派恩就是在這裡，迎上了全世界對她投注的羞辱眼光。現在海絲特依然站在那裡，手裡牽著小珍珠。還有那個紅字，也依然在她胸前。牧師在這裡停下腳步，但音樂繼續演奏著莊嚴、歡樂的進行曲，整個遊行隊伍也繼續在前進。音樂在召喚著他向前走，命令他回到節慶的隊伍中——但他停下了腳步。

過去這幾個月，貝靈漢長官一直懷著焦慮的心情在關注牧師。於是他也走離自己在遊行隊伍中的位置，走向牧師，給予協助。在貝靈漢長官看來，以牧師現在的狀況，若不扶他一把，他肯定要跌到。然而儘管這位行政長官絕不是一個隨便就服從他人之間隱諱暗示的人，牧師的表情中卻有種說不清道不明的感覺在警告他後退。同時間，群眾也又驚又怕地看著事情的發展。在眾人的心中，這肉體的虛弱，只是牧師展現神力的另一個階段。對他們來說，像牧師這樣一個神聖的人，即使在他們眼前升天，整個人釋放出更黯淡或更明亮的光芒，最後終於在通往天堂的光線中消失，也不是不可能的奇蹟。

戴姆司戴爾牧師轉向了絞刑台，並伸出了雙手。「海絲特，」他說，「到這兒來！過來，我的小珍珠！」

戴姆司戴爾注視海絲特母女兩人的眼神，令人不寒而慄，但眼神中卻又夾雜著某種溫柔且怪異的勝利情緒。那個孩子用她獨特如鳥兒的動作，朝他飛奔過去，然後用雙臂緊緊抱住了他的膝蓋。海絲特——雖然像是被無法躲避的命運強迫般慢慢前進——也在慢慢地接近他，不過在最後可以觸及到他之時，停了下來。在那一刻，齊靈沃斯用蠻力推開了人群——或者，更應該描述一下他的表情，看起來非常陰沉、混亂且惡毒，就像剛從某個地獄竄出——試圖阻止他的受害者即將要做的事情。不論如何，老人衝向前，抓住了牧師的手臂。

「瘋子，別鬧了！你想做什麼？」齊靈沃斯低聲地說。「揮揮手讓那個女人後退，甩開這個孩子，一切都會沒事！不要玷汙自己的名聲，在恥辱中毀滅！我可以救你，難道你要為你神聖的職業蒙上惡名嗎？」

「哈，魔鬼！我想你來得太晚了！」牧師迎視他的視線，有些害怕卻堅定地回答。「你的力量已經大不如前了！有了上帝的幫助，我現在要逃離你的身邊。」

戴姆司戴爾再次向那個配戴著紅字的女人伸手。「海絲特．派恩，」牧師大喊，尖銳的聲音裡裝滿了真誠。「奉上帝之名，在最後一刻賜予我恩寵來做這件事的上帝，令人懼怕又慈悲的上帝——為了我自己深重的罪孽，以及讓我受盡折磨的痛苦——七年前我壓抑住自己沒有去做的事情，現在一起面對吧！把妳的力量全交纏到我的身上吧！妳的力量，海絲特！但讓那股力量，順從上帝所應允的旨意。這個惡劣又不善良的老人，正在用他全部的力量，阻止我做這件事——他全部的力量，以及魔鬼的力量！來吧，海絲特——過來！把我扶上那邊的絞刑台。」

群眾變得激動異常，那些離牧師較近、有身分、有地位的大人物也都驚愕萬分，對於親眼所見的情況，完全不知所措——這些人既無法接受現實（不說自明的原因），也想不出其他解釋的藉口——只能繼續安靜、被動地做個旁觀者，看著上帝似乎打算要進行的審判。他們目睹牧師在海絲特的攙扶下走近絞刑台，並爬上了階梯，他靠在海絲特的肩膀上，而海絲特的手也環著他的腰；自始至終，出生於罪惡的那個孩子，她的小手一直緊緊抓著牧師的手。齊靈沃斯跟在他們身後，像個與這齣由罪惡與悲傷寫成的戲劇有緊密關連的人；在這場戲裡，他們全都是演員，也因此全都有資格在最後一幕中亮相。

「就算你遍尋這個世界，」齊靈沃斯兇狠地看著牧師，「所有你可以逃開我的地方，不論高山低谷，你都找不到比這個絞刑台更祕密的地方了！」

「感謝上帝！是他引導我來這兒的！」牧師回答。然後他發著抖轉頭面對海絲特，眼中帶著疑惑與焦慮，但唇邊卻明顯露出虛弱的微笑。「這樣，」他低聲地說，「是不是比我們在森林裡的夢更加美好？」

「我不知道！我不知道！」海絲特急忙回答。「更好嗎？的確更好，這樣我們就可以死在一塊兒，小珍珠也會陪著我們。」

「妳和珍珠，都要聽從上帝的安排。」牧師說，「上帝是慈悲的！現在讓我去完成，祂清楚擺在我眼前的旨意吧！海絲特，我要死了，所以讓我盡快承擔自己的恥辱！」

在海絲特半攙扶的支撐下，戴姆司戴爾牧師牽著小珍珠的手，轉向了受人敬重的顯貴統治者、神聖的牧師與他的弟兄們，以及所有的人民，他們寬闊的心因為這一幕，而完全陷入了驚恐卻又滿溢著引人落淚的憐憫當中，因為他們知道某個同時充滿著罪惡、悲傷與懺悔的深奧生命議題，即將在他們眼前揭露。就在牧師即將離開這個世界的此時，在他接受最終審判，為自己的罪惡辯解的此時，剛剛才走過正午頂峰的陽光，照到了他的身上，讓他的身形更加明顯。

「新英格蘭的人們！」戴姆司戴爾牧師大聲開口，音量蓋過了所有人，語氣高昂、莊重而威嚴——然而因為他想從深不可測的悔恨與哀痛漩渦掙脫而出，因此聲音始終帶著顫抖，有時甚至顯得尖銳。「你們，曾經愛過我！你們，曾經視我為聖人！現在看看站在這裡的我，世界上唯一的罪人！終於——終於——我站在這個七年前，就應該和這個女人站在一起的位置，她的手臂只比我爬到這裡的微弱力氣大一些，卻在這可怕的時候支撐著我，讓我免於撲倒在地！你們看，海絲特戴著的紅字，你們都曾因為這個紅字而顫抖，不論她走到哪裡——不論她背負著多麼痛苦的重擔，不論她多麼希望找到一個平靜之所——這個紅字，總在她周遭發出一道刺眼紅光，令人敬畏、令人厭棄嫌惡。然而就在你們當中，卻有這樣一個人，你們從未因為他身上罪惡與恥辱的烙印而顫抖。」

在這一刻，大家以為牧師必定已經揭露了他所有的祕密。但他卻克服了一直想要奪回主導權的生理孱弱——以及，更重要的，心靈上的懦弱。他推開了所有的協助，激動地邁步向前，走到那個女人和孩子面前。

「那個烙印就在他身上！」牧師繼續說著，語氣中有種狂暴的感情。他已經下定決心要全部說出來。「上帝的眼睛看得到這個烙印！天使一直都指著那個烙印！（至於魔鬼，不但很熟悉這個烙印，還不斷地用他燃燒的手指撥弄）可是，這個罪人卻狡猾地在人前藏起了這塊烙印，並神清氣爽地行走於你們當中，但他其實很悲哀，因為他在這個罪惡的世界竟然如此貞潔。他也非常難過，因為他很想念身在天堂的家人。現在，臨終之際，他站出來，站到你們的面前。他要求你們，再看一眼海絲特的紅字。他會告訴你們，那個紅字儘管蘊含了各種神祕的恐怖，但終究只不過是那個男人背負在胸前的烙印影子，甚至，連他這塊紅色的恥辱烙印，都只不過是他燒灼內心最深處的一種表徵而已！站在這裡的人，有誰會質疑上帝對於一個罪人的審判？看啊！看啊！這就是他是罪人的可怕罪證！」

一陣抽搐的動作後，牧師扯開了胸前的條帶——烙印顯露在眾人眼前了！不過要描述這個印記，實在過於不敬。有那麼一剎那，對現況感覺驚恐的眾人，全將目光聚集在那個令人毛骨悚然的奇蹟上；站在那兒的牧師，臉上有抹勝利的潮紅，如同一個忍受著最尖銳疼痛，卻在關鍵時刻戰勝疼痛的人。然後，牧師就這樣癱倒在絞刑台上。海絲特扶起他的上半身，讓他的頭靠在自己的胸前。齊靈沃斯也跪在牧師身邊，滿臉的茫然與呆滯。他的生命似乎也已離他而去。

「你竟然逃脫了！」齊靈沃斯一再重複這句話。「你竟然逃脫了！」

「願上帝原諒你！」戴姆司戴爾這麼說。「你也同樣罪孽深重。」他將毫無生氣的目光從老人身上挪開，轉而注視著身邊的女人與孩子。「我的小珍珠，」虛弱的他，臉上綻開了一抹溫柔甜美的笑容，猶如靈魂正要入深度休息；不，應該說，他現在放下了所有的負擔，所以好像可以和孩子嬉鬧了。「親愛的小珍珠，妳現在願意親吻我了嗎？在那邊的森林裡，妳都不願意，現在妳願意嗎？」

珍珠親吻了牧師的唇。魔咒解除。這個野性十足的孩子，因為在這偉大而悲傷的一幕中，扮演了一個角色，於是她所有的同情心全被啟動；當她的眼淚滴到她父親臉上時，這些眼淚成了盟誓，承諾她將在人類的悲歡離合中成長，成為這個世界上的一個平凡女人，永遠不再需要與世界為敵。對她的母親而言，珍珠權充痛苦使者的任務，也已完成。

「海絲特，」戴姆司戴爾說，「永別了！」

「我們不會再見了嗎？」海絲特輕聲問，低頭貼近他的臉。「我們不能共度不朽的生命了嗎？我知道，我知道，我們已經用這所有的悲傷，解救了彼此。你正在用你垂死的明亮雙眼，眺望永恆。那麼告訴我，你看到了什麼？」

「別說話，海絲特——什麼都別說。」戴姆司戴爾帶著顫抖的嚴肅說。「我們違反的律法——在這裡用可怕方式揭露的罪惡——這一切的一切，只要藏在妳的腦海中就好了！我害怕！我恐懼！我怕或許我們那時都忘記了我們的上帝——或許我們當時為了對方的靈魂，冒瀆了我們對自己靈魂的尊重——從今往後，可以再見面，並生生世世永遠純潔地重新相守的希冀，都是妄想。上帝全都知道，而祂是慈悲的。祂已經證明了祂的仁慈，儘管大多都是透過我的痛苦去證實。祂賜予我胸口上這個必須扛負的燒灼折磨！祂派那個陰沉、可怕的老人，來確保祂的折磨始終灼熱！祂引領我來此，在眾人面前，以這種勝利的恥辱方式死亡！所有的這些痛苦，只要少了任何一種，我都應該會永遠地迷失！讚美主名！祂的旨意已完成！永別了！」

戴姆司戴爾的最後這句話，與他的最後一口氣，同時吐出。始終保持沉默的群眾，突然爆出帶著敬畏與驚訝的深沉怪音，他們還找不到自己的語言能力，只能透過這樣低低的聲音，讓異常沉重的情緒跟在那消逝的靈魂身後翻騰。

24
終章

許多天後，當大家有足夠時間整理好腦子裡，關於絞刑台上的那一幕時，他們目睹的事件出現了許多版本。

當時在場的大多數觀眾，都指證歷歷地說，他們在那位不快樂的牧師胸口，看到了一個「紅字」——跟海絲特．派恩配戴的那個符號，極其相似——只不過牧師的紅字是印烙在他的身體上。至於這個紅字的來源，眾說紛紜，但所有的說法，都是推測。有些人斷言，在海絲特戴上她那個恥辱標記的同一天，戴姆司戴爾牧師就藉由可怕的自我折磨，開始了他的贖罪之路。之後，他澈底執行過各種自我折磨的方式，卻都徒勞無效。

另外有些人則辯稱，法力強大的巫師老羅傑．齊靈沃斯，以法術與毒藥為媒介，用了很長的時間，才讓那個標記出現在牧師身上。還有些最能理解牧師獨特的敏感度以及他的精神力量，如何奇妙作用於身體的人，悄悄傳述著他們所相信的事情。這群人認為，這個可怕的標誌是永遠活躍的悔恨利齒，所造成的結果。這悔恨的利齒從牧師的內心最深處，一直向外啃齧，最終由上帝利用這個字母的清晰存在，昭顯祂的可怕判決。

讀者們可以在這些不同的說法中，選擇自己相信的那個版本。關於這件令人驚詫的事件，我們已完全揭露手中所有已知的資訊。而現在，此事既已終結，大家因為長時間思考而在腦中揮之不去，且惹人厭煩的深刻印記，我們也樂於抹去。

不過不可思議的是，有一群同樣目擊了整起事件，且聲稱自己從頭到尾，視線都一直鎖在戴姆司戴爾牧師身上，未曾移開的人，堅持牧師的胸膛就跟新生寶寶一樣平滑，否認牧師身上存在著任何印記。根據他們的說法，牧師臨終前的留言，根本沒有承認，甚至沒有絲毫暗示——一點都沒有——任何與他過去相關的事情，更沒有與海絲特．派恩長久以來戴著紅字有關的罪惡感。根據這些受人高度敬重的目擊者所述，當時清楚意識到自己即將辭世的牧師——也清楚意識到眾人對他的敬重，已經將他列在聖人與天使之列——期待在這個墮落女子的懷抱中嚥氣，是為了要讓全世界知道，人類自己的正直選擇，是多麼一無是處。他為了人類精神層面的善而努力，並耗盡自己的生命，也為了打動自己的欽慕者，讓他們理解這個強大卻令人哀傷的課題；於是牧師將自己的死，變成了一則啟發的寓言。

而這則寓言的意涵，就是要讓所有人知道，在永恆純潔的上帝面前，我們全都是一樣的罪人。他的這堂課是要教化所有人，我們當中最聖潔的那個人，之所以能走這麼遠，並在同胞間出類拔萃，只是為了更清楚地看明白上帝施捨下來的恩典，以及更澈底地拒絕人類野心勃勃、向上仰望的功績幻影。我們無須對如此重要的真理進行辯論，然而我們必須有足夠的自由，思考這個版本的戴姆司戴爾牧師故事，會不會僅僅只是一個有關頑強的忠實事件。而在這起事件當中，某人的朋友——特別某神職人員的朋友——有時候會將這個人或這位神職人員抬舉得高高的，完全漠視正午陽光照耀在紅字上般那樣明顯的證據，證明他們所抬舉的人，其實就是一個虛偽、滿身罪惡、低如塵土的東西。

有關前述的故事，我們主要掌握的權威資料，是一份久遠以前的手稿，裡面摘記了許多人的口頭證詞。提供證詞的這些人當中，有些人認識海絲特．派恩，其他人則是轉述從當時旁觀者那兒聽來的內容——他們的說詞都可以完全確認這本書敘述的故事大綱。至於我們可以從那位可憐牧師的悲慘經驗中吸取的教訓，則可總結為一段話：「真誠！真誠！真誠！率性地向世人揭露自己最壞的可能性，甚至直接展現出最惡劣的一面。」

就在戴姆司戴爾先生剛過世後，令人驚訝的最大改變，莫過於那位名為羅傑．齊靈沃斯的外貌與態度舉止。他所有的力氣與精力、活力與智力，似乎轉眼間就都棄他而去，讓他澈底失去了生氣，並皺縮得如一株被連根拔起的野草，曝曬在太陽下，慢慢枯萎。而且他之後就幾乎再也沒有出現在人前。這個不幸的男人，活著的唯一動力，就是一步步按部就班地執行他的復仇大計。但當他的復仇計畫圓滿達成，他也獲得最後勝利後，他賴以為生的邪惡動力就無以為繼了！簡言之，這個世上已沒有任何需要完成的魔鬼工作了，於是他只能用失去人性的軀殼，奔赴他惡魔主人之所，期待主人能指派給他足夠支撐生命的工作，並支付他應得的報酬。

然而對於這些陰影般的生命，只要是我們熟識的對象，如羅傑．齊靈沃斯或其他的同伴，我們其實也樂意展現一些惻隱之心。恨與愛在本質上，是否根本就是同一件事，是令人好奇的問題，觀察與研究起來，也應該非常有趣。這兩者，在發展到極致時，身體與心靈都應該有高度的貼合，都會讓一個人依賴另一個人，供給愛戀與精神生活的食糧，也都讓熱情的愛人，或強度絲毫不遜色的仇恨之人，因為愛戀或仇恨對象的退出，而陷入寂寞孤獨。因此，從哲學的角度來看，愛與恨這兩種激情，在本質上似乎完全一樣，唯一的差別只有在眾人的眼裡，一個沐浴在神聖的燦爛中，而另一個則籠罩著黯淡而陰森的幽光裡。在心靈的領域中，老醫生與牧師儘管曾彼此傷害，但或許在他們不知情的時候，兩人都發現自己在這個世界上所累積的仇恨與厭棄，全轉變成了珍貴的愛。

我們暫時先將這個討論的議題放在一邊，因為要向讀者報告一件事情。當齊靈沃斯（在牧師辭世不滿一年的時間）去世後，貝靈漢行政長官以及威爾森牧師，負責執行了他的遺囑與遺言，將他在這個新世界以及英國所擁有相當可觀的財產，全部轉到了海絲特的女兒珍珠名下。

於是珍珠這個有如小精靈般的孩子，以及在那個事件仍被討論得沸沸揚揚之際，仍有些人堅持認為她是惡魔後代的這個孩子，成了新世界——在她那個年代——最富有的女繼承人。當然，這樣的情況絕對會實質改變大眾的看法；如果這對母女繼續留在這個殖民區，等到珍珠論及婚嫁的年紀，她身上的狂野血統，很可能會與門第最虔誠的清教徒血統混合。不過，就在老醫生逝世不久後，紅字的配戴者和珍珠都消失了。

好幾年過去，儘管不時就會有含糊的傳聞，飄洋過海，像塊不成形的浮木，上頭刻著某個姓名的縮寫，就這麼被浪潮丟上海岸，但始終沒有她們任何確實可信的消息傳來。紅字的故事，就這樣慢慢變成了傳說。只不過，紅字的魔力依然強大，以致於可憐牧師去世的絞刑台，以及海絲特曾經住過的小木屋，都令人生畏。

有天午後，一群在那間小木屋附近玩耍的孩子，看到了一個穿著灰色長袍的高挑女子，走進了木屋的前門。這麼多年來，那扇門從未開啟過。那天，那個女子打開了那扇門，不過也有可能是那扇門的腐朽木頭與鏽蝕鐵件，直接在她的手中散落，又或許是她像個幻影般閃入門內，完全漠視了門鎖之類的障礙物；總歸一句話，她進入了木屋內。

這名女子在門口停下了腳步——半轉身——也許覺得要獨自進入這個曾經度過上輩子極其緊張的生活，而今又有如此巨大變化的家，要比她所能承受的更為可怕與孤獨吧。但是她只有一瞬間的遲疑，儘管這一瞬間足以讓人看到她胸前的紅字。

海絲特·派恩回來了，也撿起了她早已丟棄的恥辱！但小珍珠呢？如果那孩子還活著，現在應該已是含苞待放的少女了。沒有人知道這個答案，也沒有人聽到十足肯定的消息。沒有人知道那個精靈般的孩子是提早凋謝了，還是柔化、收斂了色彩鮮明的本性，讓自己能享受一個女子平靜的快樂。不管怎樣，從海絲特後來的生活判斷，另外一個世界應該有人給予這位戴紅字的隱世者，許多的愛和關懷。寄到小木屋的信件，上面印著徽章紋飾，但紋飾的圖樣與英國各家族的家徽都不一樣。木屋裡還有很多海絲特從來不在意，也從未用過的東西，這些讓人舒適的奢侈品，只有一直想著她、愛著她的有錢人才買得起，也才會買。還有很多小東西，譬如小飾品，以及因為不斷牽掛而製作的美麗紀念品，這些東西必定出自一雙巧手，以及一顆總是溫柔跳動的心。有一次，有人看到海絲特正繡著一件小嬰兒的外袍，上面的花紋簡直就是奢華與濃豔交織出來的金色狂想曲，若有任何一個寶寶穿著這樣的外袍，出現在我們色彩樸實的社區中，必然會引起民眾的巨大騷動。

總而言之，當年愛閒言碎嘴的人相信——百年後調查這起事件的稽查官強納森・皮埃先生也相信，還有一位皮埃先生在海關的繼任者，更是全心全意地完全相信——珍珠不僅活得好好地，而且還結了婚、快樂地生活，並經常記掛著她的母親。當然，如果她能讓哀傷、孤獨的母親坐到她家裡的爐邊，由她直接照顧，她必定會更開心。

然而對海絲特來說，相較於珍珠成家的那個一無所知之地，在新英格蘭這裡的生活更為真實。這兒有她的罪、她的哀傷，未來，這兒也將成為她的懺悔之所。因此她回來了，並且在她自願的情況下——不是鐵腕時代最冷酷的行政長官強迫執行的結果，繼續戴上那個我們曾經與陰暗故事，連接在一起的符號。自此之後，那個符號再也沒有離開過她的胸口。但是，在海絲特後來以辛苦、體貼與奉獻為中心的生命歲月中，那個紅字，不但不再是吸引世界藐視與刻薄眼光的恥辱，反而讓人望之悲嘆、仰望時心懷敬畏與崇敬。而且因為海絲特沒有任何私心的目的，也不為了任何利益和享樂而活，大家開始把她當成曾經歷重大不幸的過來人，向她傾訴他們的悲傷與煩惱，請她給予忠告。更特別的是，女子——不斷經歷傷害、拋棄、錯待、漠視，或失足、罪惡激情的試煉——抑或是因為不受珍視或無人追求，而承受著頑強心理可怕重擔的女人，都會來到海絲特的小木屋，請教她，自己為什麼如此不幸，以及該如何補救當前的情況。海絲特盡可能地安慰並開導她們。她也向她們保證，她堅信在某個更光明的時代、在世界已經進步到可以接受那樣的光明時、在上帝安排好的時間，上天會揭露一個新的真理，到時，男女之間就可以在一個更能確保雙方幸福的基礎上，建立起全面的關係。

海絲特在年輕時也曾自負地以為，自己可能是命中注定的女先知，但很久以前她體認到一件事，上帝不可能把任何神聖的任務或神祕的真理，託付給一個身上有罪惡污點、曾因為恥辱低頭，或背負著一輩子悲傷重擔的女子。

未來揭開天啟的天使與使徒，無庸置疑地必然會是女性，但她們將是高傲、純潔、美麗與睿智的女性；更重要的是，她們傳達天啟的方式，不是藉由陰暗的悲傷，而是透過喜悅這靈妙的媒介。她們會藉著生命中最真實的試煉，成功展現她們的目的，讓大家都知道，聖潔的愛，應該讓所有人感到快樂。當海絲特這麼說的時候，她悲傷的雙眼則垂下了視線，看著身上的那個紅字。

然後，許多、許多年後，在國王教堂墓園旁增建的一塊墓地上，在一個下陷的老墓穴旁，多了一個新墳。雖然這個新墳鄰近那個下陷的老墓，但中間還是有些空間，就好像這兩個長眠的人，沒有權利在一起。

然而這兩個墓穴，卻共用同一塊墓碑。這兩個墓穴周遭，全都是刻著家族紋飾的墓碑，而兩個墓穴共用的這塊儉樸厚石板上，似乎也雕刻了一個類似盾型的紋飾。好奇的研究者辨識出石板上的紋飾，卻完全摸不清楚它代表的意義。這個紋飾的設計，是一小段傳令官的用詞，可以作為我們即將結束的這則傳奇故事的題句或簡潔概述。這是一則非常陰鬱的傳說，唯有一縷比幻影更幽暗，卻永恆不滅的光點，可以減輕這樣的陰鬱：

「一片黑土，一個紅色的A字。」

國家圖書館出版品預行編目資料

紅字 / 納撒尼爾・霍桑（Nathaniel Hawthorne）著 ; 麥慧芬譯.
-- 初版. -- 臺北市 :
商周出版 : 家庭傳媒城邦分公司發行, 2019.03
面；　公分. --（商周經典名著 ; 62）
譯自 : The scarlet letter
ISBN 978-986-477-618-4 (平裝)

874.57　　108000583

商周經典名著 62

紅字（全譯本）The Scarlet Letter

編　　著／納撒尼爾・霍桑（Nathaniel Hawthorne）
譯　　者／麥慧芬
企劃選書／黃靖卉
責任編輯／彭子宸

版　　權／翁靜如、黃淑敏
行銷業務／張媖茜、黃崇華
總 編 輯／黃靖卉
總 經 理／彭之琬
發 行 人／何飛鵬
法律顧問／元禾法律事務所 王子文律師
出　　版／商周出版
台北市104民生東路二段141號9樓
電話：(02) 25007008　傳真：(02)25007759
E-mail：bwp.service@cite.com.tw
Blog：http://bwp25007008.pixnet.net/blog
發　　行／英屬蓋曼群島商家庭傳媒股份有限公司 城邦分公司
台北市中山區民生東路二段141號2樓
書虫客服服務專線：02-25007718；25007719
服務時間：週一至週五上午09:30-12:00；下午13:30-17:00
24小時傳真專線：02-25001990；25001991
劃撥帳號：19863813；戶名：書虫股份有限公司
讀者服務信箱：service@readingclub.com.tw
城邦讀書花園：www.cite.com.tw
香港發行所／城邦(香港)出版集團有限公司
香港灣仔駱克道193號東超商業中心1樓；E-mail：hkcite@biznetvigator.com
電話：(852) 25086231　傳真：(852) 25789337
馬新發行所／城邦(馬新)出版集團 Cite (M) Sdn. Bhd.
41, Jalan Radin Anum, Bandar Baru Sri Petaling,
57000 Kuala Lumpur, Malaysia.
Tel: (603) 90578822　Fax: (603) 90576622　Email: cite@cite.com.my

封面設計／廖韡
排　　版／極翔企業有限公司
印　　刷／韋懋印刷事業有限公司
經 銷 商／聯合發行股份有限公司
電話:(02)2917-8022　傳真（02）2911-0053
地址:新北市231新店區寶橋路235巷6弄6號2樓

■2019年3月5日初版一刷
定價340元

Printed in Taiwan

 ISBN 978-986-477-618-4

廣 告 回 函
北區郵政管理登記證
北臺字第000791號
郵資已付，免貼郵票

104　台北市民生東路二段141號2樓

英屬蓋曼群島商家庭傳媒股份有限公司城邦分公司　收

請沿虛線對摺，謝謝！

商周出版

書號：BU6062	書名：紅字	編碼：

請於此處用膠水黏貼

商周出版

讀者回函卡

感謝您購買我們出版的書籍！請費心填寫此回函卡，我們將不定期寄上城邦集團最新的出版訊息。

不定期好禮相贈！
立即加入：商周出版
Facebook 粉絲團

姓名：＿＿＿＿＿＿＿＿＿＿＿＿＿＿＿＿　性別：☐男　☐女

生日：西元＿＿＿＿＿＿年＿＿＿＿＿＿月＿＿＿＿＿＿日

地址：＿＿＿＿＿＿＿＿＿＿＿＿＿＿＿＿＿＿＿＿

聯絡電話：＿＿＿＿＿＿＿＿＿＿＿＿　傳真：＿＿＿＿＿＿＿＿＿＿

E-mail ：

學歷：☐ 1. 小學 ☐ 2. 國中 ☐ 3. 高中 ☐ 4. 大學 ☐ 5. 研究所以上

職業：☐ 1. 學生 ☐ 2. 軍公教 ☐ 3. 服務 ☐ 4. 金融 ☐ 5. 製造 ☐ 6. 資訊
☐ 7. 傳播 ☐ 8. 自由業 ☐ 9. 農漁牧 ☐ 10. 家管 ☐ 11. 退休
☐ 12. 其他＿＿＿＿＿＿＿＿＿＿＿＿＿＿＿＿

您從何種方式得知本書消息？

☐ 1. 書店 ☐ 2. 網路 ☐ 3. 報紙 ☐ 4. 雜誌 ☐ 5. 廣播 ☐ 6. 電視
☐ 7. 親友推薦 ☐ 8. 其他＿＿＿＿＿＿＿＿＿＿＿＿

您通常以何種方式購書？

☐ 1. 書店 ☐ 2. 網路 ☐ 3. 傳真訂購 ☐ 4. 郵局劃撥 ☐ 5. 其他＿＿＿＿

您喜歡閱讀那些類別的書籍？

☐ 1. 財經商業 ☐ 2. 自然科學 ☐ 3. 歷史 ☐ 4. 法律 ☐ 5. 文學
☐ 6. 休閒旅遊 ☐ 7. 小說 ☐ 8. 人物傳記 ☐ 9. 生活、勵志 ☐ 10. 其他

對我們的建議：＿＿＿＿＿＿＿＿＿＿＿＿＿＿＿＿＿＿＿＿
＿＿＿＿＿＿＿＿＿＿＿＿＿＿＿＿＿＿＿＿
＿＿＿＿＿＿＿＿＿＿＿＿＿＿＿＿＿＿＿＿

請於此處用膠水黏貼